Rainha dos Sonhos

OBJETIVA

Chitra Banerjee Divakaruni

Rainha dos Sonhos

TRADUÇÃO
Adalgisa Campos da Silva

OBJETIVA

Título original:
Queen of Dreams

EDITORA OBJETIVA LTDA. Rua Cosme Velho, 103
Rio de Janeiro – RJ – CEP: 22241-090
Tel.: (21) 2556-7824 – Fax: (21) 2556-3322
www.objetiva.com.br

Capa
Glenda Rubinstein

Revisão
Tereza da Rocha
Maria Isabel Sampaio Newlands

Editoração Eletrônica
FA – Editoração Eletrônica

D618r

Divakaruni, Chitra Banerjee
A rainha dos sonhos / Chitra Banerjee Divakaruni; tradução de Adalgisa Campos da Silva. - Rio de Janeiro : Objetiva, 2005

357 p. ISBN 85-7302-702-x

Tradução de: *Queen of dreams*

1. Literatura indiana - Romance. I. Título

CDD 891.4

Para meus três homens
Murthy
Anand
Abhay,
todos sonhadores

Meus mais sinceros agradecimentos a:
Minha agente, Sandra Dijkstra, por suas muitas e constantes formas de ajuda;
Minha editora, Deb Futter, por suas perguntas sábias;
Kim Chernin, Deepika Petraglia-Bahri e Lawrence Hogue, por seus comentários;
Minha mãe, Tatini Banerjee, e minha sogra, Sita Divakaruni, por suas bênçãos;
Murthy, Anand e Abhay, pelo amor e pela compreensão;
Baba Muktananda, Swami Chinmayananda e Gurumayi, por sua presença em minha vida.

O que sabemos e o que não sabemos são como irmãos siameses, inseparáveis...
Confusão, confusão.
Quem realmente consegue distinguir o mar do que nele se reflete? Ou dizer qual a diferença entre a chuva que cai e a solidão?

Haruki Murakami, *Minha Querida Sputnik*

Dizemos América, és
magnífica querendo dizer
estamos desolados.

Reetika Vazirani, "É um país jovem"

1

DOS DIÁRIOS DOS SONHOS

Ontem à noite a serpente veio a mim.

Fiquei espantada, embora, hoje, pouca coisa me espante.

Ela era mais linda do que eu me lembrava. Sua pele verde brilhava como as bananeiras depois da chuva no jardim de que cuidávamos por trás das grutas do sonho. Mas talvez, com a idade, eu esteja começando a ver beleza onde antes eu não esperava.

Eu disse, já faz tempo, amiga. Mas não a culpo mais por isso.

Para me mostrar que também não me guardava rancor, ela arregalou os olhos. Parecia o sol faiscando num estilhaço de espelho.

A última vez que ela apareceu foi uma época de grande mudança em minha vida, uma época, primeiro, de possibilidade, depois, de escuridão. Ela não voltara mais, embora eu tivesse chorado e ficado sem voz de tanto chamar por ela.

Por que vem agora, quando finalmente eu estava em paz com minhas perdas, com as barganhas que fiz? Quando abri a mão e deixei as coisas que eu desejava me escorrerem por entre os dedos?

O corpo dela reluzia. Um brilho límpido, pleno, com tons litorâneos de vermelho, fim de tarde nos ciprestes da costa do Pacífico. Fiquei algum tempo observando, e vi que ela viera para anunciar outra mudança.

Mas de quem – e o quê?

Não era nascimento. Rakhi não faria isso consigo mesma, já sendo mãe descasada. Embora minha vida inteira, essa filha sempre tenha sido imprevisível.

União, então? A volta de Rakhi para Sonny, como eu ainda esperava? Ou será que um homem estava prestes a entrar em sua vida?

A serpente foi perdendo o brilho até ficar cor de mato dentro d'água, um eco fino pendurado numa lama esverdeada.

Era morte que estava anunciando.

Meu coração começou a palpitar, devagar, sem ritmo. Uma batida artrítica que ecoava em todos os vãos do meu corpo.

Tomara que não seja Rakhi, tomara que não seja Sonny nem Jonaki. Tomara que não seja meu marido, com quem falhei de tantas maneiras.

A serpente era quase invisível enroscando-se e desenroscando-se. Hieróglifos, nós, novelos.

Entendi.

Vai doer?, sussurrei. Vai doer muito?

Ela bateu a cauda. O ar era cor de fio telegráfico velho.

Pelo menos vai ser rápido?

As escamas dela piscaram sim. Uma fumaça veio não sei de onde para cobri-la. Ou seria a fumaça parte do que está por vir?

Será logo?

Uma pequena irritação no brilho de seus olhos. No mundo em que ela habitava, *logo* não queria dizer muita coisa. Mais uma vez, eu fizera a pergunta errada.

Ela saiu serpeando. Sua língua era um chicotinho cor-de-rosa. Senti o desejo absurdo de tocá-la.

Espere! Como posso me preparar?

Ela virou para mim aquela cabeça oval achatada. Estendi a mão. Sua língua – ora, nada tinha de chicote, mas era macia e triste, como se feita de seda antiga.

Acho que ela disse: A única preparação é compreender.

O que eu precisava compreender?

A morte põe fim às coisas, mas também pode ser um começo. Uma oportunidade de se resgatar o que se fez malfeito. Será que você se lembra o que foi?

Tentei pensar em retrospecto. Era como espiar por uma janela embaçada. As grutas de areia. As lições. Nós, noviças, estávamos aprendendo a ler os sonhos dos mendigos e dos reis e dos santos. Ravana, Tunga-dhwaja, Narad Muni –. Mas eu desistira no meio do caminho.

Ela estava sumindo. Uma idéia me correu na pele como um sopro.

Mas só se você agarrar o momento. Só se...

Aí ela já tinha sumido.

2

Rakhi

Minha mãe sempre dormia só.

Até os meus oito anos, eu não pensava muito sobre isso. Era só uma parte da minha rotina noturna, em que ela me cobria e ficava algum tempo sentada na beira da minha cama, alisando de leve o meu cabelo no escuro, cantarolando. A segunda parte de meu ritual da hora de dormir consistia em contar histórias. Era eu quem inventava as histórias. Eram sobre Nina-Miki, uma menina da minha idade que morava num planeta chamado Agosolin III e levava uma vida de aventuras incrível. Eu teria preferido que as histórias fossem contadas por minha mãe e se passassem na Índia, onde ela cresceu, uma terra que me parecia envolta num mistério sem fim. Mas minha mãe dizia que não sabia nenhuma história boa, e que a Índia não era tão misteriosa assim. Era só um lugar como outro qualquer, não muito diferente, no fundo, da Califórnia. Eu não me convencia, mas não esquentava muito a cabeça. As aventuras de Nina-Miki (se posso dizer isso) eram bem cativantes. Eu me orgulhava de ser a autora delas, e de ter minha mãe, que era boa ouvinte, como platéia.

Quando a história terminava, minha mãe me dava um beijo, a boca fria como prata em minha testa. Agora durma, sussurrava ao sair, batendo a porta ao passar. Mas eu ficava acordada, ouvindo o farfalhar macio do seu sári de algodão no corredor. Ela parava na porta do quarto de meu pai – era assim que eu pensava no quarto grande e escuro dos fundos da casa com aquela cama enorme macia demais e aquela colcha de batique – e eu ouvia o murmúrio agradável da conversa dos dois. Pouco depois, eu ouvia a porta dele fechando, os passos dela se afastando. Ela caminhava de mansinho e com segurança, do jeito que as corças devem andar na floresta, as roupas farfalhando como folhas ao vento. Eu ficava prestando atenção até ouvir a porta do quarto de costura abrir e fechar, o rangido das dobradiças. Aí, eu relaxava e caía no mundo de calda de chocolate dos meus sonhos.

Eu sonhava muito nessa época, e quase sempre meus sonhos eram de uma intensidade sufocante. Acordava com o coração batendo tanto que parecia que ia explodir. Quando conseguia me mexer, ia tateando pelo corredor até o quarto de costura, sentindo sob os meus dedos as paredes ásperas e estranhas, corrugadas como pele de dinossauro. Eu não sabia por que minha mãe chamava o quarto assim; ela nunca costurava. Quando abria a porta rangente, eu a via no chão, virada para a parede, com a cabeça coberta, tão quieta que, por um momento, achava que ela estava morta. Mas ela logo acordava, como se sentisse o meu cheiro como um bicho sente o cheiro dos filhotes. Eu tentava me enfiar debaixo do cobertor dela, mas ela sempre me levava – com uma firmeza meiga – de volta para minha cama. Deitava-se ao meu lado e afagava meus cabelos, e às vezes, quando o pesadelo era dos piores, recitava palavras que eu só entendia depois que tornava a adormecer. Mas ela nunca ficava. De manhã, quando eu acordava, ela estava na cozinha, fazendo ovos mexidos.

O quarto de costura estava vazio – eu nunca soube onde ela guardava a roupa de cama. O tapete nem sequer tinha os pêlos amassados para indicar que alguém dormira ali.

Fiz minha descoberta uma tarde em que havia ido brincar na casa de uma das minhas colegas de turma. Isso raramente acontecia porque, apesar da insistência de minha mãe, eu não era muito sociável. Não achava muita graça nas crianças da minha idade. Preferia andar atrás de minha mãe dentro de casa, embora ela não estimulasse isso. Às vezes, eu ouvia atrás da porta a conversa dela ao telefone, ou a observava sentada no sofá de olhos fechados, uma ruga de concentração na testa. Ficava impressionada com sua imobilidade, seu total recolhimento. Tentei isso algumas vezes. Mas só conseguia manter a concentração por alguns minutos antes de começar a me remexer.

Esqueci o nome da menina, e por que, durante a tarde, entramos no quarto dos pais dela, mas lembro-me de quando ela disse para não pular na cama, eles não gostavam.

– Você quer dizer que sua mãe dorme aqui, com seu pai? – perguntei, admirada e com um certo nojo.

– Claro que sim – respondeu a menina. – E a sua não?

Sob seus olhos incrédulos, abaixei minha cabeça culpada.

– Vocês são estranhos – declarou ela.

Depois dessa tarde, comecei uma pesquisa séria. Visitei, uma por uma, a casa de todas as crianças que eu conhecia (não eram muitas) e, entre jogos, guloseimas e tevê, dei uma conferida discreta nos dormitórios de suas mães. Finalmente, fui obrigada a concluir que minha família era, de fato, esquisita.

Munida de estatísticas, confrontei minha mãe.

Foi aí que fiz a outra descoberta, a que me incomodaria durante toda a minha juventude.

Minha mãe era intérprete de sonhos.

A descoberta não veio com facilidade. Minha mãe não gostava de falar de si mesma e, quando eu era criança, aperfeiçoara muitos métodos para desviar minhas perguntas. Dessa vez, porém, persisti.

– Por que não dorme com papai? – eu perguntava sempre. – Ou pelo menos comigo, como faz a mãe de Mallika? Você não ama a gente?

Ela ficou calada tanto tempo, que eu já ia perguntar de novo. Mas aí ela respondeu:

– Amo vocês, sim. – Dava para ouvir a relutância na voz dela, feito ferrugem, tornando-a quebradiça. – Não durmo com você nem com seu pai porque meu trabalho é sonhar. Não posso fazer isso se houver alguém na cama comigo.

Meu trabalho é sonhar. Fiquei revirando as palavras na cabeça, intrigada. Eu não as entendia, mas já estava apaixonada por elas. Eu queria ser capaz de dizê-las a alguém um dia. Ao mesmo tempo, elas me assustavam. Pareciam colocar minha mãe fora do meu alcance.

– O que quer dizer? – perguntei, com irritação.

Ela estava com um olhar – eu teria chamado esse olhar de desespero, se soubesse fazer isso.

– Eu sonho os sonhos dos outros – disse ela. – Para poder ajudar as pessoas a viverem suas vidas.

Eu ainda não entendia, mas sua cara estava branca e contraída, como um casulo, e ela tinha as mãos apertadas no colo. Não tive coragem de importuná-la mais. Ela não admitira o mais importante, que nos amava? Balancei a cabeça positivamente como se estivesse satisfeita com sua explicação.

Seu sorriso demonstrava alívio. Ela me deu um abraço. Dava para sentir os vestígios de tensão em seus ombros.

– Por que não decide o que quer para jantar? – perguntou. – Pode me ajudar a cozinhar, se quiser.

Deixei que ela mudasse de assunto e pedi ravióli. Comi ravióli pela primeira vez naquela tarde fatídica na casa da minha colega. Lá em casa, raramente comíamos algo que não fosse indiano. Essa era a única forma pela qual minha mãe conservava sua cultura. Ela nunca havia feito ravióli antes, mas procurou a receita num livro de culinária. Passamos o resto da tarde enrolando, cortando, recheando a massa com queijo. O ravióli ficou cheio de calombos, e a cozinha, um desastre, toda lambuzada de molho, o chão coalhado de lascas de queijo, mas estávamos encantadas com nós mesmas.

Enquanto cozinhava o ravióli, minha mãe virou-se para mim e disse, embora eu não tivesse lhe contado o que minha colega me dissera:

– Rakhi, lembre-se disso: ser diferente não é ser esquisito.

Ela me espantava assim de vez em quando, referindo-se a coisas que não podia saber. Mas sua clarividência era irregular. Criaria problemas para nós ao longo dos anos, fazendo com que ela ignorasse acontecimentos que eu esperava que soubesse, segredos que eu ansiava por lhe contar mas a respeito dos quais eu não agüentava falar.

Por exemplo: por que deixei Sonny.

No jantar, papai admirou as formas criativas que havíamos feito e disse que aquela era uma refeição a um só tempo deliciosa e instrutiva. Ele limpou a cozinha depois, cantarolando uma canção híndi enquanto esfregava a pia com Comet, as mãos calçadas em luvas de borracha amarelo-néon. Ele era o arrumado lá de casa, o metódico, sempre gentil, o musical. Minha mãe – misteriosa, obstinada, inconfiável –

não conseguiria cantar nem que sua vida dependesse disso. Eu queria ser igualzinha a ela.

Anos mais tarde, depois que ela morreu, meu pai diria:

– Não é verdade. Ela não me amava de verdade. Nunca deixou que eu me aproximasse tanto. O núcleo dela – esse era reservado aos deuses ou demônios dos sonhos dela, fossem eles quem fossem. Ela nunca compartilhou esse núcleo com ninguém. Nem mesmo com você.

E eu seria obrigada a admitir que ele, também, estava certo.

3

Ela está pensando em verde. Verde-floresta, verde-ouro-cinza, verde com o prateado enevoado do orvalho, debruado com o marrom quebradiço do tempo que passa. Todas as cores do eucaliptal onde ela caminhou hoje de manhã. Está pensando nas cores que terá que misturar para recriar esse verde, cores que não têm nada de verde. É a coisa mais próxima da magia que ela conhece num mundo que já a decepcionou várias vezes com seus hábitos prosaicos. Até mesmo os seus terrores são terrores previsíveis; seus desapontamentos marcam o ar com seu cheiro característico e inconfundível muito antes de acontecerem.

Ela pega a grande placa de vidro transparente que lhe serve de paleta enquanto pensa isso; pega uma tela nova e preparada. Sente sua superfície revestida; seu cheiro lhe é familiar como o hálito de Jona. Ela espreme amarelo-nápoles e amarelo-ocre, cobalto e ciã e siena queimada, um pouco de azul-da-prússia para as sombras, e considera a geometria estranha da vegetação. Cachos de seu cabelo grosso preto, amarrado atrás sem piedade com uma das fitas velhas de Jona, ameaçam fugir e lhe cair na cara. Enganosos, aqueles cachos de neném. Juntamente com os planos angulosos das maçãs de seu rosto, sua testa larga e lisa (brilhando de concentração) e o sinalzinho bem no meio de seu lábio inferior, levam os estranhos a acreditar que ela é inocente, alegre e otimista, e é assim porque nunca lhe aconteceu nada de ruim. Se olhassem nos olhos dela, arregalados, com uma profundidade que é quase roxa (como a noite, como um machucado novo, como a flor da clitória que sua mãe nunca lhe descreveu), veriam que isso é só em parte verdade. Mas são poucos os que se dão ao trabalho de fazer isso – e menos ainda os que sabem como lidar com isso. Como disse uma vez a Belle, ela prefere continuar mal interpretada.

O eucaliptal estava molhado quando ela chegou lá hoje de manhã, coisa que a surpreendeu. Não chovera perto de casa, embora o tempo estivesse enevoado como costuma estar em Berkeley. Mas no bosque havia poças d'água. Precisava contorná-las para não molhar os sapatos. E aí outra surpresa: havia um homem no eucaliptal. Um fato raro, tão cedo num dia de semana. Ele fazia *tai chi*.

Ela fora ao bosque porque pretendia pintá-lo, e ficara nervosa com isso porque nunca havia pintado uma árvore. Até então, o tema de quase todos os seus quadros fora a Índia – uma Índia imaginada, uma Índia pesquisada em fotografias, porque ela nunca fora lá. Pintara templos e paisagens de cidades e mulheres num mercado e motoristas de ônibus almoçando, mas nunca uma árvore, pelo menos como foco principal. Mas ontem à noite ela achara que precisava fazer algo de novo, algo que fosse um desafio. Foi uma idéia de que já se arrependia.

Ficou irritada ao vê-lo. Quisera o bosque só para ela, sem que as energias do lugar fossem perturbadas. Mas o homem estava longe o suficiente para que, depois de algum tempo, ela não se importasse com ele. Observou seus movimentos submarinos definidos e pensou: é assim que as pessoas deviam usar o corpo. De onde ela estava, as mãos dele eram lindas. Ele estava vestido com roupas brancas folgadas, e o sol, coado pela ramagem trêmula dos eucaliptos, tornava iridescente seu cabelo negro. Ela não via direito seu rosto – apenas um indício de tez cor de oliva e maçãs do rosto salientes. Por um momento, perguntou-se quem ele era. Se era indiano. Queria ir até lá e olhar na cara dele. As solas de seus pés formigavam, prenunciando o desejo, coisa que ela julgava ter posto de lado depois do fracasso de seu casamento. Fechou os olhos para controlar a sensação. Já estava mais velha; era mãe. Sabia por experiência própria que o formigamento indicava problema na certa, e ela já tivera problemas suficientes na vida.

Ela prende a tela no cavalete, aperta os parafusos para firmá-la. Passa o pincel na tinta e dá aquela primeira pincelada no fundo virgem. Este é o momento em que tudo é possível.

O telefone toca.

Irritada, ela se pergunta quem poderia ser. Belle sabe que não deve incomodá-la de manhã, que é sua hora de pintar. Sua mãe deve estar ocupada com os clientes. Seu pai deve estar no trabalho. Além do mais, só telefona quando está bêbado, nos fins de semana.

Ela ouve os toques com impaciência, esperando a secretária eletrônica ligar. Uma voz começa a deixar um recado. O telefone fica fechado num armário no outro extremo do apartamento (ela o põe ali quando pinta), de modo que não dá para decifrar as palavras. Mas ela conhece a voz.

Sonny.

Ela devia ter adivinhado! Sente a tensão chegando, uma rigidez que começa na barriga das pernas e vai lhe subindo pelo corpo até a ponta dos dedos. Ela agarra o pincel com mais força. *Eu me recuso a parar por causa dele.* Mas a verdade é que ela não pode parar por ninguém, não agora.

Ela tentou explicar isso a Sonny uma vez. Como num determinado momento as cores se apoderam dos olhos, das mãos. Como ela tem que abandonar o corpo ao ritmo delas. Como, até o movimento ficar pronto, nada mais importa.

Ela não esperara que ele, que não era artista, entendesse.

Estavam à mesa, terminando de jantar. Ele comia folheando uma revista de música. Ela nunca lembra o nome das revistas dele – salvo a *Playboy,* pivô de uma briga. Ele mordiscava o *sandesh* que ela fizera. Isso foi quando ela ainda fazia refeições complicadas – aperitivos, *rotis* frescos, caris saborosos com molho de amêndoa, sobremesas indianas tradicionais que exigiam horas de acrobacias culinárias. Ele tinha o cuidado de limpar as migalhas brancas doces dos dedos entre uma mordida e outra. Era sempre um motivo de espanto para ela que um homem como ele, tão dionisíaco nos outros apetites, tivesse modos tão delicados à mesa. Ele demorou tanto a falar que ela achou que ele não tivesse ouvido. Era comum ele estar longe, mergulhado em seus pensamentos. Ou talvez nada tivesse a dizer. Mas enquanto ela levava os pratos para a pia, ele murmurou:

– É como estar no meio do ato de fazer amor, não é?

A exatidão da comparação deixara a sem ter o que falar. Ele a humilhava assim de vez em quando, fazendo-a ver coisas invisíveis sobre si mesma, articulando o que ela não tinha palavras para dizer. Essa era uma das coisas de que ela gostava nele antes da noite em que ele estragara tudo.

Na hora que pensa isso, sabe que não é verdade. Uma relação não estraga numa noite, como leite. Houve indícios durante algum tempo, mas ela optou por não ver. Ficara rodando em volta da mó da vida pela qual estava tão apaixonada, como os novilhos de antolhos que ela vira numa fotografia de uma aldeia indiana.

A cegueira dos touros é perdoável. A dela, ela não tinha perdão. Por isso suas panturrilhas ficam tensas quando Sonny liga, ela sente uma dor como se tivesse uma espinha de peixe espetada na garganta.

Termina um conjunto de pinceladas, larga o pincel dentro de um vidro de terebintina e pega outro. Acrescenta cores, formas. Dilui a tinta cuidadosamente com óleo de linhaça de modo que as linhas dos objetos ficam fluidas. Quando os contornos se derramam uns nos outros para formar desenhos não planejados, ela sente o couro cabeludo pinicar de prazer.

Mas o telefone está tocando de novo, logo quando ela precisa de toda a concentração.

Se for Sonny ligando de novo, ele vai se arrepender.

Mas, dessa vez, a voz é feminina. Abafada como está, não dá para identificá-la direito, embora seja obsessivamente familiar. Rakhi registra a ansiedade roxa e corajosa do tom. O mundo inteiro, *yin* e *yang*, está conspirando contra ela hoje. Bem, essa mulher terá que esperar, também.

Ela está no meio da primeira demão do quadro, que é um *close-up* de uma árvore, a textura de folhas e da casca se soltando. O sol sublinha sua silhueta como uma lembrança duvidosa. Uma brisa libera o pólen das flores de eucalipto carnudas no canto esquerdo. Ela fita o cavalete, tentando sentir a vida por trás das pinceladas. Embaixo do que já fez, há outras camadas aguardando. Novas cores a introduzir. Marfim, preto, rubro, um traço de sal marinho pesando no ar. Ela experimenta um toque no canto inferior direito. Precisa algo mais ali. Talvez – ? Ela não planejara, mas, de repente, resolve pôr na tela o homem das belas mãos.

Mas o telefone fez o seu serviço, despertando a voz que sussurra em sua cabeça. E se Sonny estivesse ligando a respeito de Jona, que estava passando essa semana com ele?, pergunta a voz. E se esse segundo telefonema fosse do colégio de Jona? E se lhe tiver acontecido algo terrível? *Se você fosse uma boa mãe,* sussurra a voz em tom de censura, *pararia agora mesmo e iria ver.* A voz evoca catástrofes atrás de seus olhos apertados. Faz suas mãos tremerem.

Se pintar mais alguma coisa agora, ela estragará a composição toda.

Larga o quadro e vai até o armário onde a secretária eletrônica espera, piscando seu olho ciclópico malicioso. Ela aperta o botão *replay*. Uma fala de um filme que ela viu lhe passa pela cabeça: *A vida atrapalha a arte.*

Isso resume bem minha existência, pensa.

Mas, como já disse a Belle, não está se queixando. Comparada à situação de três anos atrás, quando acabara de sair de casa e aguardava a homologação do divórcio, sua vida é um mar de rosas.

Sonny ligava para a casa dela todas as manhãs atualmente. Seus recados, torturantes nos menores detalhes, eram sempre iguais. Ele não entendia por que ela lhe fazia isso. O que quer que achasse que ele havia feito, ele sentia muito. Eles (na verdade, ele queria dizer *ela*) haviam cometido um erro horrível, precisavam voltar. Ele a adorava. Falava com aquela voz mais desamparada e geradora de culpa.

– Eu não atendia – disse ela a Belle –, mas ele sabia que eu estava ali, ouvindo. Sabia que eu não conseguiria pintar nada decente o resto do dia. Depois de um mês desses telefonemas, eu estava pronta para matá-lo.

– E aí, o que aconteceu? – perguntou Belle.

– Ele parou.

– De repente?

– É – respondeu ela, mas, no íntimo, se perguntava, como sempre, se sua mãe tivera alguma coisa a ver com aquilo.

O recado de Sonny diz: queridíssima Riks, é só para informá-la de que Jo e eu estamos subindo para Mendocino. Paul diz que apareceu um cardume de baleias ali, algumas até azuis. Diz que podemos dormir na casa dele uns dias, quem sabe sair no barco dele. Jo vai faltar um pouco ao colégio, mas tenho certeza que você não vai se importar. Ela estará aprendendo coisas mais importantes na grande universidade da vida.

Ela odeia quando ele usa clichês desse tipo. Ele sabe disso. Então os usa só de implicância. Eis algumas outras coisas que ele sabe: ela não gosta que Jona falte ao colégio – sua filha já tem uma vida suficientemente pouco estável. Não gosta de Paul, que é um bom fotógrafo mas queima muito fumo para que lhe confiem um barco ou uma criança. Odeia quando Sonny quebra a rotina que ela criou para Jona e para ela com tanto trabalho, e expõe sua filha a perigos físicos e morais. E tudo sem lhe pedir licença.

Tudo bem, tudo bem, diz a si mesma. Não vamos fazer melodrama.

Você tem é medo que Jona se divirta muito com Sonny, atalha a voz, que nunca perde uma chance. *Medo que ela não queira voltar para você.*

Cuido de você depois, diz ela à voz.

O segundo recado é de Belle. Diz: – Rikki, por favor, venha já aqui para o café. Aconteceu uma coisa horrível.

Ela suspira. Adora Belle (também conhecida como Balwant Kaur, embora nem seus pais tenham autorização para chamá-la assim) e sempre adorou, desde que foram colegas de quarto no primeiro ano em Berkeley. Já cuidaram uma da outra na hora de enfrentar problemas românticos, notas baixas, gripe e as opressões que só os pais indianos sabem impor aos filhos. Já se emprestaram dinheiro e calcinhas, coragem e batom, e já seguraram a cabeça uma da outra quando vomitavam depois de beber demais em festas às quais não deveriam ter ido. Já se confessaram coisas que nunca haviam se atrevido a contar a ninguém, e já se enxergaram de maneira diferente com os olhos uma da outra. Já passaram noites em claro conversando sobre como Rakhi às vezes se sentia americana demais, como Belle adoraria se livrar dos últimos vestígios de sua cultura indiana. Sem Belle, Rakhi acha que não teria sobrevivido ao divórcio. Belle conhece seus pontos fracos, sua teimosia, suas desconfianças, a paixão que tem por sua arte e o medo de nunca ser boa o bastante no que faz. A dificuldade que tem de mudar de idéia, de aceitar um mistério. O quanto odeia Sonny e ama a mãe. O quanto ambos a envenenam. Rakhi aceita a impetuosidade de Belle, sua agitação constante, como se tivesse algo corroendo-a por dentro. A maneira como ela vive mudando de namorado, sem nunca deixar o namoro ficar sério. Suas brigas constantes com os pais, gente boa do interior, atarantados com a filha beija-flor que se nega a deixá-los puxá-la de volta para aquele ninho sique seguro. Ela sabe como Belle gosta do café e como adora um drama, uma combinação que muitas vezes a atrai para o exagero.

Deve ser a máquina de expresso que tornou a quebrar, pensa. Mesmo assim, tira o avental de pintor e dá uma parada só para mergulhar os pincéis num vidro dentro da pia.

A pequena cozinha está naquela bagunça de praxe das boas intenções que não vingaram. Os pratos do jantar não foram lavados. O feijão *mung* que ela deixou de molho três dias atrás com uma resolução virtuosa, pretendendo preparar um *dal*, começou a brotar. Ela terá que ligar para a mãe e descobrir o que se pode fazer com um *mung* que já começou a brotar. Há pilhas de livros e catálogos de arte na mesa do canto de jantar e uma tigela azul cheia de abricós da árvore da senhoria – e contas por pagar. (Ah, a banalidade das contas, outra maldição na vida do artista.) Encostado na parede oeste há um quadro a óleo quase pronto: pôr do sol nos picos de Kanchenjunga. Ela o deixou ali para poder examiná-lo de vez em quando e verificar o que precisa ser acrescentado. As meias e as sapatilhas de balé que Jona jogou fora estão junto à janela, ao lado do pé de abacate que ela está tentando cultivar na caneca preferida de Rakhi. A parede leste fora cedida para o trabalho artístico de Jona, desenhos multirraciais de gente com cara de anã e olhos intensos delineados de preto.

Rakhi gosta do tumulto confortável de sua vida, das coisas que ela ama reunidas ao seu redor como um xale para proteger do inverno do mundo. Admira-se (quando pensa nisso, o que é intencionalmente raro) de ter sido uma dona de casa tão aflita quando era casada com Sonny, brigando com intolerância para que as toalhas molhadas no chão do banheiro fossem recolhidas e os tubos de dentifrício fossem tampados. Fica com uma certa pena quando pensa nessa época, nesse eu. Um eu-esposa tão convicto, querendo tanta coisa, sempre com uma postura solícita, como se a perfeição fosse uma cidade logo ali. Ela não sabia então que perfeição nada tinha a ver com felicidade.

E agora você aprendeu que a felicidade mora em salas bagunçadas, sussurra a voz implicante.

Amanhã, diz a si mesma encaminhando-se para a porta, fazendo uma careta ao pisar numa peça de Lego camuflada pelo tapete. Amanhã arrumo tudo isso. Darei bom exemplo para Jona. Até passo aspirador.

É, isso mesmo, diz a voz.

4

DOS DIÁRIOS DOS SONHOS

À noite sonhei com um cordão de ouro quebrando. Dava para ouvir os elos, tec-tec, feito osso de galinha. Quando acordei, eram três da manhã. Tinha os tendões das costas doídos da força que fazia para não deixar o cordão arrebentar. Eu sabia que não iria dormir de novo.

Fui para o patamar da escada e olhei para a lua nova. Quando abri a janela, senti um cheiro de funcho silvestre, que não dá em nenhum lugar perto da nossa casa. As anciãs diziam que o funcho curava feridas internas. Cultivávamos essa erva nas grutas e a dávamos aos sonhadores que nos procuravam. Será que eu podia interpretar isso como um sinal alvissareiro?

Mas, enquanto eu estava ali parada, o vento virou, e agora o cheiro era de peixe salgado. Fui sentar na cama vazia do quarto de Rakhi, onde ela dorme com Jonaki quando vem aqui. Toquei no travesseiro para me consolar um pouco. Senti-o quente na mão. Em momentos conturbados, as anciãs recitavam o *Brihat Swapna Sarita*. Fiz o mesmo agora, embora já não me lembrasse de muitos dos cantos:

O sonho vem anunciando alegria.
Acolho o sonho.
O sonho vem anunciando tristeza.
Acolho o sonho.
O sonho é um espelho refletindo minha beleza.
Abençôo o sonho.
O sonho é um espelho refletindo minha feiúra.
Abençôo o sonho.
Minha vida não passa de um sonho
Do qual acordarei na morte,
Que não passa de um sonho da vida.

Mas de manhã, depois que meu marido foi para o trabalho, quando a mulher chega (como eu sabia que chegaria), não fica mais fácil contar-lhe o que preciso dizer.

Ela é mais velha do que eu imaginava, com fios grisalhos entremeados no cabelo curto e encaracolado, e rugas nos cantos dos olhos.

Ela diz: Estamos pensando em ter um filho. Já estamos casados há um ano, mas nos conhecemos tarde e não vamos ficar mais moços. Por isso vim vê-la. As pessoas dizem que você pode dizer se esta é uma época favorável para mim, ou não.

Você teve algum sonho recentemente?, pergunto. Que se lembre?

Sonhei duas vezes com a encosta de um morro, diz ela, o vento agitando o capim.

Pergunto de que cor era o capim, se era seco ou viçoso, mas ela não se lembra.

Lá longe, havia uma luz. Ela sabia que era a luz da casa dela. Irradiava boas-vindas, mas ela não conseguia encontrar o caminho até lá. Havia espinhos; eles lhe espetavam os pés.

Doía?

Mas sem sangue, diz ela. Sua voz implora para que eu diga algo favorável.

Então, no meio da subida, apareceu o marido dela. Ele estendeu a mão. Pela preocupação no olhar dele, ela via o quanto a amava. Fala isso com uma voz tímida e agradecida.

Ela estendeu a mão e, por milagre, seus dedos se tocaram. Mas já não era mais seu marido – era a cara de um estranho, perigoso e atraente.

Que roupa usava?

Ela franziu o cenho. Talvez um casaco, ou um xale.

Era cinza, como névoa? Era branco, como osso?

Talvez, diz ela em dúvida. Aí, abaixa os olhos.

Eu queria aquele homem mais do que tudo o que já quis. Estava pronta para deixar meu marido e segui-lo. O desejo parecia uma facada em mim. Minha barriga ainda doía depois que acordei.

Como posso lhe contar do câncer que começou a espalhar sua teia nela? Logo a dor será tão forte que uma metade dela desejará a morte enquanto a outra lutará para escapar. E seu marido, paralisado com o próprio sofrimento, não terá forças para ajudá-la.

Quem é esse homem estranho?, pergunta ela.

As anciãs, que acreditam em contar toda a verdade, teriam contado. Mas rompi com os costumes delas há muito tempo. Digo: O sonho é um aviso para cuidar melhor da sua saúde.

É?, diz ela em dúvida. É isso o que querem dizer essas imagens? Mas eu me cuido. Exercício, vitaminas, farinha de soja, auto-exames das mamas – essa coisa toda. Sou bastante saudável.

Eu a aconselharia a marcar uma consulta com seu médico agora mesmo.

Mas e aquilo que lhe perguntei? O bebê? Devemos tentar um agora? É uma época favorável?

Ela segura minha mão nas dela. Olho para elas. Pálidas, exangues, frias como terra de caixão. Mas só eu consigo ver isso.

Dou um sorriso forçado. Digo: Não adianta se preocupar, e não adianta esperar.

Que a intimidade lhes traga alguma alegria. Quem sabe, talvez fortaleça o vínculo entre eles não deixando que se rompa tão depressa. Já errei nas minhas interpretações de sonhos, mas não muitas vezes.

Mas marque essa consulta assim mesmo. Certifique-se que tudo seja examinado. Promete?

Você é ruim como minha mãe! Tudo bem, prometo. Obrigada. Muitíssimo obrigada. À porta, ela se vira, olhos de diamante. Se for uma menina, vamos pôr o seu nome.

5

Rakhi

Sinto o nervosismo de Belle antes mesmo de entrar na Chai House, antes mesmo de ver a cara dela. Está escrito em suas costas, na forma como ela está crispada como um bicho ameaçado. A forma como seu cabelo, que normalmente é apanhado num luzidio rabo-de-cavalo, lhe cai emaranhado nos ombros. Mesmo assim, ela é cuidadosa com os bolinhos que está arrumando na bandeja. Chocolate com pedaços de chocolate, amora, farelo de trigo, cenoura, amêndoa. Formam um mosaico quente de marrons e laranjas, pontilhados com o roxo incrível das frutinhas. Ao lado desses bolos, há pães doces, depois um prato de biscoitos de canela quebradiços que batizamos de Delhi Quebra-dieta. O cheiro de café forte se derrama para a rua. E de pão fresquinho.

Uma vez, eu disse à minha mãe: Enquanto houver pão fresco no mundo, as coisas não podem estar perdidas.

Ela fez que sim com a cabeça. Mas eu não podia ler os olhos dela. *Minha pobre Rakhi, botar tanta fé no pão!*

Nunca entendi o seguinte: sou ingênua, ou minha mãe é cínica?

Respiro fundo. Ingênua ou não, adoro esse lugar – e tenho a sorte de tê-lo. Porque se não fosse por esse estabelecimento, talvez hoje eu também não tivesse Jona.

Enquanto disputávamos a guarda – com uma ferocidade incrível –, não dava para prever quem ficaria com ela. Eu não pensara que Sonny haveria de querer se dar ao trabalho de cuidar de uma criança de três anos que ainda nem saíra das fraldas, mas ele me surpreendeu. O advogado de Sonny argumentara com eloqüência que, como o principal DJ de uma boate famosa, ele seria um provedor muito melhor para Jona do que eu. Mas a Chai House fizera a balança pender para o meu lado. Do contrário, Jona passaria três semanas em quatro sob a guarda de Sonny-o-irritante.

Fico mais um pouco na frente do café aproveitando a vista. Belle e eu botamos tudo o que tínhamos na Chai House – toda a nossa criatividade, bem como todos os nossos minguados caraminguás – e transformamos um estabelecimento caindo aos pedaços em algo especial. Pintamos nós mesmas as paredes em tons de pêssego. As cadeiras entalhadas (praticamente antigas, segundo Belle), encontramos no leilão de um armazém. Fui eu quem descobriu o par de cadeiras de balanço, cada uma com seu descanso de pé, na feira de objetos usados Ashby. Colocadas num canto, são uma das coisas de que os fregueses que vêm sozinhos mais gostam. Mas eu nunca me sento nelas. Reformei-as nas longas noites que se seguiram ao meu divórcio, e pareceu-me que elas ainda tinham o cheiro daquela época, aquela triste mistura de liberdade e medo.

Num cubículo, ficava nossa estante grátis "Deixe um, pegue um", onde Paul Auster e Dean Ornish figuravam lado a lado com Mary Higgins Clark e Salman Rushdie. Junto à estante, um tapete criava uma área infantil cheia de cubos e marionetes feitas de sáris velhos (contribuição de minha mãe), para onde Jona ainda ia direto cada vez que vinha à Chai House. Ao lado da porta, havia um quadro de avisos onde os fregueses anunciavam aulas de dança, bazares, animais necessitados de um lar e humanos necessitados de caras-metades. Em pontos estratégicos na parede, eu pendurava meus próprios quadros. A luz batia neles transformando os jardins Mughal em jóias, fazendo as gotas d'água brilharem no couro dos elefantes que se banhavam. Potes de vidro grandes de café, cada qual com seu nome escrito – Sumatra, Ootacamund, Orgânico do Peru, Montanha Azul da Jamaica – reluziam atrás do balcão. Em quadros grandes pendurados no alto, Belle escrevia o menu diariamente com sua melhor letra cursiva.

– Caseira, mas com um estilo que a de casa nunca teve – ela gostava de dizer. Eu ria com ela, mas, no íntimo, concordava.

A Chai House me salvou também de outra maneira naqueles meses tristes após o divórcio quando não conseguia parar de me perguntar se eu realmente cometera um erro terrível, como muita gente veio correndo me dizer. Se estragara as chances de Jona ter uma infância feliz, separando-a de seu pai amoroso. Eu me dizia que essas pessoas não sabiam toda a verdade. Não moravam com Sonny, não sabiam como ele erguera o rosto naquela noite na festa e olhara para mim, olhos vidrados, sem me reconhecer. Mas aí, eu não tinha certeza. Tanta gente gostava de Sonny, até mesmo minha mãe. Como podiam todos estar errados, e eu, certa? Durante aquelas meias-noites agitadas de dúvida, a Chai House me deu algo tangível em que me segurar, algo que era exatamente o que parecia ser, nada mais, nada menos. Cuidar dela era uma forma de fazer pelo menos uma parte de minha vida dar certo.

Talvez seja significativo que a primeira coisa que consegui desenhar após o meu divórcio tenha sido uma cena do interior do café. Levei três meses dolorosos para pintá-la e não ficou muito boa, mas pelo menos terminei-a sem jogá-la fora, como fizera com todos os outros esboços. Preguei-a na parede do meu quarto ao lado de um desenho de Jona, e, nos dias ruins, sua solidez me confortava. Naqueles dias, a única coisa que me tirava da cama era saber que, sem mim, talvez eles não sobrevivessem, meu café e minha filha.

O sino na porta anuncia minha entrada, e Belle vem disparada.

– Ah, você chegou, Rikki! Finalmente! Graças a Deus! – Ela limpa as mãos no avental e vem correndo segurar meu braço. – Mil desculpas por incomodá-la desse jeito, sei que as manhãs são importantes para a sua pintura...

Isso não é bom sinal. A última vez que Belle me pediu desculpas foi quando pegou emprestado meu único vestido de noite para ir dançar e rasgou-o do lado de alto a baixo. Foi na véspera do meu grande encontro com Sonny, aquele em que ele iria me pedir em casamento. E isso nem era uma verdadeira desculpa. Porque depois ela disse que rasgara de propósito, tentando em vão me salvar de mim mesma.

– Tudo bem – digo cautelosa. – Qual é o problema?

Em resposta, Belle me arrasta para nossa janela e aponta. Seu dedo, com a unha pintada de fúcsia cintilante, treme com eloqüência.

Afasto as ramagens das muitas plantas que vicejam em nosso peitoril, presentes que recebemos de nossos clientes desde a inauguração, e olho para o outro lado da rua. Lá está o Easels, onde o proprietário, o Sr. Jamison, me dá um desconto de bom vizinho em meus suprimentos artísticos. O Estrella, o restaurante mexicano administrado pela família Soto. E a Purple Jam, que vende fitas e CDs usados e vive apinhada de gente jovem com roupas e penteados escandalosos.

Belle revirara os olhos quando eu lhe disse isso.

– Você está ficando velha – retrucara. – Além disso, eles devem achar que suas roupas é que são escandalosas. Isto é, um escândalo de tão antiquadas.

O que mais eu poderia esperar de alguém cuja roupa preferida era uma míni frente única de paetê, e que acabara de fazer um *piercing* duplo no umbigo?

Na calçada bem em frente a nós está o quiosque de flores de Marisa, que hoje exibe umas tulipas de um amarelo incrível. Três estudantes, munidos de copos de café azul-escuros (nossos!), estão no ponto do ônibus esperando o 51 para levá-los ao *campus*. Duas mães de roupas de corrida conversam empurrando carrinhos de bebê. No cruzamento, um homem distribui folhetos cor-de-rosa para algum acontecimento. Marco, o sem-teto que mora no People's Park e vem aqui no fim do dia para comprar com desconto nossos pães doces que sobraram (ele se nega a levá-los de graça), está ajeitando sua caixa de violão.

– Deus está no céu d'Ele, até onde posso ver – digo. Gosto de como as tulipas formaram uma cunha limão contra o bege quente da parede do restaurante, como o sol da manhã fez sobressair a textura dos tijolos, as sombras sutis. Começo a montar mentalmente uma composição.

– Você não está prestando atenção – acusa Belle. – Está pensando em algum quadro que vai pintar, não? – Ela bate com o dedo no copo. – Lá, olhe para aquele lado!

Dessa vez, eu vejo. A loja na esquina – um ponto cobiçado –, que estava vazia desde que a Sra. Levy fechou sua deli para se aposentar no mês passado, já não está mais vazia. A frente continua igual, mas há gente lá dentro – gente de uniforme, limpando e montando coisas. Os uniformes, um verde-oliva elegante, me lembram alguma coisa. Onde já os vi antes? Enquanto estamos olhando, chega um caminhão. Homens começam a descarregar mesas e cadeiras, caixotes de vários tamanhos. Uma das mulheres vem para a rua supervisionar. É alta e magra, com maçãs do rosto impressionantes e cabelo dourado cintilante, e o uniforme cor de oliva lhe cai tão bem que parece feito sob medida. O que, obviamente, não era o caso, porque, ocorre-me de repente, esse é o padrão para os 50 mil empregados que trabalham no Java em todo o país.

– Isso mesmo – diz Belle com uma satisfação triste. – Havia um artigo sobre eles na *Business Week* do mês passado, lembra? Li trechos para você. – Ela recita. – "O Java é a cadeia de cafés que mais cresce no país, famosa por sua política de abrir novas lojas perto de cafeterias já existentes e roubar a clientela destas com ofertas grátis e descontos especiais. Em três anos de funcionamento, conquistara 67% do mercado dos Estados Unidos. 'Isso não é nada', afirma o presidente Jeff Norfolk com a modéstia característica. 'Nosso objetivo é alcançar 100%.'"

Belle tem uma memória infernal. Eu, por outro lado, estou convencida de que devemos esquecer os fatos desagradáveis o mais rápido possível. Quanto mais pensamos neles, eu já disse a ela, mais energia mental eles sugam da gente, mais se fortalecem.

Mas nem mesmo eu consigo bancar o avestruz nessa situação.

– Seria melhor jogar a toalha já – diz Belle melancolicamente. – Vender antes de sermos obrigadas a encerrar nossas atividades. Sete anos de trabalho exaustivo, de sangue do coração indo por água abaixo, mas acho que é assim mesmo.

Cogito em lembrar a Belle que só temos a Chai House há cinco anos, depois mudo de idéia. Além do mais, ela tem razão a respeito do trabalho duro.

– Acho que eu ainda poderia voltar a Turlock – prossegue Belle. – Ajudar mamãe e papai com a loja de produtos alimentícios. Eles ficarão bem contentes. Nunca se convenceram de que morar na Área da Baía fosse bom para mim. Provavelmente vão acertar o meu casamento com um dos fornecedores da loja, um daqueles jovens fazendeiros indianos corretos. Vivem tentando me apresentar a eles...

– Não vamos esquentar a cabeça.

– Já me vejo daqui a dez anos, envolta numa capa de gordura e uma túnica *salwaar*, uma penca de moleques ranhentos agarrados na barra da minha *duppata,* enrolando *makkhi ki rotis* para todos os meus parentes afins...

– Belle, você não sabe fazer *roti*, nem nenhuma comida indiana, aliás. E nunca vi você vestida com nada remotamente parecido com uma túnica *salwaar*...

– Exatamente – diz Belle. Aí ela cai em prantos.

– Calma! – digo severa, mas vejo que, por baixo de todo esse teatro, dessa vez, Belle está realmente preocupada. A Chai House é ainda mais importante para ela do que para mim. Foi um sonho dela. Lembro do dia em que foi lá em casa (eu ainda estava casada), acenando animadamente com um maço de folhas de papel. Expôs as idéias enquanto eu amamentava Jona. Aconchegada no casulo da felicidade doméstica, eu ficara em dúvida. Estava ocupada cuidando de um marido e um bebê, disse-lhe, sem falar na minha arte. Eu não precisava da amolação de tentar administrar um negócio ainda por cima. Mas ela ficou me perturbando. *Pense no quanto seria divertido, não ter que trabalhar para os outros. Sempre quis fazer isso.* Ela cantou os pais para lhe darem o dinheiro da poupança que estavam fazendo para o seu casamento para ser usado como sinal para garantir o contrato. Eles deram – mas com grande relutância. Não acreditavam muito que Belle (ou eu) tivéssemos tino empresarial suficiente para não nos dar mal no negócio. Mesmo agora, quando nos ligam, nota-se um tom apreensivo quando perguntam como estamos. Talvez seja por isso que Belle dê tanto duro, para provar que eles estão errados.

Sonny também não gostou muito. Ele não queria que eu começasse uma coisa que exigisse tanta atenção de minha parte quando Jona ainda era bebê. Imaginei que meus pais (minha mãe, na verdade; meu pai raramente expressava suas opiniões em questões que dissessem respeito à minha vida) fossem apoiá-lo. Mas minha mãe me surpreendeu. As mulheres precisam possuir alguma coisa pessoal para ser independentes, disse com uma veemência inesperada. Algo que lhes dê um sentimento de identidade. Algo a que recorrer, se necessário. Terá ela sentido, de alguma maneira, o que estava por vir? Ela me dera um bom dinheiro, sem nunca explicar a origem dele – o suficiente para comprar todo o equipamento de que precisávamos para começar –, e se ofereceu para tomar conta de Jona.

O pânico é contagioso. E se eu perdesse a Chai House?, vi-me pensando. Minha boca se enche de uma secreção amarga; minhas mãos estão suadas. Esse tempo e esse dinheiro todos, todas as minhas esperanças indo por água abaixo. Mas isso é o de menos. Nunca consegui esconder algo dessa monta de Sonny-o-falcão. Isso vai lhe dar o que ele anda esperando esse tempo todo – a chance de tirar Jona de mim.

Belle enxuga os olhos. Ocorreu-lhe uma idéia, dá para ver.

– Vamos ligar para sua mãe! – diz. – Ela vai saber o que devemos fazer.

– Não! – digo, agarrando o telefone, mas ela já está discando.

A linha está ocupada.

Uma Belle desapontada me entrega o telefone com instruções expressas de ligar de dois em dois minutos até conseguir. Então vai guardar o resto dos bolinhos.

Belle é fã de minha mãe – talvez *devota* seja uma palavra melhor – desde que minha mãe decifrou um sonho para ela. (Eu nunca soube dos detalhes – minha mãe mantém sigilo absoluto a respeito das pessoas a quem ajuda. Desconfio que tenha algo a ver com o namorado de Belle do momento, um garoto que usava o cabelo pintado de verde, um brinco em forma de navalha e um eterno sorrisinho irônico nos lábios, e que pouco depois saiu da vida dela.)

Minha mãe exercia o mesmo fascínio sobre Sonny. Quando se conheceram – muito antes de começarmos a namorar oficialmente – ele decidiu que iria adotá-la. (Ou, mais precisamente, que ela iria adotá-lo.) Ele continuou a se insinuar no seu coração usando descaradamente o charme (mercadoria que ele tem de sobra) e lhe trazendo de presente verduras orgânicas exóticas do mercado do produtor de São Francisco. Continua indo jantar na casa dela todas as semanas para lhe contar suas muitas histórias de desgosto (desgostos criados por ele, em minha opinião), que ela ouve com uma compaixão excessiva. Ele vai embora com embrulhos cheios de suas iguarias preferidas – *palak paneer,* frango *tandoori, pooris* –, pratos cuja preparação leva horas. Sei disso porque ele faz questão de me ligar para contar.

Quando vou lá, ela me faz uma fritura chinesa, 15 minutos entre começar e ficar pronta.

Sonny e eu tivemos algumas altercações a esse respeito.

– Ela é *minha* mãe, caso você tenha esquecido – disse-lhe eu uma vez, após um telefonema em que ele ficou eloqüente falando das maravilhas do *kurma* de peixe de minha mãe. – Agora que nossa relação terminou, você não acha que devia se retirar um pouco?

– Por quê? – perguntou ele, todo inocência magoada. – Ela ainda é minha mãe, no que me toca. É também a melhor cozinheira do mundo e uma das poucas pessoas que me entendem e têm apreço por mim.

– Sonny, você não tem a menor idéia do que é apreço.

– Além do mais – prosseguiu ele com um suspiro dramático como se eu não tivesse falado –, no meu coração, nossa relação nunca vai deixar de existir.

Desligo enojada.

Logo depois, minha mãe ligou. Estava irritada, o que era raro nela.

– Não acredito que você esteja com ciúmes do coitadinho, sozinho desse jeito. Não acredito que não quer que ele venha me ver.

– Que fofoqueiro! Espere até eu...

– Lá vai você, tirando conclusões desconfiadas e precipitadas. Eu gostaria que você soubesse que Sonny não me disse uma palavra.

– Hã-hã, claro – disse eu, com minha voz mais irônica, mas, por incrível que pareça, acreditei nela. Minha mãe tinha um jeito de saber das coisas.

– Não quero que ele se aproveite de você – acrescentei. Precisei morder o lábio para me impedir de acrescentar: E como é que você faz para ele todas aquelas comidas complicadas que nunca faz para mim?

– Ele não se aproveita de mim. Toda vez que vem aqui, traz alguma coisa para seu pai e para mim. – Aqui, ela fez uma pausa significativa; para me ajudar a perceber, sem dúvida, que eu poderia melhorar um pouco nesse campo. – Ele faz um monte de coisas para mim, de fato. Semana passada, levou-me ao médico para o *check-up*.

– Mas você sempre vai sozinha...

– Não gosto muito de dirigir atualmente – disse ela.

– Como? Está doente? Por que não pediu a *mim*, se precisava?

Ela mudou de assunto com habilidade.

– E traz os últimos filmes híndis e assiste a eles conosco, aqueles com todas as músicas de sucesso. Seu pai gosta muito disso. Você sabe o quanto ele gosta de música...

– Desde quando você começou a assistir a filmes híndis? Nunca me deixava assistir quando eu era adolescente. Dizia que eram bobagens sexistas.

– Desde quando começou a querer comer minha comida indiana? – retrucou minha mãe, que acredita em jogo ofensivo. – Era sempre massa e pizza e *Ah, mamãe, alu parathas de novo, não!* quando você era adolescente. – Depois acrescentou: – Amo vocês dois, devia saber disso. Vocês não estão competindo, embora você tenha decidido se divorciar.

Minha mãe nunca fez segredo de sua afeição absoluta e irracional por Sonny. Não entendo essa aberração numa mulher que, não fora por isso, é uma das pessoas mais inteligentes que conheço.

Talvez exista outro Sonny, Belle me disse uma vez. Um Sonny mais gentil e mais doce que só sua mãe consegue ver, do jeito que vê os sonhadores dela.

É, respondi. Um Sonny mais gentil e mais doce. Isso teria que ser um sonho, com certeza.

Em favor de minha mãe, digo que ela nunca tentou me pressionar para ficar com Sonny uma vez que decidi sair de casa. Embora eu nunca tenha conseguido dizer a ela por quê.

Mas cá estou eu, me preocupando com uma história antiga quando deveria estar atacando o problema imediato. Sempre tive esse defeito, mais uma diferença entre mim e minha mãe, que é a garota propaganda original do Não Deixe para Depois. Talvez por isso ela sonhe e eu pinte. Porque os sonhos olham para o futuro, e a pintura tende a conservar o passado.

Assistimos da janela da Chai House à descarga dos equipamentos de aspecto caro do caminhão e ao transporte da carga em carrinhos para o Java.

Belle me lança aquele olhar seria-melhor-você-pegar-de-novo-o-telefone-e-fazer-aquela-ligação.

Lanço-lhe um olhar por-que-precisamos-arrastar-minha-mãe-para-isso.

– Rikki, agora não é hora de se entregar a um falso orgulho. Precisamos da ajuda de sua mãe.

– Podemos lidar com isso sozinhas – digo em meu tom mais confiante.

Mas, no íntimo, tenho medo. Nunca soube planejar bem. Quase sempre, caí nas coisas que a vida me jogou em cima. Levar o divórcio até o fim foi a única decisão difícil que tomei. Minha mãe, agora: ela é a lutadora da família. Uma vez que se decide por um objetivo, não desiste.

– Feito a tartaruga – dizia meu pai –, na lenda da lebre e da tartaruga. – Com um sorriso irônico e uma piscadela, acrescentava: – E adivinhe quem é a lebre?

Nunca soube ao certo se ele se referia a ele mesmo ou a mim.

Mas houve corridas que minha mãe não ganhou. Nunca conseguiu fazer meu pai parar de beber, embora periodicamente ficasse furiosa e jogasse fora as garrafas dele.

– Por que eu deveria deixar de beber? – perguntou-nos uma vez. – Isso me dá alegria, ou espanta a minha tristeza... dá no mesmo. E não estou fazendo mal a ninguém, estou?

O hábito da bebida dele era irregular. Nunca entendi o que o levava a beber. Às vezes, ele passava um mês sem tocar em álcool. Às vezes, começava a beber numa sexta-feira à noite e emendava o fim de semana inteiro. Só bebia vinho tinto – dizia que lhe fazia bem ao coração – e nunca ficava inconveniente quando bebia. Sentava no canto da sala e punha para tocar músicas de pessoas já mortas em seu aparelho de som antiquado, a maioria canções de amor de Sehgal ou Rafi ou Kishore Kumar, embora às vezes ele me surpreendesse pondo Lady Day. De vez em quando, cantava junto – tinha uma voz possante de barítono –, um sorriso embevecido e distante no rosto. Quando ficava bêbado demais para cantar, encolhia-se no sofá e cobria-se com uma manta que tinha pronta para isso, e ia dormir. Segunda-feira de manhã ia trabalhar, aparentemente sem ter sido afetado pela escapada do fim de semana.

Nunca o odiei por causa da bebida. Até minha mãe morrer.

Minha mãe tentou fazê-lo parar de todas as maneiras que sabia. Depois que passava o porre, ela preparava os pratos preferidos dele. Ficava atrás de sua cadeira, massageando-lhe o pescoço.

– Você vai se matar de tanto beber! – dizia. Falava com uma voz suave. Só eu, do outro lado da mesa, via seu olhar perturbado. Eu esperava que ela lhe perguntasse por que ele fazia isso consigo mesmo, mas ela nunca perguntou. Ela lhe implorou, sim, para ir conversar com alguém, um médico, um sacerdote no templo de Shiva Vishnu, um conselheiro dos AA. Mas ele nunca lhe deu ouvidos.

– Desde que eu não a mate – brincava –, você não devia se queixar.

– Talvez você faça isso, também, um dia desses – dizia minha mãe irritada.

– De onde tirou isso? De um de seus sonhos?

A cara dela perdia totalmente a expressão sempre que ele falava isso, como se ela tivesse apagado alguma coisa no íntimo. Também não gostava que mencionássemos seus sonhos.

– Tudo bem, tudo bem – dizia meu pai. – Peço desculpas. Por favor, me perdoe? – Ele se ajoelhava na frente dela e abria os braços, estilo Bollywood.* – *Mere sapno ke rani* – cantava com sua voz rouca até que ela sorria e dizia:

– Ah, pare com isso, seu ridículo!

As palavras dele – meu híndi era, na melhor das hipóteses, falho, mas acho que queriam dizer *rainha dos meus sonhos*. Ou seria *minha rainha dos sonhos?*

* Indústria musical e cinematográfica da Índia.

6

Rakhi

Havia dois tipos de interpretação que minha mãe fazia, embora pudesse haver outros. Meu conhecimento desta faceta de sua vida é furtivo, fragmentado, adquirido por meio de bisbilhotice.

O primeiro – como ela me contara com relutância – era quando uma pessoa a procurava com um sonho, e ela lhe explicava seu significado. (Era procurada só por *mulheres?* Desconfio que homens também procuravam minha mãe, embora eu imagine que ficassem mais constrangidos com isso.)

– O sonho é um telegrama do mundo oculto – ouvi-a dizer uma vez. – Só um louco ou um analfabeto ignora isso.

O segundo tipo de interpretação era mais complicado. Falarei dele depois.

Aprendi cedo a não ficar fazendo perguntas à minha mãe sobre o trabalho dela. Embora falasse comigo livremente sobre assuntos que eram tabu em famílias indianas – namorados, transformações do corpo, coisas ruins que aconteciam na escola –, ela não falava sobre sonhos. Se eu trazia o assunto à baila, ela ficava com uma cara agoniada. Às vezes, saía de casa. Uma vez, pegou o carro e ficou horas na rua. Eu estava fora de mim de preocupação, certa de que tinha havido um acidente. Acho que foi logo depois que parei de perguntar. Ou talvez tenha sido depois que ela desistiu de me ensinar.

Não vamos deturpar os fatos. Não era minha mãe que queria me ensinar a interpretar sonhos. Eu é que tinha loucura para aprender.

Desde que me lembro, eu queria ser intérprete. Mas quando fiz 12 anos, fiquei obcecada com isso. Vi que era uma vocação nobre, a um tempo misteriosa e útil ao mundo. Ser intérprete do âmbito interior parecia muito *indiano.* (Ao pensar isso, claro, eu me iludia. Não estavam os jornais americanos cheios de anúncios de videntes?) Eu ansiava pelas coisas indianas porque minha mãe nunca falava do país onde fora criada – assim como nunca falava do passado. Mas se eu pudesse ser uma intérprete de sonhos como ela, certamente eu a entenderia sem a necessidade de palavras.

Nem todos os meus motivos eram tão puros. Às vezes eu fantasiava como o meu talento faria com que as garotas mais populares da escola ficassem minhas amigas, como obrigaria Elroy Thomas, que tocava bateria na banda, a finalmente reparar em mim. Eu me imaginava passando a mão no cabelo dele, naqueles cachos muito crespos.

Quando pedi à minha mãe, ela fez que não com a cabeça.

– Primeiro, não se pode ensinar esse conhecimento a gente que pode querer usá-lo em proveito próprio. (Aqui ela ficou me olhando até eu desviar a vista.) E, segundo, não se pode ensinar esse conhecimento, ponto.

Eu não estava convencida.

– Como você aprendeu, então?

– Tenho que fazer o jantar.

Peguei a ponta do sári dela quando ela tentou fugir para a cozinha. Disse-lhe que não a soltaria enquanto ela não me contasse a história inteira.

– Não há história para contar. Eu tinha um dom. Uma tia distante que era intérprete de sonhos viu isso quando veio nos visitar.

– Mas como?

– Não me lembro muito bem. Acho que me fez dormir no mesmo quarto. De qualquer forma, quando foi embora, me levou para morar com ela.

Fiquei olhando para ela, tentando imaginar como deve ser deixar para trás tudo o que se ama e partir com uma pessoa estranha.

– Você foi embora assim, de repente? Sua mãe não tentou detê-la? Você não ficou com saudades dela?

Ela ficou olhando para as costas das mãos. Sua infelicidade era palpável. Eu poderia tê-la segurado na mão, como um passarinho machucado. Eu nunca havia notado antes que as pontas de suas unhas eram malcuidadas, como se fossem roídas. Minha mãe roendo unha? Isso me chocou muito. Eu disse:

– Deixe para lá. Me conte o que sua tia lhe ensinou. Ela lhe deu aulas?

– Acho que poderíamos chamar de aulas. – Ela falou devagar, as palavras saindo sonâmbulas de sua boca. – Mas elas vieram depois, e só porque eu já tinha o dom.

– E eu não tenho? – Tentei fazer uma voz descontraída, mas saiu meio falhada.

Ela hesitou.

– Não sei ao certo. Não sinto que tem, só isso. Talvez eu esteja muito perto de você para ver.

Eu sabia o que ela estava dizendo, com jeitinho. Mas não podia suportar desistir ainda.

– Quero que tente, mamãe – disse eu. – Tente mesmo, mais uma vez. Deixe-me dormir com você.

Ela ia dizer não – dava para ver pela posição de sua boca. Mas aí, concordou. Seria porque me amava? Seria alguma culpa profunda e cromossômica, por não me ter transferido o dom?

Dormi profundamente naquela noite, acordando de manhã com uma ligeira dor de cabeça. Minha mãe tinha a cara tensa, os olhos sublinhados de olheiras escuras.

– Lembra de alguma coisa? Alguma coisa que viu? – perguntou. Estava rouca, como se estivesse ficando gripada.

Quando balancei a cabeça, ela pareceu desapontada e aliviada ao mesmo tempo.

– Não deu certo – disse. – Sinto muito.

As palavras dela eram como uma porta se fechando, com ela do outro lado, fora do meu alcance.

– Tudo bem – disse eu, me afastando, a voz mais displicente que consegui fazer. – Não importa. Obrigada pela tentativa, de qualquer maneira.

Eu nunca consegui enganar minha mãe. Eu sentia seus olhos em mim, agudos e tristes. Mas ela só disse:

– Talvez seja melhor assim. Ser intérprete de sonhos não tem tanto *glamour* quanto você pensa.

Um ano depois, eu ficaria sabendo o quanto ela estava certa.

O segundo tipo de interpretação ocorria quando minha mãe sonhava. Esses sonhos não eram sobre ela, ou sobre nós, ou sobre qualquer pessoa que ela conhecesse. Todas as pessoas nesses sonhos eram desconhecidas e, em geral, não acreditavam em sonhos. Ou acreditavam – mas porque isso era mais forte que elas. O que era pior, porque quem é obrigado a acreditar em algo que desejaria tirar da cabeça torna-se uma pessoa irritada.

A obrigação de minha mãe era avisar essas pessoas irritadas do que estava prestes a lhes acontecer.

Nessa manhã específica, minha mãe estava com enxaqueca. De vez em quando, tinha umas enxaquecas que a deixavam cega – embora, olhando em retrospecto, acho que devia ser com mais freqüência do que meu pai e eu nos dávamos conta. Ela não era de se queixar. Ou talvez não quisesse falar no assunto para não percebermos que as dores de cabeça aconteciam sempre que ela sonhava um sonho alheio.

Mas nessa manhã, a dor de cabeça deve ter sido terrível, porque depois que preparou o café-da-manhã de meu pai e ele saiu para trabalhar, ela se deitou no tapete da sala e pediu-me que lhe trouxesse um cobertor e um vidro de aspirina. Engoliu um punhado dos comprimidos brancos e pediu que eu aconchegasse o cobertor em volta dela. Fiz isso constrangida – suas pernas e seus braços pesavam. Com uma voz rouca, que não parecia a sua, ela acrescentou que queria que eu faltasse ao colégio e ficasse em casa.

Esse pedido era incomum da parte de minha mãe, para quem o colégio estava lá em cima, ao lado de Deus. Fiquei assustada. O que ela disse depois assustou-me mais ainda.

– Preciso de sua ajuda – disse.

Minha mãe vivia me pedindo ajuda – para lavar legumes, fazer a cama, postar cartas, levar um saco de laranjas maduras do nosso quintal para os Yangs, que moravam na nossa rua. Quando eu era menor, isso fazia com que eu me sentisse indispensável, mas, recentemente, vi que tudo o que eu fazia para ela, ela poderia fazer sozinha em metade do tempo. Ela só me pedia a fim de que eu aprendesse o que eu precisava saber antes que ela me lançasse em minha vida adulta.

Mas nesse dia, pela primeira vez, ela realmente precisava de mim.

Fiquei sentada ao seu lado, me perguntando se eu devia chamar o médico. Mas que médico devia chamar? Eu só conhecia o pediatra ao qual ela me levava. Será que minha mãe *tinha* mesmo um médico? Meu coração ficou aos pulos, culpado, descompassado, quando percebi quão pouco eu sabia, ou quisera saber, da vida de minha mãe.

Como se sentisse o que eu estava pensando, minha mãe abriu os olhos – estavam vermelhos – e balançou ligeiramente a cabeça. Aí, fez sinal para que eu me aproximasse.

– Vá no quarto de costura – sussurrou com esforço – e olhe no armário. Debaixo dos travesseiros extras, há uma caixa de plástico com uma tampa azul...

Fiquei esperando ela falar mais, mas ela tornou a fechar os olhos. Sua respiração estava entrecortada.

Corri para o quarto de costura, para o armário grande que tomava uma das paredes. Tentei abrir a porta de correr, mas ela emperrou, e mal deu para eu me espremer pela abertura. Eu nunca havia prestado muita atenção no armário antes – era um lugar onde se guardavam as quinquilharias da casa. Mas hoje, quando espiei lá dentro, pareceu muito escuro, e maior do que devia ser. Talvez se estendesse toda vida, para lá da minha visão? (Eu lera as *Crônicas de Nárnia.*) Estendi a mão, o coração acelerado. Mas ali estava a parede do fundo, de uma concretude desapontadora. Na sala, ouvi minha mãe tossir. Confusa, revirei a pilha de travesseiros e encontrei a caixa. Era uma caixa Tupperware, e não muito grande, embora fosse bem pesada. Abri a tampa – não pude resistir. Dentro, havia carreiras de vidrinhos, cada qual do tamanho de um dedo indicador. O vidro era marrom-escuro, então não deu para ver o que havia dentro.

Quando levei-lhe a caixa, minha mãe deu um sorriso lânguido. Esperei para ver o que ela ia fazer com os vidros, mas ela mandou que eu fosse procurar um número no catálogo telefônico. Soletrou o nome que eu devia procurar: Raghavendra, S. P. Não era um nome que eu já tivesse ouvido. Enquanto eu o localizava e copiava o número do telefone, ela havia terminado com a caixa.

– Ponha-a de volta exatamente onde estava – disse. – E depois calce os sapatos. Temos que sair.

– Mas você não está em condições para isso – protestei.

Ela não disse nada, só se levantou do chão. Apoiou-se na parede e foi titubeando até o armário de sapatos. Ajudei-a a encontrar os chinelos e tranquei a porta quando saímos. A claridade a fez contrair o rosto e apertar os olhos com as mãos.

– Temos que ir mesmo? – perguntei aflita. – Você está muito mal para dirigir...

– Dirigir não – disse minha mãe. Pegou minha mão e, apoiando-se pesadamente nela, pôs-se a caminhar.

Em cerca de dez instáveis minutos, tínhamos chegado ao posto de gasolina da esquina. Minha mãe deu a volta até a lateral, onde ficava o telefone público. Pegou o telefone e pediu que eu ligasse para o número que eu copiara.

– Tem certeza? – perguntei, preocupada com o rumo que as coisas tomavam. – Você ao menos conhece esse sujeito?

Minha mãe fez que não com a cabeça. Eu ouvia o telefone chamando. Uma voz brusca disse:

– Raghavendra falando.

– Sr. Raghavendra – disse minha mãe. – Estou ligando para informar que sua vida está em perigo. Uma das pessoas que mora em sua casa está planejando matá-lo.

Houve um silêncio do outro lado da linha. Então a voz, sibilante e pesada, mas ao mesmo tempo miúda e fina, disse:

– Quem fala?

Minha mãe não disse nada.

– Isso é trote? Vou ligar para a polícia, mandar localizar a chamada...

– Sr. Raghavendra – disse minha mãe –, tem que acreditar em mim. Deve ser o seu primo, que o senhor ajudou a vir da Índia seis meses atrás. Ele mora em sua casa desde então, certo? O nome dele começa com a letra *H*?

Silêncio novamente.

– Acho que ele começou um "envolvimento" com sua mulher e o quer fora do...

– Como sabe disso? – Ele parecia estranhamente calmo.

– Não posso lhe dizer.

– Alguém pôs você para fazer isso, é? Uma piada, é?

– Não é piada – disse minha mãe.

– Então você é doida! – Ele agora gritava. – Completamente pirada! Vou mandar interná-la. Vou atrás de você pessoalmente e...

Eu soluçava. Não sabia ao certo o que me apavorava mais: o homem de algum jeito vir a saber quem era minha mãe e encontrá-la, e, por extensão, nos encontrar, como ameaçava. Ou ele estar certo, e ela *ser* louca.

– Fiz o que pude, Sr. Raghavendra – disse minha mãe com tristeza. – Agora é com o senhor.

E enquanto o homem esbravejava sobre o que faria quando a encontrasse, ela desligou o telefone com mãos trêmulas. Foi às cegas atravessando o estacionamento, sem perceber um caminhão de entrega que acabava de dobrar a esquina.

Gritei. Ouviu-se o guincho da freada. Um homem corpulento de cara vermelha debruçou-se na janela do caminhão e gritou:

– Sua idiota! Não enxerga? Podia morrer!

Minha mãe não pareceu ouvi-lo. Foi até a moita na esquina e vomitou ali. A essa altura, eu já a havia alcançado. Segurei sua cabeça enquanto ela vomitava. Fuzilei com os olhos os passantes que nos olhavam com nojo, e limpei o rosto dela como pude com um lenço de papel que eu tinha no bolso. Eu estava pronta para voltar para o telefone público, abrir as páginas amarelas e chamar um médico – qualquer um –, mas minha mãe segurou meu braço.

– Já estou melhor – disse. E estava. Eu via nos seus olhos, que estavam límpidos de novo. O que quer que lhe tivesse feito mal já a deixara, agora que ela transmitira seu sonho.

Alguns meses depois, arrumei coragem e perguntei à minha mãe o que acontecera naquela manhã.

Ela me olhou franzindo um pouco o cenho e disse:

– Que manhã, *shona*? Não sei do que você está falando.

Olhei para sua expressão cândida. Ela não estava mentindo. Isso eu podia dizer. Fiquei com a boca seca. Seria parte do dom do vidente essa habilidade de apagar uma coisa uma vez cumprida sua obrigação para com essa coisa? Será que ela nos apagaria um dia, a meu pai e a mim?

Ou – mas não. Não imaginei o incidente. Tenho certeza que não.

Às vezes penso no quanto a pessoa tem que acreditar em si – e na verdade de seu sonho – para fazer o que minha mãe fez naquela manhã. E em muitas outras manhãs, tenho certeza, embora ela nunca mais tivesse me pedido ajuda. Lembro-me da veemência da raiva na voz do homem e penso: eu não poderia ter assumido essa tarefa.

Graças a Deus, meu mundo é mais simples. Até minhas tragédias são simples. Coloridas com tons lugares-comuns.

Mas eis o que é louco: dou graças a Deus, e aí, na mesma hora, fico desapontada. Porque nunca vou entrar no reino subterrâneo de minha mãe, naquelas grutas povoadas de possibilidades, no que pode acontecer ou não, onde um mais um pode ser igual a 100 – ou zero.

7

O telefone de sua mãe continua ocupado. Rakhi está irritada com isso, mas não surpresa. A mãe passa quase o dia todo ao telefone, provavelmente porque seus clientes preferem não encontrá-la. Talvez ela prefira não os encontrar, também. Seria esquisito, até perigoso, se se vissem mais tarde – talvez no armazém ou num acontecimento social, só que sua mãe já não vai mais a esse tipo de evento. Isso é inquestionável, Rakhi nunca esteve com nenhum deles.

Ela ouve os toques curtos. Sua pele pinica de impaciência, que penetra em sua corrente sangüínea como dardos. Como sempre, sua mãe está ocupada com outra pessoa, pensa ela, aí se envergonha da mentira. Durante toda sua infância, sua mãe teve o cuidado de garantir que seu trabalho com os sonhos não perturbasse a vida familiar. Então ela o metia em bolsas, garrafas, rachaduras na parede que seu marido ou sua filha não viam. (Só uma vez houve uma exceção, perto da loja de conveniência, cheiro de vômito e vapores de diesel e folhas esmagadas de espirradeira...) Talvez seja isso que deixe Rakhi sentida: o fato de sua mãe, tão maternal, tê-la deixado de fora do lugar onde ela mais queria entrar. De ter-lhe negado o que era seu por direito de nascença e a ter condenado à vida insípida da América provinciana.

Quando Rakhi finalmente consegue que ela atenda o telefone, sua mãe parece desorientada.

– Quem é? – pergunta, com uma voz esbaforida. – Quem?

– Mãe, é Rakhi! A única filha que você tem, lembra?

– Sinto muito, *shona* – diz a mãe, a voz contrita, mas ambas sabem que ela não está se desculpando de verdade. – O que é?

Rakhi sente uma ponta de ciúme conhecida, aquela desconfiança de ser menos importante que *eles* que a rondou por toda a infância. Põe esse sentimento de lado e conta à mãe sobre o novo café, tentando falar com eficiência, de maneira adulta. É meio difícil, com Belle respirando acelerado em seu outro ouvido, instigando-a em sussurros altos.

Sua mãe nada diz. Ela nunca reage a más notícias da forma como Rakhi imagina que outras mães reagem, com exclamações horrorizadas ou arrulhos de solidariedade. A filha não sabe ao certo se deve achar isso bom ou ruim. Hoje o silêncio da mãe a irrita. Talvez a mãe faça o mesmo com os clientes, mas, sendo sua filha, Rakhi não merece pelo menos uma ou duas exclamações de pena? Como ela pode ter tanto sangue-frio, ser tão diferente de todo mundo? Será por já saber o que as pessoas lhe dizem?

Sua mãe continua calada, mas há uma intensidade em seu silêncio agora. Rakhi imagina-a parada na cozinha, como já a viu tantas vezes. Ela estaria encostada na parede, passando os dedos pelos longos cabelos negros. (Sua mãe não tem nenhum cabelo branco, coisa que desconcerta Rakhi, que recentemente arrancou alguns fios chocantes da própria cabeça.) Os olhos de sua mãe estão fechados e ela consegue focar melhor no que ouve. Está com uma cara distraída e sem emoção, como a das estátuas de deusas de que Rakhi se lembra das raras visitas de sua infância ao Dharma Samaj Védico. Não respondia, se por acaso Rakhi falasse com ela nessas horas. Agora é diferente, Rakhi pensa com um sorriso irônico. Agora sou eu quem recebe toda a sua atenção.

Ela tem uma ótima relação com a mãe, sabe disso. Ficam felizes sempre que estão juntas, e gostam de conversar uma com a outra. A mãe fazia todo o possível para ajudar a filha se esta estivesse em dificuldades. Ia além do que Rakhi pedia. Talvez por isso Rakhi relute em lhe levar seus problemas. Ou talvez seja porque a mãe nunca fale sobre as próprias tristezas. Rakhi não tem idéia do que pode estar tirando o sono da sua mãe.

Mas talvez pensar isso seja seu primeiro erro. Talvez os intérpretes de sonhos nunca durmam.

Rakhi se lembra de uma coisa que a mãe lhe disse quando ela tinha uns dez anos. Gravou isso porque era raro a mãe lhe dar conselhos. Estavam no jardim, plantando pimentas. Sua mãe pôs uma mudinha com sua bola de raízes cabeludas, as pimentas como biquinhos de passarinho vermelhos, na cova que Rakhi havia feito.

– *Shona* – disse naquela voz de açúcar queimado com uma ligeira aspereza deliciosa. – A melhor maneira de gostar de uma pessoa é não precisar dela. Esse é o amor mais puro.

Rakhi não sabia ao certo o que a mãe queria dizer. Mas, depois disso, passou anos tentando amar as pessoas assim, sem contar com elas. E não conseguiu. Às vezes, ela se pergunta se esse princípio fez as coisas não darem certo entre Sonny e ela. Teria sido porque ele já se habituara a essa auto-suficiência dela que não conseguiu acudir quando ela finalmente pediu ajuda?

Aja como adulta!, pensa, irritada. Assuma a responsabilidade por suas próprias encrencas.

Mas ela admite isso: fora aquele princípio que a fizera não procurar a mãe naquela noite em que Sonny tanto a decepcionou.

– Você foi muito tinhosa – acusa Belle (que só sabe uma fração do que aconteceu). – Só queria provar a ela que podia vencer sozinha.

Rakhi não sabe como explicar, mesmo para sua melhor amiga, que o que ela realmente estava tentando provar era que amava a mãe com o amor mais puro.

Rakhi termina a conversa telefônica informando a mãe de que não queria incomodá-la.

– Belle me obrigou – diz.

– Obriguei mesmo, droga – diz Belle, bem alto para a mãe de Rakhi ouvir. – Rikki está com aquela atitude dela de negação, mas eu sei reconhecer uma emergência.

Na frente da nova loja, dois operários desembalaram um enorme letreiro de um laranja jubiloso e pressagioso.

– Sei que isso não é exatamente um sonho, Sra. Gupta, embora seja uma espécie de pesadelo – diz Belle no fone, que arrancou da mão de Rakhi. – Mas achei que a senhora saberia o que fazer.

Rakhi não permitiu que a mãe a acompanhasse nos trâmites do divórcio, embora ela se oferecesse. Não lhe contou a respeito das batalhas amargas pela guarda da filha. Depois, contou-lhe somente os detalhes mais simples do acordo. Sua mãe provavelmente não percebe o que perder o negócio significa para Rakhi, que perdas maiores isso poderia acarretar.

Houve um longo silêncio, todas elas esperando algo, embora não seja claro o que é. Quando sua mãe fala, a voz dela surpreende Rakhi.

– *É* uma situação complicada, não é? – diz. (Sua mãe prefere não usar a palavra *problema.*)

– Claro que é – diz Belle. – E contamos com a senhora para nos dar o conselho certo.

Rakhi fuzila-a com os olhos e pega de volta o fone.

– Vocês precisam agir rápido – diz a mãe –, antes do que eles esperam. Eles vão tentar roubar seus clientes, atraí-los com propostas imbatíveis. Só fazendo alguma coisa diferente vocês terão sucesso. Criem uma atração especial, alguma coisa que signifique mais para as pessoas do que dinheiro.

Belle, que está com o ouvido colado no fone, balança a cabeça para cima e para baixo concordando enfaticamente.

– Como assim? Que tipo de atração? – pergunta Rakhi, mas sua mãe está calada.

– Talvez ela venha interpretar sonhos para a gente! – sussurra Belle. – Podíamos botar um anúncio no *Berkeley Voice*...

Rakhi tapa o fone com a mão e lança aquele olhar pare-com-isso-já para Belle.

Belle suspira.

– Acho que não ficaria bem pedir que ela prostitua o dom dela para fins comerciais. Mesmo se isso significasse salvar a vida de sua filha e, mais importante, da melhor amiga de sua filha. Aposto que ela nunca recebeu um tostão por todas as coisas maravilhosas que faz pelas pessoas...

Belle deve estar certa. Rakhi acha que a mãe não cobra nada pelo que faz. Mas desconfia que alguns clientes demonstrem sua gratidão com presentes, incluindo dinheiro. De que outra forma ela teria conseguido manter a casa funcionando tranqüilamente todas essas vezes que o pai de Rakhi foi despedido? Rakhi viu as jóias dela – sua mãe tem uma gaveta cheia, embora nunca use nenhuma. Quase tudo é bugiganga, mas Rakhi não se surpreenderia se ali também houvesse peças caras. Durante um ano inteiro, quando ela estava no segundo grau, uma caixa de produtos comestíveis frescos era deixada todos os domingos à porta de sua casa. Rakhi nunca viu quem entregava. Uma vez, sua mãe recebeu um processador de alimentos de última geração pelo correio; uma vez, mandaram-lhe um vale-brinde da Neiman Marcus (deu-o a Rakhi); e uma vez, quando era pequena, Rakhi abriu a porta da frente e encontrou uma gaiola com um filhote de puma, que, para seu eterno desgosto, sua mãe doou para o zoológico de Oakland.

Belle tem razão, também, no sentido de que ela seria uma grande Atração Especial.

Mas eis aqui o segredo vergonhoso de Rakhi: ela não quer a mãe no café. A Chai House é seu santuário, o único lugar que ela tornou seu. Por mais que goste da mãe, não quer que ela assuma esse lugar – da forma que (sem esforço, sem uma única palavra, até sem querer) domina outras áreas da vida de Rakhi.

Sua mãe dá uma risadinha, como se soubesse o que Rakhi está pensando.

– Diga a Belle que não posso fazer isso, e, mesmo se pudesse, o fato de vocês me terem aí não resolveria as coisas. Vocês precisam encontrar uma coisa autêntica para oferecer aos clientes, uma coisa que satisfaça uma necessidade neles que é profunda e real. Sei que descobrirão o que é. Tenho plena confiança em vocês duas.

Rakhi olha morosamente pela janela, perguntando-se o que ela quer dizer com *autêntica.* Os empregados do Java estão na rua, vendo os operários erguerem o anúncio. Dão vivas e aplaudem quando o anúncio fica no lugar. Ali dentro, dá para ouvi-los. O gerente louro parece eficiente em motivar a equipe na base da intimidação.

– Você só está nos fazendo esse discurso de mãe para levantar nosso moral – resmunga.

– Bem, o que você espera? Sou sua mãe, afinal de contas.

– Mas, Sra. Gupta – diz Belle, tornando a arrancar o telefone de Rakhi –, não pode nos dar uma pequena pista quanto ao *que* deveríamos fazer? Talvez ela lhe ocorra quando estiver dormindo...

– Talvez sim, talvez não – diz a mãe de Rakhi. – Não controlo meus sonhos, Balwant.

Belle começa a se desculpar, mas ela continua.

– Se eu controlasse, eles não teriam utilidade para ninguém. – Num tom mais leve, acrescenta: – Se puder ajudá-las de alguma forma, hei de ajudá-las, você sabe! Enquanto isso, eu não me surpreenderia se uma de vocês recebesse boas notícias em breve.

– Espere aí. – Rakhi debruça-se por cima de Belle e grita no aparelho. – Soube disso por um sonho, ou é só sentimento maternal?

– É uma das leis importantes do universo – declara sua mãe. – *Não existe escuridão mas a luz vem depois.* Já não ouviu isso?

Ela desliga, deixando para Rakhi meditar se esse é um ditado da sabedoria indiana ou da New Age californiana.

8

DOS DIÁRIOS DOS SONHOS

Uma vez, minha filha veio a mim chorando, e não pude ajudá-la.

Você não me ama, acusou-me ela depois. Você faz isso para todo mundo mas não quer fazer para mim.

Impossível provar seu amor a alguém que duvida dele.

Os avisos das anciãs voltaram a mim. *Ajude menos a quem mais ama. Você será derrotada pela consangüinidade.* Pensei: O que essas velhas secas sabem do amor? Se o amor é forte e puro, pode ultrapassar todas as barreiras. Esse é o tipo de amor que possuirei.

Rakhi fez 13 anos esse ano, uma menina de 13 anos respeitosa. Era muito diferente das outras garotas da idade dela. Suas colegas indianas usavam bustiês e *jeans* apertados. Fumavam e queriam ir aos concertos de Madonna. Odiavam qualquer coisa que tivesse a ver com sua cultura – ou seus pais. Minha filha voltou da biblioteca com uma pilha de livros sobre a Índia. Ela me observava por trás das portas. Começou *A Interpretação dos Sonhos*, de Freud, mas se desinteressou porque era muito focado na metodologia ocidental. Tentei desviar sua atenção do passado remoto e do longínquo, fazer com que focalizasse sua vida americana, mas ela continuou achando que o que fazia era incrível e maravilhoso.

Nessas páginas, posso confessar o que eu nunca lhe disse. Foi um desapontamento para mim também o fato de ela não saber decifrar sonhos. Ter a companhia dela nesse caminho aliviaria minha solidão. Desejei isso quando estava grávida. Mas aquele dom não era meu para dar.

Na noite sobre a qual estou escrevendo, ela veio chorando até onde eu dormia no chão do quarto de costura, onde as sementes dos sonhos caem em mim. Eram duas horas da manhã. Ela soluçava tão alto que eu mal conseguia entender o que dizia. Abracei-a e afaguei seus cabelos, e, lentamente, entendi que ela tivera um sonho. Ela não me contou mais nada, e eu não perguntei. Levei-a de volta para a cama, e, quando ela adormeceu, voltei para minha esteira. Mas, uma hora depois, ela estava de novo ali, aos prantos. Tivera o mesmo sonho, só que mais.

No primeiro sonho, contou-me, estava andando por uma loja de departamentos apinhada de gente. Estava sozinha, mas não achava que isso tivesse nada de mais – havia muita gente. Ela procurava um espelho. Perguntou a uma vendedora onde podia encontrar um. A mulher apontou-lhe uma direção. Ela passou pela *lingerie*, *lingerie* aos montes, pendurada em araras colocadas tão juntas que ela precisava afastá-las para passar. Estava suando. Não conseguia ver nenhuma das outras pessoas que faziam compras. Então ouviu os passos. Eram tão pesados que o chão tremia. Tinha certeza de que não eram de mulher. O que um homem estaria fazendo na seção de *lingerie?* Ela girou nos calcanhares, mas não havia nada. Ou quase nada. Ela achou que tinha captado uma mancha, como uma mão retirada depressa. Sabia que se se afastasse, a coisa voltaria. Temia o que aquilo podia fazer. Foi aí que acordou da primeira vez.

A segunda vez que adormeceu, já estava na seção de *lingerie,* passando por entre robes e camisolas. As roupas se comprimiam em volta dela, aquela sedosidade escorregadia colando-lhe no rosto. Ela não conseguia respirar. Tentou voltar à entrada da loja. Mas seu corpo ia em frente, como se dotado de vontade própria. Ela sabia o que vinha – os passos, cambaleando no canto de seu campo visual. Viu a mão agora com mais clareza. Não, não era uma mão monstruosa, só uma mão masculina normal. Não, a mão não segurava uma arma. Ela olhou para o braço depois da mão, para o tronco vestido com uma camisa branca. Não sabia por que a mão dele, tentando alcançá-la, através de gazes e sedas, com suas unhas limpas e curtas, a assustava tanto. A mão se aproximou; ela estava paralisada de medo; o indicador encostou em seu pulso. Então ela acordou.

Agora, agarrava-se a mim, recusando-se a voltar para a cama, recusando-se a tornar a dormir.

– Ele vai estar esperando lá – ficava dizendo. – Ele vai fazer alguma coisa horrível, sei que vai. E o pior é que uma parte de mim quer que ele faça isso. – Depois ela perguntou: – Por que fico sonhando esse sonho? O que quer dizer?

Havia uma ameaça no sonho. Ele irradiava calor, como um queimador que alguém se esqueceu de apagar. Mas eu não podia avaliar sua natureza, nem de onde podia vir.

Ela disse:

– Me ajude, mãe.

Tentei lembrar o que me ensinaram sobre pesadelos recorrentes. O que fazer a respeito deles. Mas nenhuma das respostas pareceu adequada. A única maneira de ajudá-la era eu ver o sonho por mim mesma.

Deitei-me ao lado de Rakhi com a cabeça em seu travesseiro, embora eu tivesse prometido a mim mesma nunca mais tentar fazer isso. Eu ficava pensando no que quase me acontecera da última vez, quando eu andara tentando ensiná-la a ler os sonhos. Como eu quase a perdera. Mas como podia abandonar minha filha ao seu pavor?

Fechei os olhos e fiz minha respiração ficar mais lenta, minha mente consciente se recolher. Eu sentia o calor pulsando da cabeça de minha filha, seus pensamentos frenéticos girando como vidro quebrado. Relaxei o domínio sobre meu corpo e me joguei nesse turbilhão. Eu havia feito algo parecido uma ou duas vezes, com clientes que não podia ajudar de nenhuma outra maneira. Esperava o mesmo puxão para dentro do vórtice, as imagens ficando mais lentas e mais nítidas, eu mesma passando pelo turbilhão e entrando no olho do sonho de minha filha.

Mas não foi assim. Passei pelo turbilhão, sim – mas, quando saí do outro lado, estava envolta num véu. Não conseguia ver nada, só ouvir. Ouvi Rakhi abrir caminho em meio às araras de roupas, o farfalhar acetinado delas se fechando depois que ela passava. Os passos do homem, a princípio, eram cautelosos, depois rápidos e seguros. Ele sabia que ela não podia fugir. Ele dizia algo, mas as palavras só me chegaram como sons guturais. Eu sabia que ela as ouvia de outra maneira. Para ela, eram cheias de promessa. Ouvi-a virar-se na direção dele. Tentei dizer-lhe que não fizesse isso, mas o véu tapou minha boca. Uma inspiração forte e deliciosa, o barulho que uma garota pode fazer antes de ser beijada pela primeira vez. Mas eu não podia ter certeza se era isso que eu tinha ouvido. Através do véu, tudo era incerto. Eu não conseguia decifrar o que o homem simbolizava. Quando ou onde ele apareceria em sua vida.

Quando Rakhi acordou chorando, eu também chorava. Era um fato duro de aceitar – eu, que interpretava sonhos para um mundo de estranhos, jamais conseguiria explicar à minha filha o significado de seus sonhos. Eu nunca conseguiria alertá-la para que ela evitasse os desastres de sua vida.

De manhã, fiz a única coisa que me restava fazer. Comprei o sonho de Rakhi. Comprei-o com uma nota de um dólar, uma vez que não tinha nenhuma concha cauri. Eu havia lido sobre o ritual no *Brihat Swapna Sarita,* mas fora embora sem ter a chance de vê-lo executado. Aprender por meio da leitura não é a mesma coisa que contar com uma anciã para lhe ensinar. De modo que isso, também, fiz malfeito.

Eu só perceberia isso depois. Mas já sentia que meu trabalho era tão inútil quanto apertar uma artéria com o polegar.

Eu fora derrotada pela consangüinidade.

9

Rakhi

Belle e eu fomos levadas a quebrar uma de nossas principais regras: jamais beliscar no horário de trabalho. Comemos melancolicamente umas guloseimas dietéticas e ficamos olhando o galhardete GRANDE INAUGURAÇÃO!! do outro lado da rua. A flâmula tremula alegremente mesmo sem um pingo de vento soprando. Estou quase fazendo um comentário sobre isso quando o telefone toca.

Belle pega o telefone com um gesto apático. Mas logo se anima.

– É Kathryn – anuncia – da Atelier!

Corro para o telefone, o coração aos pulos.

– A diretoria reviu seu *folder* e concordou em expor suas pinturas – diz-me Kathryn com sua voz *habillée*. – Houve um cancelamento e há uma brecha para daqui a duas semanas. Acha que dá para aprontar seu material em duas semanas?

Será que dá! Estou há seis meses esperando uma notícia da Atelier, considerada a galeria mais prestigiosa desse lado da baía. Contenho meu impulso de deixar escapar um oba selvagem e digo a Kathryn que conseguirei levar a maior parte dos quadros para a galeria na próxima semana. Concordamos em marcar o *vernissage* para dali a duas semanas, numa sexta-feira à noite.

Tão logo desligo, Belle se atira sobre mim e me dá um abraço apertado.

– Parabéns! Sua primeira exposição... e na Atelier, ainda por cima! Rikki, estou orgulhosíssima de você! – Ela me dá um beijo estalado de cada lado, depois recua, olhos arregalados. – Ora, é exatamente como sua mãe previu! Não faz nem uma hora que ela disse que uma de nós iria receber uma boa notícia!

– Pode ter sido coincidência – retruco secamente.

Belle faz que não com a cabeça.

– Pode dizer o que quiser, mas você é uma felizarda de ter uma mãe assim. – Outra idéia lhe ocorre, deixando seus olhos mais arregalados. – Talvez ela tenha feito isso acontecer! Acha que ela poderia...

Reviro os olhos.

– Será tão impossível acreditar que a diretoria reviu meu trabalho e decidiu que pinto bem?

Mas, no íntimo, também tenho minhas dúvidas.

Ligo para dar a notícia à minha mãe, e presto atenção enquanto ela diz o quanto está encantada. Sua voz está surpresa e agitada e meio chorosa, exatamente como qualquer mãe normal estaria – ou será que representa melhor ainda do que eu desconfiava? Peço-lhe que não marque nada na noite do *vernissage*. Não que eu espere que meus pais já tenham outro compromisso nesse dia. Não consigo me lembrar quando foi a última vez que eles saíram à noite, ou receberam amigos em casa. Será que *têm* amigos? Mas a exposição é muito importante para mim para eu me arriscar.

– Claro, querida – diz minha mãe. – Eu não perderia esse *vernissage* por nada deste mundo. – Há uma ligeira hesitação. Depois, ela acrescenta: – Nem seu pai.

Mas percebi a tensão na voz dela.

– O que é, mãe?

– Eu gostaria que não fosse sexta-feira, só isso.

Sei o que ela quer dizer. Os porres de meu pai sempre começam nas noites de sexta-feira, e faz tempo que ele não toma um.

– Ele tornou a ser demitido – acrescenta. – A companhia está enxugando. Ele vai diariamente à agência, mas parece que não há ninguém contratando, especialmente gente mais velha. Ele não está reagindo bem.

– Sinto muito – digo, mas não penso muito no assunto. Meu pai, uma presença vaga em minha vida nos melhores momentos, já foi demitido antes, e sempre conseguiu encontrar algo. No momento, egoisticamente, admito, estou mais preocupada com os meus problemas. – Você simplesmente vai *ter* que impedir que ele beba – digo-lhe. O nervoso me deixa contundente. – Só por essa noite. É muito importante. Pode fazer isso por mim?

– Vou fazer tudo o que puder – diz ela, mas sua voz falseia. Sei que estamos ambas pensando a mesma coisa: até hoje, em quase trinta anos de casamento, ela ainda não teve sucesso.

A semana se passa num roldão. Fico agoniada com a escolha dos quadros para a exposição. Umas seis vezes, começo a discar o número de minha mãe, e desligo. Ela ficaria feliz de opinar, e Belle também, mas não saberiam o que é certo. Só eu posso saber isso. Então, escolho e rejeito, escolho e rejeito, enfileirando quadros ao longo da parede e olhando-os até ficarem todos cheios de defeitos e medonhos. Nesse meio-tempo, preocupo-me com Jona.

Não tenho tido notícias dela – nem de Sonny – desde que ele me deixou aquele recado há uma semana dizendo que ia para o mato, em Mendocino. Imagino-o perdido na floresta, morrendo de fome. Vejo barcos virando. Ursos-pardos. Hipotermia. Najas. (Metade da minha cabeça insiste em que não há najas no norte da Califórnia, mas a outra metade não quer saber disso.) Finalmente, desmorono e ligo para Sonny. Tenho um recado cáustico na ponta da língua, mas a secretária eletrônica diz que a caixa postal está cheia. Fico espumando e me perguntando quem anda ligando tanto para ele.

As coisas não estão indo bem na Chai House. Houve uma queda acentuada no movimento, especialmente depois que o novo café botou um cartaz anunciando descontos para estudantes. Às vezes, uma hora inteira se passa sem que entre ninguém – algo que nunca aconteceu antes. Fico na janela boa parte do tempo em que estou lá, observando as hordas se acotovelando embaixo do toldo do Java. Masoquismo puro e simples, mas parece que não consigo me impedir. Dois dos filodendros de nossa jardineira acabaram de morrer, sem dúvida em conseqüência do ar envenenado de ciúme que eu exalava em cima deles. A única pessoa que está se beneficiando com isso tudo é Marco. Sobram tantos pães doces no fim do dia que ele consegue levar o bastante para todos os seus amigos sem-teto.

Uma vez, perguntei se ele já havia entrado no novo café.

Ele puxou a barba desgrenhada.

– Já, fui lá semana passada, só para ver como é, sabe.

– É bonito? – perguntei a contragosto.

– Bonito? – Ele franziu a testa. – Para dizer a verdade, não me lembro bem. Tinha um monte de coisas brilhando. Mas tenho certeza que me lembro da gerente. Eu queria um café (eu tinha dinheiro, até), mas a gerente era nojenta e fria. Tinha uns olhos azul-claros, quase brancos, que nunca piscam. Feito olhos de robô. Tinha boca de robô também, parecendo de metal. Ela me disse: Não quero que torne a entrar aqui. Então, falou, como se estivesse me fazendo um favor: Não me importo que você pegue alguma coisa na lixeira lá nos fundos, desde que seja depois do expediente. Acho que foi bem feito para mim, por ir lá em vez de vir ver umas moças simpáticas como vocês duas. Mas não se aflijam por causa deles. Eles não vão durar nessa rua com esse tipo de atitude.

Sorri, e pus mais um bolinho em seu saco.

– Isso seria bom, não? – eu disse. Mas não acreditava muito que fosse acontecer. Nem acreditei muito na descrição de Marco da gerente-robô. Mas fiquei grata por ele ter mentido tentando melhorar meu estado de espírito.

A única coisa que me anima é o quadro que estou pintando do eucaliptal. Ainda não está pronto, mas estou decidida a terminá-lo para a exposição. Vou dormir tarde, trabalhando no quadro até minha vista embaçar e as cores se sujarem com as pinceladas retrabalhadas. Desenhei o homem que vi no bosque fazendo *tai chi*. Estou satisfeita com a minha decisão, embora até agora ele seja apenas um borrão branco sobre um fundo de verdes. Quando olho de lado para o quadro, com astúcia, ele parece se mexer. Mas alguma coisa continua desequilibrada – só que não consigo entender o quê. Essa incapacidade se aloja dentro de mim, irritante como um fiapo de manga preso entre os dentes.

Domingo à noite, quando eu já tinha perdido as esperanças, a campainha toca. Um toque longo, depois dois curtos – a assinatura de Jona. Corro à porta, pronta para dizer a Sonny exatamente o que acho do comportamento dele. Mas só Jona está ali parada, banguela, e sorridente e encardida. Enquanto olho, o Viper de Sonny desaparece na esquina com um ronco capaz de acordar a vizinhança inteira.

– Como ele pôde simplesmente deixar você na soleira da porta! – fulmino. – E se eu não estivesse em casa?

– Sonny e eu vimos seu vulto por trás da cortina – diz Jona, o cabelo desgrenhado lhe caindo na cara. – Você estava pintando, dava para ver. – Ela franze o nariz e me dá um sorriso irônico tão parecido com o de Sonny que, por um momento, fico sem fala. – Está zangada?

Consigo fazer que não com a cabeça enquanto me aproximo dela. Ela suporta um abraço e se desvencilha.

– O que tem aí para comer? Estou morrendo de fome.

Eu sabia que você não ia alimentá-la direito, digo triunfante mentalmente a Sonny-o-irresponsável enquanto levo braçadas de comida para a mesa de jantar.

– Mmmm – diz ela –, sanduíches de manteiga de amendoim com geléia, *tortilla chips* com molho picante, laranjas, sorvete de massa de *cookie*! Mãe, você é o máximo.

– Só dessa vez – digo com minha voz de mãe-severa, mas não consigo evitar o sorriso. *Você é o máximo!* Gostei! – Seu pai não lhe deu jantar?

– Deu, sim. A gente parou num restaurante italiano muito bonzinho logo antes de atravessar a ponte Golden Gate. Sonny disse que era um dos lugares onde ele mais gostava de comer. Lá tem *pizza* de pão francês de 30 centímetros com tanto queijo que chega a escorrer pelos lados. Comi quatro. De verdade, mãe, foi o máximo!

Podemos esquecer minha maximização única. Tentando não me sentir decepcionada, pergunto:

– Que negócio é esse de *Sonny?* O que aconteceu com o *papai?*

– Sonny diz que já sou grande, e que a gente é mais amigo do que pai e filha, então posso chamá-lo pelo nome – diz, metendo uma colherada perigosamente trêmula na boca.

Quero mandá-la lavar as mãos, tirar os sapatos sujos de lama, comer bocados menores e não dar ouvidos às idéias subversivas do pai. Usando todo o meu autocontrole, consigo ficar calada.

Ela devora uma caixa inteira de biscoitos de queijo em tempo recorde, bate dois copos de leite e se vira para o cavalete.

– Mãe! Você começou um quadro novo.

– O que acha? – Meu coração fica a mil enquanto ela inclina a cabeça e contempla o quadro. Jona tem um olho surpreendentemente perspicaz para uma menina de seis anos, e já me deu muitos bons conselhos.

– Gostei – diz afinal, e depois: – É diferente das suas outras coisas.

– Como? – pergunto, intrigada. – É porque é ambientado aqui, em Berkeley?

Jona faz que não com a cabeça.

– Não, não é isso. – Dá um longo bocejo. – Amanhã eu digo. Ei, mãe, posso dormir com você hoje?

– Só depois que tomar um banho – digo, tentando ser severa. – Você deve estar cheia de carrapato. – Mas ela já está encolhida na minha cama, as pestanas escuras encostadas nas maçãs do rosto sujas de lama. E nem tive chance de lhe perguntar sobre a viagem.

A manhã, como sempre, é uma correria louca de escovar os dentes, vestir roupas limpas, encontrar o par da meia e tomar café sem sujar as roupas limpas mencionadas acima. As coisas se complicam mais porque tenho que dar banho em Jona (a água sai preta de sujeira) e lavar seu cabelo (nem cogito em desembaraçá-lo). Finalmente, estamos no carro, indo a toda para a Mariposa Montessori. Não que se possa de fato ir a toda pelas ruas de Berkeley às nove da manhã, coalhadas de estudantes que acham que Deus lhes dá o direito de atravessar quando e onde bem entendem.

– Então, o que quis dizer quando falou que meu quadro era diferente? – pergunto a Jona.

– O quê? Ah, não me lembro – responde ela, debruçando-se na janela para ver um homem com um cabelo incrivelmente espetado passar chispando num *skate.*

Vamos esquecer a sabedoria que sai da boca das crianças. Decido seguir outro caminho.

– O que você fez a semana toda?

Tenho medo que ela diga que não se lembra, mas, de repente, ela está toda animada.

– A gente foi até a casa do tio Paul, depois saiu para o mar, de barco, depois comeu *pizza*, depois dormiu no chalé nos nossos sacos de dormir, depois viu umas baleias com os filhotes, depois as baleias foram embora e a gente foi caminhar na floresta, depois fez cachorro-quente na brasa, depois acampou duas noites em duas barracas, depois a gente não viu os ursos apesar de ter procurado, depois a gente voltou para o chalé do tio Paul, onde a descarga do vaso não funcionava, depois foi a um lugar de música onde tinha gente tocando trompete, depois comeu mais *pizza*...

É mais ou menos o que eu esperava.

– Duas barracas? – pergunto ao entrar no estacionamento da Mariposa, lotado de pais atormentados como de praxe. – Paul foi com vocês?

Dou tratos à bola procurando formas discretas de perguntar a Jona se Paul e Sonny andaram fumando maconha. É melhor que não tenham fumado, se derem valor à própria vida.

– Foi – diz Jona soltando o cinto e abrindo a porta traseira do carro. – Tio Paul veio com a gente e contava histórias à noite. Não entendi as histórias, mas Sonny e Eliana acharam graça nelas...

– Eliana? – Paul deve ter uma namorada nova.

– Ela é minha amiga, só que é uma senhora adulta. É muito bonita, com cabelos castanhos compridos e olhos azuis feito as flores naquela planta que você tinha no parapeito da janela até ela morrer. Ela ficou na barraca com a gente e cantava para eu dormir...

Respiro fundo e tento manter a voz calma.

– Ela ficou na mesma barraca que você e Sonny?

– Hã-hã. Usava um vestido florido e cantava numa língua diferente. Ah, Keisha está ali acenando para mim. Tenho que ir. Tchau, mãe!

– Espere! Essa Eliana foi de carro da Área da Baía com vocês?

Mas minha filha já chispava com suas marias-chiquinhas e sua mochila, e só me restou perceber que se pode estar chocada e espumando ao mesmo tempo.

Passo uma hora rodando de carro, tentando esfriar a cabeça antes de ligar para Sonny. Mas todo o controle que consegui se esvai tão logo ouço-o resmungar um alô sonolento no que certas pessoas (Eliana, talvez?) descreveriam como sua voz de cama *sexy*.

– Como você pôde? – grito no telefone. – Como pôde ser tão grosso e irresponsável para expor minha filha às suas perversões?

Há um momento de silêncio, depois uma risada gutural. Houve um tempo (tenho vergonha de lembrar) em que essa risada me deixava de perna bamba. Agora só me deixa furiosa. Respiro fundo e prendo o ar, esperando me acalmar. Não há nada de que Sonny goste mais do que me fazer perder as estribeiras.

– Eu devia saber que era você, Riks! – diz ele. – Você sentiu minha falta, não? Uma semana sem ter ninguém para ligar e gritar, ninguém para culpar por toda a sua...

– Gritar com você não é minha atividade preferida...

– Você poderia ter me enganado...

– ... mas, nesse caso, até você tem que admitir que tenho um bom motivo.

– Porque não ligamos para você de Mendocino? Me desculpe, o telefone de Paul estava pifado.

– Havia outros telefones na cidade, não havia? – Então me dou conta do que Sonny-o-mestre-tático está fazendo. – Não tente mudar de assunto – digo com azedume. – Embora isso tenha sido uma irresponsabilidade, não foi o motivo pelo qual lhe liguei. Deus sabe que estou acostumada com suas irresponsabilidades...

– Ah, sim, você ligou por causa das minhas, como você disse, perversões grossas! Bem, eu gostaria de informá-la de que Paul e eu só fumávamos depois que Jona adormecia. – A voz de Sonny transborda de virtude. – E saíamos para fazer isso, mesmo quando chovia.

– E Eliana? Eliana saía para fumar com vocês, também?

– Quem?

– Sonny, por favor, não insulte minha inteligência fazendo-se de desentendido.

– Eu nunca me atreveria a insultar você, Riks! Você provavelmente vai insuflar Belle contra mim! Além do mais, eu já não lhe disse que você era inteligente demais para o seu próprio bem?

– Deixe de brincadeira. Quem é Eliana?

– Não conheço ninguém com esse nome. Mesmo!

A voz dele é tão sincera, tão sem culpa, que me surpreendo – mas só por um momento. Sonny-o-da-voz-sincera: já *o* ouvi antes.

– Deixe eu dar um empurrãozinho na sua memória. Ela é a mulher que você levou para Mendocino. Ficou na sua barraca. Sua barraca. Sua barraca... com a *minha* filha!

Eliana: cabelo castanho comprido, vestido florido, sotaque estrangeiro. Está se lembrando agora?

Silêncio. Depois:

– E como ficou sabendo da hã... Eliana?

– Jona me contou! – digo triunfante.

Há um momento de silêncio.

– Jo lhe contou isso? – pergunta Sony. Pelo tom, dá para dizer que ele está balançando a cabeça daquele seu jeito incrédulo, como se o mundo acabasse de tornar a puxar o tapete debaixo de seus pés. – Espantoso!

– Por que você se espantaria com o fato de ela ter feito uma confidência à própria mãe? A menos que você tivesse lhe pedido para guardar segredo sobre isso... Você pediu, não? Sonny, como pôde fazer uma baixeza...

Mas ele está morrendo de rir, gargalhadas tão altas, tão naturais, que fico confusa.

Ele faz uma pausa suficientemente longa para dizer:

– Vai longe, a sua filha! Como era mesmo o nome dela? Eliana, com flores no cabelo? Uau! Que imaginação tem essa garota!

Ele continua rindo quando desligo.

É noitinha, aquela hora azul do lusco-fusco. Costumava ser a hora de mais movimento para nós, quando, mesmo com Marcia e Ping nos ajudando, mal dava para acompanhar os pedidos. Hoje, a única pessoa no café – além de Belle e de mim – é minha filha, esparramada sobre uma mesa na outra ponta da loja, desenhando.

Treinei mentalmente várias frases quando fui buscar Jona na escola. *Você imaginou essa mulher? Seu pai disse que não tinha mais ninguém além de vocês três. Você precisa aprender a separar o faz-de-conta da vida real!* Mas todas elas soavam acusativas ou afetadas, então acabei não falando nada.

– Não se preocupe tanto – diz Belle quando lhe descrevo a manhã. – Nós todos imaginávamos coisas quando éramos crianças. Faz parte do crescimento.

– O problema é que não tenho certeza se ela imaginou isso. Sonny já mentiu para mim antes...

– Ora, Rikki! Sonny não levaria uma mulher junto com ele quando estivesse com Jona.

– Não acredito que você esteja defendendo Sonny! Você não o chamou uma vez de Inimigo Público Número Um?

Belle ri.

– Na verdade, era Inimigo Particular Número Um... como aquele inimigo particular só seu. – Balança a cabeça de um lado para o outro. – Também não acredito que eu o esteja defendendo. Mas você precisa lhe dar um crédito... ele é um bom pai.

– Também não tenho certeza disso. Pode acreditar, eu gostaria que pudesse ser. Seria uma preocupação a menos para mim.

Não é verdade, caçoa minha voz sussurrada. *Você sabe que o que você quer mesmo é que Sonny demonstre ser completa e criminosamente irresponsável para você poder ganhar a guarda plena de Jona e não deixar que ele torne a vê-la nunca mais.*

Não posso negar isso.

– Você sempre pode ligar para Paul e perguntar a ele.

– Paul e eu não estamos nos falando. E o telefone dele está quebrado. E mesmo se eu desmoronasse e ligasse para ele, acha que ele me contaria a verdade? Sobretudo se incrimina o amigo dele?

– Bem, então, sugiro que poupe suas preocupações para o que sabe ao certo – diz Belle. – Literalmente, este café acabou. Mais duas semanas de trabalho assim, vamos ter que fechar. Já tentamos tudo... pôr os preços lá embaixo, botar cartazes promocionais na rua, mandar Marco distribuir cupons na esquina. E aquele anúncio caríssimo que botamos no *Beverly Voice*. Em vão. Nem os sócios do nosso Clube do Livro apareceram esta semana. E olhe só para *eles!*

Olhamos desanimadas para o outro lado da rua. Do pouco que conseguimos ver, atrás daquele enorme galhardete GRANDE INAUGURAÇÃO, o Java está lotado de clientes, e, de cinco em cinco minutos, aquela porta se escancara para receber mais gente.

– Temos que descobrir o segredo deles... tem que haver alguma coisa! – diz Belle, andando nervosa de um lado para o outro, passando os dedos pelos cabelos desgrenhados. Ela está mais magra. Abre a loja de manhã (deixamos Marcia e Ping irem embora), mas costuma ficar comigo até a hora de fechar, apesar dos meus protestos.

– É como se eles tivessem um ímã gigante para atrair gente! – deixa escapar. – Ando observando a tarde inteira. Até mesmo quem passa como se estivesse com pressa para ir a algum lugar pára quando vê aquele cartaz e entra, como se fosse sonâmbulo.

– Seria melhor você ir para casa ver se dorme um pouco – digo. – Está começando a falar com uma voz igual à da narração do *Vampiros de Almas* (*Invasion of the Body Snatchers*).

Mas não consigo evitar dar uma espiada desconfiada. Do jeito que meu mundo está balançando, ímã de gente não parece uma coisa tão impossível. Tudo o que vejo, porém, é um rebanho de executivos, amarrados ao poder e munidos de pastas de couro, saindo do café, rindo alto como se tivessem andado bebendo algo bem mais forte do que café. A risada deles me traz à memória meu telefonema para Sonny.

– Tia Belle – diz Jona. – Olhe, já acabei meu desenho do nosso acampamento.

Ela levanta um desenho bem colorido a lápis de cera. Céu roxo, laranjeiras, grama amarela, duas barracas estampadas de bolinhas. E quatro pessoas.

– Quem são, querida? – pergunta Belle.

– Esse é Paul, esse é Sonny, essa sou eu, segurando a mão de Sonny, e essa é Eliana, segurando a outra mão de Sonny.

Espicho o pescoço por cima da cabeça de Belle para ver melhor. Reconheço logo o retrato de Sonny. Jona o desenhou como sempre faz, com o cabelo preto-azulado reluzente como asa de pássaro, seu nariz pontudo característico – os raios de sol emanando de sua cabeça como um halo. Sonny-o-anjo. Mais um item a acrescentar na longa lista de ironias injustas que formaram minha vida. Ao lado dele está uma mulher alta de vestido azul e cabelo castanho até a cintura. Ela tem o que parece uma coroa de plumas na cabeça.

– Me fale de Eliana – diz Belle, sentando-se ao lado de Jona. – Acho que não a conheço.

– Claro que não – retruca minha filha. – Eu mesma acabei de conhecê-la nessa viagem.

– De onde ela é?

– Da Tchecoslováquia – diz Jona sem perder tempo. Por cima de sua cabeça, Belle e eu trocamos um olhar.

– Ela é amiga de seu pai, ou de Paul? – pergunta Belle.

– Ela é amiga de todo mundo. Mas, principalmente, é minha amiga especial.

– Hã, como assim, especial? Mais ou menos como uma amiga imaginária?

– Francamente, tia Belle! – diz Jona com dignidade enrolando o desenho. – Só bebezinho tem amigo imaginário. Ela é especial porque canta para mim e me conta histórias de como foi criada.

– Na Tchecoslováquia? – pergunto.

Jona faz que sim com a cabeça.

– Me contou das bruxas que tinha (boas e más) na aldeia onde ela morava. – Aí, perde o interesse na nossa conversa e vai ver as marionetes.

No carro, quando vamos para casa, olho disfarçadamente para Jona. Ela está examinando seu desenho, a cabeça morena debruçada sobre as figuras magras. De repente me dou conta de que não a conheço tanto quanto eu pensava. Ela que saiu de mim, miudinha e amassada e passível de ser contida – até mesmo ela agora tem partes de sua vida em que eu não posso entrar. Não importa se são reais ou imaginadas. Sinto-me excluída da mesma forma. Como o resto de minha família, minha mãe, meu pai, Sonny, ela também tornou-se um enigma.

Mais tarde naquela noite, deitada insone na cama, pensando em todas as coisas que estavam dando errado em minha vida, eu me daria conta de que incluíra Sonny na lista da minha família. E, com pesar, admitiria que ele ainda era da família, por mais que eu quisesse renegá-lo. Porque só a família nos exaspera tanto. Só a família consegue nos irritar como uma unha lascada que não dá para roer, por mais que se tente.

Quando entramos no estacionamento do apartamento, Jona está cantando alguma coisa baixinho. Parecem palavras sem sentido. Mas, quem sabe, talvez sejam em tcheco.

10

Ela andava havia dias tentando terminar o quadro, mas sem sucesso. Está satisfeita com a vegetação, o céu, a qualidade da luz. É o homem que está lhe dando trabalho. Seu corpo parece rijo e pousado; falta naturalidade no ângulo de seu pescoço. E sua cara – ela não conseguiu de todo desenhá-la. Algumas vezes, frustrada, tentou tapá-lo com uma moita de rododendro. Mas seria uma derrota importante, e ela não está pronta para isso ainda, embora o *vernissage* seja daqui a três dias.

As coisas estão piorando na Chai House. Pessoas meio perdidas entram ali de vez em quando. Mas lhe parece que olham em volta admirados, como que surpresos de se verem ali. Como se tivessem planejado ir a outro local. Compram café para viagem e saem logo que podem. Nem mesmo a oferta de Belle de biscoitos dietéticos grátis (elas pararam de estocar outros aperitivos) basta para segurá-los – ou atraí-los para voltar.

Onde estão seus clientes habituais?, quer saber Rakhi. O que aconteceu com a Sra. Locklin? Com o velho professor Rogers? Com os sócios do Clube do Livro da Laurell Street, que costumavam ir lá toda quarta-feira e encher o canto da loja com a eletricidade intensa de sua discussão? Ela pensa neles todos frustrada e preocupada – e sentindo-se um pouco traída.

Ontem à noite, entrou na loja e encontrou Belle examinando as contas. Belle fez sinal para ela se aproximar de seu *laptop* e apontou para a tela, para a coluna com os números negativos. Estavam no prejuízo havia semanas. Agora, já não havia o suficiente para pagar os suprimentos da semana seguinte.

– O aluguel tem que ser pago daqui a duas semanas – disse Belle. Tinha a pele em volta dos olhos irritada, como se a andasse esfregando. Na claridade fraca da tela de seu *laptop*, seus lábios eram azuis. – Onde vamos arranjar o dinheiro?

Elas não poupavam nada; suas contas bancárias eram muito magras para durar mais de um mês. Elas não podiam recorrer ao banco. Já tinham um empréstimo extraordinário. Seus pais, que nunca foram ricos, já as haviam ajudado o quanto podiam.

– Imagino que não podíamos pedir a Sonny, hã? – disse Belle. – Ele *é* a pessoa mais rica que conhecemos. O dinheiro que essa boate lhe paga não é indecente...?

– Belle!

– Tudo bem, tudo bem, esqueça que falei nisso.

– Me dê um tempinho – disse Rakhi. – Vou descobrir alguma coisa. – Mas tudo o que conseguiu fazer enquanto estava deitada na cama naquela noite, fitando o ziguezague de luz e sombra que o poste da rua lançava em seu teto, foi deslocar a pedra que colocara com tanto cuidado no buraco da serpente em sua memória.

Está de novo na faculdade, na sala de aula de janelões com persianas verdes onde conheceu Sonny. É uma aula de literatura sobre escritores anglo-indianos modernos, e com isso ela sabe que está sonhando, pois a universidade nunca ofereceu uma aula dessas no seu tempo de estudante, e ela nem sabe ao certo o que significa o termo.

(Mas talvez haja outra coisa, um não-sonho que escolhemos nomear incorretamente porque todos gostamos de sonhos. Sonhos que são como pipas desligadas da causa, do fio mergulhado no cerol da culpa.

Também: ela não sonhava desde o início da adolescência, desde aqueles pesadelos recorrentes que sua mãe finalmente comprou dela por um dólar e uma seqüência de palavras em bengali que não explicou a Rakhi.)

Ela está sentada no fundo da sala de aula, ao lado da janela, seu lugar de sempre. Olha o mundo de gente na Sproul Plaza – velhos *hippies* com guitarras e cães com coleira de bandana; estudantes sérios de sandálias Birkenstock distribuindo folhetos do Dia da Terra; gente na fila do quiosque de *burrito*; evangélicos, fervorosamente suados, vestidos de preto, deleitando-se ao descrever os tormentos do inferno que esperam os incréus, entre os quais, certamente, se inclui Rakhi. Há um ar de primavera, um leve pulsar, como os tambores que as pessoas às vezes tocam em frente ao Auditório Zellerback. Ela acha que sentiu cheiro de sopa quente e acre da carrocinha chinesa em Bancroft Way e decide ir lá depois da aula.

Ela não o vê entrar na sala, mas sente... um frio na espinha. Mas estaria acontecendo isso? Já está na metade do trimestre; ele deve ter entrado na sala de aula muitas vezes antes disso. Mesmo assim, com as espáduas, ela o sente verificando onde poderia sentar-se. Há uma cadeira ao lado de uma loura na segunda fila, e há uma ao lado dela. Ele faz sua escolha, e a vida dela se transforma.

Mesmo no não-sonho, ela se espanta com a exatidão com que se lembra de certas coisas a respeito dele. Ele estava usando uma camiseta preta desbotada com a cara de Carlos Santana estampada. Seu cabelo lhe caiu na testa quando ele se inclinou para escrever no caderno. Bom cabelo indiano, grosso e luzidio e preto mesmo. Via-se que ele não se penteara naquela manhã. Um ligeiro choque a percorreu quando ela se deu conta disso. Em toda sua vida protegida (o adjetivo desponta dentro dela, inesperadamente – ele já havia começado a desembalá-la de modo que ela pode se ver melhor) não conheceu ninguém com tanta cara de pau para ir à faculdade desgrenhado daquela maneira. Ele escreveu sem parar a aula inteira, mas quando espreitou por cima de seus dedos – sólidos e meio maltratados, como dedos de carpinteiro – ela viu que ele rabiscara a folha inteira a caneta-tinteiro preta. Mais tarde, ele lhe diria que eram anotações de uma remixagem de *bhangra** que ele andara ouvindo mentalmente. Estava fazendo aula de literatura para cumprir uma exigência, mas era mesmo músico. Não podia se dar ao luxo de se interessar em mais nada.

– Nem em mim? – diria ela, ousando muito, o coração acelerado. Ela não costumava dar em cima de rapazes... sempre fora uma moça séria. E ele aproximaria o rosto do dela... Mas tudo isso seria muito depois. Semanas? Meses? O tempo se confunde em Antes e Depois quando ela pensa em Sonny.

Sonny foi quem a fez levar a sério sua arte. Até então, ela andava sem rumo. Mas ver a paixão dele lhe deu vontade de ter uma coisa parecida só dela. E ele a estimulara. Ele fora a primeira pessoa em quem acreditara quando ele lhe disse que ela tinha algo especial.

---

* Música folclórica originária do Punjab. (N. da T.)

Mas ela está pulando etapas. Naquele primeiro dia, ele nem reparou nela, enredado na teia de sons em sua cabeça. Ou talvez tenha notado. Porque sentou-se no mesmo lugar na outra vez e na outra e na outra, e aí ele lhe perguntou o que ia fazer no almoço.

Sonhando, ela se pergunta o que foi que os atraiu um para o outro. Terá sido a semelhança entre eles? Ambos são de origem indiana, embora ele nunca tenha falado de seu passado – pais, cidade natal, escola onde fez o ensino médio, hábitos. (Nisso, ele parecia a mãe dela. Seria esse núcleo de segredo a razão pela qual eles se gostaram de cara quando Rakhi os apresentou?) Ela nem sabia se ele havia nascido nos Estados Unidos, como ela, embora pudesse dizer que ele já morava lá há tempo suficiente para não se sentir bem em nenhum outro lugar. (Ela queria lhe perguntar se tinha desejo da Índia como ela – a Índia, que ela nunca vira, mas tinha toda a intenção de visitar no próximo ano. Ela não sabia então que o próximo ano se transformaria no próximo, que ela nunca iria.) Ambos gostavam de comida picante, de preferência, asiática. Eles iam no carro dele (um Mustang maltratado na época) até Tilden Park e comiam comida para viagem com a mão em caixas coloridas. Assistiam ao sol se pôr atrás da Angel Island e se davam na boca macarrão tailandês ou guisado de carne chinês carregado na pimenta. As estrelas se acendiam uma a uma; ele tirava de uma guitarra uma melodia antiga, uma canção que ele ouvia no gravador do pai. Mas em suas mãos, a música virava algo bem diferente. Ouvindo, ela quase não conseguia respirar. Ela adorava observar a cara dele, atenta, esquecida, como se ela não estivesse ali. Não, como se *ele* não estivesse ali. Era assim que ela esperava que sua cara estivesse enquanto pintava.

Ou seria a diferença, os pólos opostos de seus desejos que os fascinavam? Ele era um espírito notívago, com generosidades impulsivas, irregulares e infantis. Gostava da camaradagem enfumaçada dos clubes, embora não fumasse (cigarro, pelo menos). Pagava bebida para todo mundo se ela não o impedisse. Gostava de estar no meio da multidão, esbarrando em estranhos. Gostava da esperança desesperada das *raves*. Entendia o quanto as pessoas precisavam se divertir, e o que estavam preparadas para fazer para conseguir isso. Entendia a complexidade da iniciativa. Desprezava o Dia dos Namorados, depois comprava-lhe flores a troco de nada. Nada batido como rosas. Em vez disso, íris barbadas, antúrios, galantos brancos, até orquídeas, embora não fosse nada rico. Gostava de *jam sessions* de madrugada com a banda em que às vezes tocava. Continuava emprestando dinheiro a seus amigos músicos. (Eles nunca pagavam; ele nunca esperava que pagassem.) Tocar o deixava agitado. Estou de porre de música, dizia. (Mais tarde, ela se perguntaria se o porre era só disso, e mais tarde ainda, começaria a se zangar. Mas isso foi no futuro, uma vida depois.) Eles iam a um bar ou a um café 24 horas para conversar, e até mesmo se ela estivesse com a vista ruim no dia seguinte na aula, ou estivesse de ressaca e faltasse à aula, mesmo se às vezes sua mão tremesse quando ela pintava por causa de toda a cafeína a que não estava habituada, tudo bem, era divertido, os artistas cresciam à medida que tinham experiências novas, ele era sua experiência nova, e ela estava crescendo.

Depois que ela passara daquela vida para uma época diferente, um tanto rebocada e cinzenta, como o interior dos túneis, ela percebera que não se podia basear um relacionamento numa experiência nova. Porque, um dia, já não seria mais nova, e o que sobraria para você?

Na sala de aula, passaram-se meses, talvez anos. Sonny aproxima-se dela – estão estudando Borges, ou será a arquitetura da Bauhaus? Ele agora usa uma barba de Pã e um brinco. Você me amou por causa da covinha que tenho bem embaixo do lábio inferior, diz, falando alto o bastante para fazer a professora erguer as sobrancelhas. Você me amou porque fui o primeiro. Porque eu era tão perigoso quanto pular de um trem em movimento. Ele tira o brinco e pega a mão dela – vai deixá-lo deslizar para sua mão, e aquilo se tornará seu anel de noivado, sua jóia predileta. (Quando começar a ganhar muito dinheiro, vai lhe comprar um anel de brilhante, mas ela vai deixá-lo no banco e continuar usando a argola fina no dedo.) As coisas vão se acelerar depois desse dia, vão ficar confusas como um filme projetado depressa demais. Ela vai levá-lo para conhecer seus pais – sua mãe, na verdade, que era quem contava –, mas não, isso já aconteceu, ela já não o colhera para ela como se ele fosse seu primogênito perdido há muito? Eles vão se casar dentro de um mês, dentro de um ano, vão se mudar para a bela casa vitoriana cor-de-rosa em Oakland comprada (literalmente) por uma música,* sob circunstâncias que ela começará a questionar – mas só depois que já for tarde demais. O público americano vai ficar sabendo o que é uma remixagem *bhangra*, e isso eletrizará suas almas. Sonny ganhará mais e mais dinheiro. Mais do que ela pode imaginar nesse momento. O nome dele subirá nas paradas. Seus fãs vão adorá-lo, tanto homens quanto mulheres. Ah, como vão adorá-lo! E depois...

Mas o rolo do filme está voltando aos trancos para trás. Ela está novamente na sala de aula, Sonny estende o anel.

---

* Em português, a tradução não literal de "bought for a song" seria "comprado por nada". (N. da T.)

Ela vai dizer sim, mas primeiro quer lhe perguntar por que ele a ama. Ela que não tem covinha no queixo, ela que não é a primeira dele, ela que é tão perigosa quanto farinha de aveia instantânea. Mas ele está franzindo o cenho, impaciente. Todo mundo na sala está franzindo o cenho para ela, até a professora, estão todos esperando que ela ponha a aliança que vai rotulá-la como dele. Não tem importância, pensa ela, estendendo a mão esquerda. Depois haverá bastante tempo para ela perguntar a ele tudo o que deseja saber.

Espere. Há algo errado com esse filme sonho-ou-não, um quadro com defeito, talvez. Talvez, nesta cena, ela não tenha mão – nem mesmo braço. Olha em volta, desnorteada, depois compungida sob o olhar hostil da turma.

Tudo bem, diz Sonny. Me dê a outra mão.

Mas isso também passou. Ela é só um torso agora, uma escultura quebrada, rachaduras se irradiando nas têmporas e nas saboneteiras, cicatrizes fundas no pescoço. Certamente nenhum homem haveria de querer casar-se com ela agora, mutilada assim. Lágrimas escorrem de seus olhos de pedra quando ela pensa isso.

Mas olhe: Sonny inclina-se para a frente, um brilho nos olhos que talvez seja de compaixão. Ele desliza o anel entre seus lábios de pedra entreabertos, sacode seu tronco. Ela sente o anel começar a lhe escorregar pela boca, pela garganta, ir descendo até se alojar em seu peito. Ela nunca será capaz de devolvê-lo a ele agora, pensa, e se desespera um pouco. Mas talvez não devesse se desesperar. Isso não significa que ela será dele para sempre? Que ele sempre cuidará dela?

Ele faz que sim com a cabeça para ela como se tivesse lido seus pensamentos, e se inclina para a frente. Beija-a. É um longo beijo. A classe aplaude e assovia, a professora cita Marx, *O que o homem mais gosta na mulher é sua dependência dele,* e alguém joga arroz para dar sorte.

Amanheceu chovendo. Ela deixa Jona na escola, depois fica olhando desanimada para seu quadro incompleto. Nenhuma solução lhe ocorreu durante a noite agitada. Ela tem mais ou menos 700 dólares no banco e algumas jóias. (Não o anel de brilhante, que devolveu a Sonny muito tempo atrás, embora ele dissesse: *Fique com ele.*) De qualquer maneira, jóia nunca dá muito dinheiro – ela já sabe disso, pelas coisas que teve que empenhar. Assim como o equipamento da Chai House não vai dar muito dinheiro se elas fecharem.

Rakhi decide caminhar até o eucaliptal. O homem de branco provavelmente não está se exercitando com essa chuva toda, mas a caminhada talvez clareie as idéias dela. E, quem sabe, talvez ele esteja ali. Talvez ela vá até ele perguntar-lhe se ele gostaria de investir num café. O ridículo de sua fantasia a faz rir. Ela está encolhendo os ombros naquele poncho azul quando o telefone toca.

É sua mãe.

– Não vejo você há muito tempo – diz. – Que tal eu pegar o trem expresso para aí para a gente se ver?

Rakhi sente um zumbido de alerta percorrer sua antena filial. Sua mãe raramente vai a Berkeley (chama-a de Berserkley) – e nunca de trem, porque a estação é muito longe tanto do café quanto do apartamento de Rakhi. Então ela se lembra de sua mãe ter mencionado que não gosta muito de dirigir, agora que está ficando mais velha. (As palavras da mãe deprimiram Rakhi. De alguma forma, ela acreditara que os poderes de uma intérprete de sonhos haveriam de protegê-la da doença banal do envelhecimento.)

– Tem certeza? – pergunta. – Hoje está um dia tão chuvoso, e você anda pelejando com esse resfriado. Por que não espera até sexta-feira, quando virá mesmo por causa do *vernissage*...

– Não se preocupe! – diz sua mãe. – Tomei uma megadose de vitamina C. Além disso, a chuva já vai estiar.

Como ela pode saber disso? Em frente à janela de Rakhi, a chuva cai em cortinas opacas e constantes. Não parece que pretende estiar tão cedo. Será que os poderes da mãe se estendem à interpretação de fenômenos meteorológicos?

– Ouvi no Weather Channel, boba! – diz sua mãe. – Estarei na Chai House por volta do meio-dia. Não se apresse se estiver pintando. Ficarei feliz de conversar com Balwant até você chegar.

– Pintar! – Rakhi bufa. – Quem me dera! – Então, impulsivamente, deixa escapar: – Mãe, estamos numa encrenca braba.

– Sim, *shona* – diz sua mãe. – Por isso estou indo.

Quando Rakhi vai até o bosque de eucalipto na chuva que amavelmente se reduziu a um chuvisco, sente um novo mal-estar. A situação delas deve ser muito pior do que ela imagina; do contrário, sua mãe jamais se envolveria.

11

DOS DIÁRIOS
DOS SONHOS

Notas, Lição 17: Os significados das coisas

Se sonhar com uma porta fechada, acabará conseguindo o que deseja, só que à custa de muito mais esforço.

Sonhar com leite significa doença iminente.

Espelho representa um falso amigo; tesoura, ruptura no casamento; tambor revestido nas duas extremidades, reconhecimento; roda de ferro, má sorte chegando de todas as direções.

Se sonhar que está moendo sal, resolverá o problema que a aflige – mas precisará de persistência para encontrar a solução. Se sonhar que lhe oferecem açúcar, cuidado. Quem lhe oferece não é de confiança.

Lembre-se que esses são apenas os significados básicos, que mudam dependendo de cada situação. Na interpretação de sonhos, como já disse antes, o contexto é tudo.

Por exemplo: se um homem sonhar com um espinho, sua carreira deslanchará. Se sonhar que extrai um espinho do pé de alguém, transformará um inimigo em amigo. Se uma virgem sonhar com um espinho, ao se casar, entrará para uma família ilustre. Se uma mulher que não for virgem sonhar com um espinho, está (embora ainda não saiba) grávida.

Do mesmo modo, se um homem sonhar com um macaco, seus negócios passarão por uma crise, que, se superada, trará resultados altamente positivos. Se uma mulher sonhar com o mesmo macaco, dará à luz uma criança deformada. Para os solteiros, sonhar com macaco significa casamento com uma pessoa de péssimo gênio.

Você perguntou sobre a cacatua, que aparece com freqüência em sonhos. Essa ave é um símbolo de sorte para os homens, anunciando o fim de uma longa briga de família. Para as mulheres, porém, anuncia o nascimento de uma menina, o que pode vir a ser a causa de uma nova disputa numa casa.

Você precisa aguardar mais um mês para uma aula completa sobre os significados dos animais, pois há muita sutileza neles. Imagine, por exemplo, tudo o que pode acontecer se um homem sonhar que matou uma libélula, ou uma mulher sonhar que um gato entrou na cozinha.

Uma aula especial será dedicada aos guias animais que vêm a nós em épocas de grande perigo ou grande alegria. Basta agora você saber que a águia, o veado e a serpente são os mais importantes de todos.

Ouça o significado das árvores: uma árvore de folhagem lustrosa significa que a saúde de um paciente vai melhorar; uma árvore abatida significa grande despesa iminente. Uma palmeira anuncia boa sorte, especialmente se você estiver subindo nela. Se estiver descendo com o fruto da palmeira na mão, você será altamente bem-sucedida. Uma bananeira lhe trará uma herança. Uma tamareira lhe avisa que você precisa fazer uma peregrinação. Uma figueira-de-bengala fará com que você se defronte com uma decisão moral complicada. Se vir uma espirradeira num sonho, esteja preparada para viver um luto.

Você perguntou: E se o destino levar você para lugares onde os homens e as mulheres sonham com outras árvores? Com macieiras e pinheiros, gingkos e caquizeiros e cerejeiras, que não são mencionadas em nossos livros antigos? Além do mais, e se sonharem com telefones celulares, cabines de pedágio, serras elétricas? Com estradas no céu, máquinas que levam gente de um tempo a outro?

Não se desespere. Procure no poço da sua alma e ice o significado necessário, pois os significados de todos os sonhos estão, em última instância, dentro de você, e não nas minhas palavras. Por isso, como lhe avisei no início, não posso ensinar a ninguém que já não seja uma intérprete de sonhos. E é por isso que você vai perceber um dia que tudo que estou lhe ensinando é importantíssimo – e totalmente inútil.

Você perguntou: O que quer dizer quando um homem com quem você sonhou aparece em sua vida? E o que deve fazer a respeito dele?

Um fato desses é raríssimo e só acontecerá com você em momentos que encerrem a possibilidade de uma grande mudança. Portanto, ouça bem. Primeiro, siga esse homem, pois ou ele é um espírito guia ou um demônio. Tanto num caso como no outro, dê um jeito de fazê-lo falar com você. É assim que você começará a ter poder sobre ele. Faça-lhe a primeira pergunta que lhe vier à mente. A resposta dele poderá transformar sua vida. Mas, o mais importante, não o perca. Outras instruções sobre essa questão lhe serão dadas ano que vem, quando você já tiver aprendido o bastante para entender tais sutilezas.

Na próxima semana, você fará o teste das partes do corpo, com uma ênfase especial na orelha, no pé, no ombro, na sobrancelha e no peito. Esteja preparada.

12

Rakhi

Munida de meu caderno de desenho, encaminho-me para o eucaliptal. Uns dedos de chuva me afagam o rosto quando olho para o alto protegida pelo capuz do meu poncho, mas o tempo está querendo abrir. Um azul aguado, tão típico de nossa Área da Baía, aparece aqui e ali. Adoro esse azul. Não que eu conheça outro céu qualquer. Sempre tive vontade de viajar, mas cada vez que planejava uma viagem, aparecia um obstáculo. Em geral, eu ficava doente. Uma vez, roubaram minha bolsa com meu passaporte recém-expedido dentro quando eu tomava o ônibus. Outra, caminhando numa rua absolutamente normal de São Francisco, enfiei o pé numa poça que eu não vira e quebrei o tornozelo. Isso foi na véspera do dia em que Sonny e eu devíamos embarcar para o Brasil para participar de um festival de música. Fiquei frustrada – passara meses sonhando acordada com o Rio –, mas Sonny ficou francamente furioso. Ele era da teoria de que eu inconscientemente provocava esses "acidentes" porque, no íntimo, tinha pavor de experimentar coisas novas. Tivemos uma briga enorme por causa disso, mas talvez ele estivesse certo. Porque logo haveria outras novidades que ele queria que eu experimentasse e que me arrepiavam. Eu alegava que me sentia chocada, mas talvez recusasse só por medo.

Ele foi sozinho ao Rio e divertiu-se muito, e, quando teve de novo que sair da cidade para ir a uma convenção de DJs, não me convidou para ir junto. Eu não disse nada. Tinha medo de revelar como estava magoada. Mas a rebarba daquele silêncio enganchou em nosso casamento e desmanchou-o um pouco mais.

Uma vez, perguntei à minha mãe o que ela achava dos meus acidentes.

Ela disse:

– E o que é acidente?

Minha mãe gosta de fazer declarações desse tipo. Faz isso bem. Sem querer, fico impressionada com elas.

Depois, ela começou a me contar a história de *Shangrilá*.

– Eu sei essa história, mãe. Vimos o filme juntas, lembra?

Isso não impediu que ela repetisse o enredo inteiro – o estrangeiro que vem ao vale mágico nos Himalaias, a bela jovem que, ao deixar o vale, perde a juventude e a vida.

Esperei pela moral, mas ela havia começado a picar folhas de mostarda.

Vou fazer um *saag* – disse. – Se quiser um pouco, ponho mais um maço.

– Mãe! Por que me contou essa história?

Ela me olhou admirada, como se fosse óbvio.

– Às vezes, nós também vivemos em Shangrilás – disse finalmente –, mas, como a mulher no filme, não percebemos quão especiais eles são, ou do que estão nos protegendo. Estamos muito ocupados sonhando com coisas que não conhecemos.

– Não entendo aonde você quer chegar.

Minha mãe lavou o *saag* e jogou-o em água fervente. Esperou ficar bem verde. Aí disse:

– Talvez alguém esteja lhe dizendo para não sair do lugar.

– Isso é superstição total – disse eu, irritada e assustada e com uma sensação inexplicável de claustrofobia. – Você está me dizendo que eu não devia sair da Califórnia? Como pode acreditar numa coisa tão sem lógica?

Ela sorriu um pouco. Raramente se ofendia com o que eu dizia (um fato que me deixava frustrada na adolescência).

– Primeiro, eu não mencionei a Califórnia, mencionei? Segundo, as coisas lógicas não exigem fé... estão aí para todo mundo ver – disse. Ligou a chaleira e foi à despensa pegar um pacote de chá Brooke Bond, embrulhado naquele papel prateado grosso, que ela preferia. Era um dos poucos hábitos que trouxera da Índia. Quando eu já me resignava com o fato de que nossa conversa estava encerrada, ouvi-a acrescentar:

– Mas nisso eu não preciso acreditar. Isso eu sei.

Desejei perguntar-lhe o que ela queria dizer com aquilo, mas ela deve ter se arrependido de ter deixado até mesmo aquela pequena brecha aparecer na parede atrás da qual se escondia. Manteve-me ocupada respondendo a perguntas sobre as atividades de Jona até chegar a minha hora de ir embora.

No eucaliptal, respiro fundo o ar úmido. Pego um pedaço solto da casca da árvore, esmigalho-o e levo-o ao nariz. Adoro o cheiro da chuva, de coisas que crescem de modo irregular.

– *O let them be left, wildness and wet** – cito para Belle em dias seriamente chuvosos.

---

* Em tradução livre, "que sobrem água e natureza". De "O let them be left, wildness and wet", poema do inglês Gerard Manleym Hopkins (1844-1889). (N. da T.)

– É – diz ela. – E os fungos e o mofo e a podridão da madeira. – Tem gente que não é nada romântica.

Quando entrei na faculdade, peguei, na biblioteca do Sul da Ásia, uma fita com canções sobre as monções de Bengala: como o céu fica cor de aço polido, como as nuvens avançam como exércitos negros, ou se derramam no horizonte como o cabelo de belas donzelas. Adorei a fita, embora só tenha conseguido entender mais ou menos metade das letras. (Felizmente, vinha com um folheto que dava a tradução.) Fiquei escutando as músicas sem parar, até Belle ameaçar me agredir. Passei meses depois disso sonhando com as palmeiras fustigadas pela tempestade, os bulbulos de papo vermelho se abrigando entre as raízes pendentes da figueira-de-bengala. Os raios eram pentes prateados decorando o cabelo de chuva das donzelas. A chuva era quente, como lágrima de gente. Uma das cantoras comparara seu coração a um pavão dançante. Isso tinha algo de verdade ou era meramente uma figura de linguagem? Confrontada com uma pergunta direta, minha mãe admitiu a contragosto que lá havia pavões, e que, de vez em quando, eles dançavam. Meu pai me informou com uma alegria macabra que Calcutá inundava com toda chuva forte e que uma lama (e coisas piores) de décadas saía dos esgotos, e as pessoas morriam de cólera. Mas eu não me enganava. Eles estavam me escondendo coisas belas, misteriosas e importantes, como sempre. Mas por quê? Belle me contara que seus pais – e os pais dos outros indianos que ela conhecia – adoravam ficar falando da Índia, que, na opinião deles, era o mais próximo do paraíso aonde se podia chegar.

Que carma cruel me colocara aos cuidados dos únicos dois hindus que nunca falavam em sua terra natal se pudessem evitar?

– Quando eu era pequena e não sabia nada – contou-me Belle uma vez –, meus pais me davam 2 dólares a mais por semana para eu ir à aula de língua na *gurdwara.**

Surpirei.

– Eu teria ficado feliz de abrir mão da minha mesada por uma oportunidade de aprender mais bengali...

– Você precisa de ajuda – disse Belle. – É uma pessoa doente.

Algumas vezes, quando eu estava na faculdade, tentei planejar uma viagem à Índia. Mas nunca deu certo. A bolsa que eu pleiteara não saiu. O grupo com quem eu ia viajar decidiu ir para o Peru em vez de para a Índia. Meus pais nada diziam, mas era óbvio que não aprovavam. Talvez tenha sido o silêncio deles que me assustara e me fizera desistir. Ou talvez o medo viesse de dentro de mim, como Sonny sustentaria depois.

Eu já não desejava tanto viajar. O nascimento de Jona me ancorou; a ruptura do meu casamento fez um rombo em meu casco, mal remendado. Estou aferrada à Chai House pela esperança e a responsabilidade e, cada vez mais, pela ansiedade. Mesmo assim, acho que gostaria de ir à Índia antes de morrer – nem que fosse para dar descanso aos fantasmas que dançam em minha cabeça como fogos-fátuos num mar ondulado.

Passo pelo lamaçal e entro no eucaliptal. Saio das trilhas para onde as árvores ficam mais cerradas, onde a umidade é tanta que é quase visível, onde posso fingir que estou numa floresta de verdade. É mais fácil num dia assim, quando o bosque está encharcado e deserto. Sento numa árvore caída

* Templo da religião sique. (N. da T.)

e fecho os olhos para fingir melhor. Esta é minha outra fantasia, viver sozinha no mato. (Belle diz que é a mesma fantasia, porque a Índia é uma selva.)

Quando abro os olhos, ele está ali.

Não. Deixe-me dizer isso de outra maneira. Não quero que pareça magia barata, nem fantasia boba. Ele já estava ali... apenas eu não o vira. Do outro lado, numa depressão, de costas para mim, treinando. Já está nisso há algum tempo – mesmo de longe, dá para dizer que tem as roupas molhadas. Eis aí alguém que gosta mais de chuva do que eu. Encorajada por nossa paixão comum, fico tentada a me aproximar dele. Mas não o faço. Há uma solidão nele, uma concentração que não quero perturbar. Antes, desenho seus movimentos, que me lembram o vôo das garças. Mas estou tendo problemas. Um desenho após o outro sai errado, duro, sem vida. Por que está acontecendo isso? Não é como se eu nunca tivesse desenhado gente antes – já desenhei toda uma série de dançarinas de *bharatnatyam*,* a carvão, e elas saíram bem! Frustrada, rasgo os desenhos em pedacinhos e olho, mas ele – e dessa vez é assim mesmo, de repente, sem fazer ruído – foi embora.

Deixou algo para trás no bosque, porém – uma energia qualquer. Vejo uma orquestra de movimentos no vazio, a forma de seu corpo talhada no espaço entre os troncos das árvores. Presença e ausência, os movimentos formam um padrão cintilante. Fico olhando para ele um bom tempo. Começa a chover de novo. O frio adormece meus dedos, que estão imóveis em meu colo, sem desenhar nada. Mas a semente de uma idéia começa a se formar. Um talvez.

* Dança clássica indiana. (N. da T.)

Estamos sentadas a uma mesa cor de laranja forte dentro do Java, Belle, minha mãe e eu, esperando que sirvam o que pedimos. Dou uma olhada furtiva em volta, sentindo-me uma espiã.

– Temos que nos aventurar a entrar no território inimigo – dissera minha mãe –, se for para descobrir o segredo deles.

Até agora, o segredo, se é que há algum segredo, parece estar na novidade. Tudo no café parece novo em folha. Um brilho sintético cintila em tudo, irreal como uma miragem: as superfícies de trabalho amarelas e cor de laranja, as argolas para guardanapo de quinas vivas em aço em cada mesa, as máquinas de expresso chiando como monstros de algum mundo futurista. A luz das luminárias do teto (em forma de discos voadores) tem um tom duro, de outro mundo. Imagino-a deixando marcas de formas geométricas em minha pele.

Belle torce o nariz ao aproximar-se de mim.

– Não consigo entender como as pessoas podem preferir esse lugar à Chai House – sussurra.

Suas palavras me espantam. Por um momento, estou desorientada, como se despertada de um transe.

– A Chai House? – repito idiotamente. Sei do que ela está falando, claro. Nossa casa, que vai fechar as portas enquanto estamos aqui sentadas fazendo o reconhecimento. Mas, por alguma razão, para mim, visualizar está sendo complicado. Esse lugar onde estou sentada tem alguma coisa que torna difícil imaginar outros lugares – como se nada mais existisse. Por um momento, o pânico passa seus dedos gélidos pela minha espinha. Fecho os olhos e me concentro. A Chai House *existe*, insisto comigo mesma. Mas minha mente parece um jornal molhado, as lembranças impressas borradas. Finalmente, tremendo, puxo uma imagem: uma cadeira de balanço de bordo numa alcova, sua madeira rica e lustrosa reluzindo à luz de uma lâmpada de pé flexível que resgatei de um bazar. Da solidez agradecida desses objetos vêm outros, até que recrio minha casa de chá o suficiente para deixar escapar um suspiro de alívio.

– Dá para entender? – Belle está perguntando. Quando olho para ela sem expressão nenhuma, ela repete impaciente: – Dá para entender por que alguém viria aqui em vez de ir ao nosso café? Essa gente deve ter mais ou menos o mesmo paladar que uma caixa de purê de batata instantâneo.

Olho em volta para ver quem é essa gente purê de batata. Há muita gente ali, embora a casa não esteja tão cheia quanto eu esperava. Receei encontrar algum de nossos velhos clientes habituais, o constrangimento magoado que se seguiria. Mas não conheço ninguém ali. De onde vieram essas pessoas? Parecem bastante comuns, porém, bebericando seus cafés e comendo seus bolinhos enquanto folheiam os jornais. Até onde posso ver, não há nenhum zumbi atraído pelas maquinações de seres malignos de outro planeta.

De repente, *consigo* entender por que essas pessoas – e muitas outras como elas – podem preferir o Java à Chai House. O Java nada exige delas a não ser seu dinheiro. Permite que se mantenham anônimas. Nada de conversa, nada de contato, nada para olhar ou discutir, nada de si mesmas trocado ou deixado escapar. E, no entanto, há pontos em comum entre elas, tantos quantos quiserem: a companhia confortável de uma sala cheia de gente anônima como elas, feliz de ser deixada em paz, olhando o vazio, sem ver ninguém. Por um momento, integro-me a elas, sentindo meus músculos relaxarem na posição largada do anonimato.

Enquanto nós, com nossos biscoitos caseiros e cafés personalizados, nossa mobília e nossas marionetes com acabamento artesanal, nosso quadro de avisos com a crônica da vida dos clientes – nós insistimos para que a Chai House seja notada. Para que nossos clientes nos deixem entrar em suas vidas, assim como os convidamos para entrar na nossa. Para que conservem nossa casa com eles mesmo depois de terem saído de lá. Achamos que os lugares não deveriam se tornar clones de outros lugares. Achamos que é importante para as pessoas terem um local para usufruírem de uma conversa inteligente e uma xícara de um chá bem preparado. Será que construímos todo o nosso negócio com base numa ilusão? Será que perdemos nosso tempo criando um refúgio quando tudo o que as pessoas querem é um lugar para dar uma parada rápida?

Mas terei que cuidar dessas perplexidades outra hora, porque eis que chega nosso pedido, trazido à nossa mesa pela própria gerente. Esta é a primeira vez que a vejo de perto, e não consigo parar de olhar. Ela é deslumbrante, desde o cabelo louro lustroso como pele de foca até as unhas manicuradas na perfeição. Vindo para nossa mesa, ela parece uma estrela de cinema fazendo o papel de gerente de café. Até seu sorriso é exatamente a mistura certa de charme e eficiência.

– Senhoras – diz. – Aqui está seu chá com limão... – minha mãe inclina a cabeça – ... seu expresso... – Belle levanta o dedo – ... e esse café com leite deve ser seu! – Coloca a xícara na minha frente e fica tentando nos avaliar. – É a primeira vez que vêm aqui, certo? Eu sempre sei! – Eleva o tom de voz. – Zelda, traga um prato daqueles biscoitos que oferecemos de brinde aos clientes novos. – Depois, aperta os olhos azul-safira para mim. – Você não é a dona da casa em frente? Já a vi parada na janela. – O sorriso reaparece em seu rosto, cristalino. – Controlando a concorrência, hein?

Minha cara queima. Abaixo os olhos e puxo a xícara para mim. Mas, antes que eu possa dar um gole, minha mãe põe a mão em meu braço.

– Querida – diz. – Mudei de idéia. Acho que hoje prefiro tomar café. Você se importaria muito se eu ficasse com o seu e lhe desse o meu chá?

Fico olhando para ela. Minha mãe não toma café. Diz que dá dor de cabeça. E sabe que odeio limão no chá.

– Ah, não precisa fazer isso – diz a gerente para minha mãe ao colocar em nossa mesa um prato de biscoitos grandes com pedaços de chocolate que parecem insuportavelmente deliciosos. – Eu lhe trago outro café com leite, sem cobrar nada. – Seu sorriso deixaria orgulhoso um anúncio de dentifrício. – Considere isso uma cortesia profissional.

– Obrigada – diz minha mãe com sua voz formal –, mas não é necessário. Minha filha e eu estamos acostumadas a fazer trocas.

Isso é um certo exagero. Em toda minha vida, só me lembro de ter feito uma troca com ela. Um sonho por um dólar. E não sei muito bem se isso poderia ser chamado de troca.

A gerente me lança um olhar expectante, como se aguardasse que eu desmentisse a afirmação de minha mãe. Quando não lhe dou essa satisfação, ela faz um pequeno movimento elegante com os ombros.

– Bom proveito! – diz, com um gesto largo.

Minha mãe fica olhando pensativa para ela enquanto ela se afasta. Dá um gole no meu café, faz uma careta, depois toma o resto bem depressa, como se fosse uma tarefa desagradável mas necessária. Faz que não com a cabeça muito ligeiramente quando Belle pega um biscoito. – No seu lugar, eu não comeria – diz.

Belle larga o biscoito como se fosse radiativo.

– Vamos embora – diz minha mãe. – Já vimos o bastante.

Assim que botamos o pé na rua, Belle exclama:

– O que viu, Sra. Gupta?

Aguardo minha mãe contar a Belle o que diz aos clientes (sei isso de bisbilhotar): é uma intérprete de sonhos, não uma vidente.

Mas ela diz apenas:

– Paciência, Balwat. Só depois que estivermos de volta em nosso território.

Quando entramos na Chai House, ela coloca o aviso DESCULPE, ESTAMOS FECHADOS na porta (não que seja necessário), pega uma xícara de água quente com sal e entra no banheiro. Ouço-a gargarejando e cuspindo. Finalmente, sai e nos chama para uma mesa. Quando estamos sentadas para conferenciar como Maquiavéis modernas, ela diz:

– Não tornem a entrar lá.

– Mas por quê? – pergunto. – E por que tomou meu café? E por que não quis que comêssemos os biscoitos?

– Os biscoitos, é mais fácil de explicar – diz minha mãe. – Na vida, é melhor não aceitar nada de graça... a menos que venha de alguém que queira o nosso bem. Aceitar nos deixa em dívida. E o café... bem, talvez eu só esteja sendo desconfiada. Mas não gostei da maneira como a gerente veio pessoalmente trazer o nosso pedido. Ela não fez isso para nenhum dos outros clientes, não sei se vocês notaram...

– Acha que ela pôs alguma coisa no café de Rikki? – interrompe Belle.

– Ah, por favor! – exclamo. – Pelo que você está dizendo, ela parece a Lucrécia Bórgia.

Belle faz que não ouve.

– Uma coisa que dá azar, não? – diz ela à minha mãe. – Foi assim uma vez em Turlock com uma noiva. Minha mãe me contou. A antiga namorada do noivo mandou um presente para a noiva, um sári de seda deslumbrante. A noiva, que tinha vindo da Índia e não sabia nada da história, usou o sári e passou tão mal que quase morreu.

– Que loucura! – digo. – Poderia ter sido coincidência.

As duas me olham com a mesma cara. Quase posso ouvir o que estão pensando. *E o que é coincidência?*

– Vocês duas estão ficando muito exaltadas – digo. – E mesmo se fosse verdade, por que a gerente haveria de querer me fazer mal?

– Talvez a veja como uma ameaça – diz minha mãe.

– Vê a *mim* como ameaça? Quando *ela* é quem está destruindo nosso negócio? Mas, nesse caso, ela não iria querer fazer mal a Belle, também? Você não impediu Belle de tomar o café dela...

– Foi instintivo – diz minha mãe. – Não sei explicar direito. Mas agora é evidente que a situação é séria. Fiz o que pude, mas não vai ajudar a longo prazo. Vocês têm que achar um ângulo completamente novo para a casa, uma coisa com espírito e energia para trazer as pessoas de volta. E precisam fazer isso depressa, antes de enfraquecerem mais.

– Mas que tipo de ângulo novo, Sra. Gupta? – exclama Belle. – Estamos há semanas quebrando a cabeça e não conseguimos pensar em nada. Não pode nos ajudar?

Minha mãe está com uma cara cansada. Tem olheiras escuras; os ossos da clavícula despontando sob a pele.

– A razão pela qual vocês não têm força suficiente para brigar com essa mulher é que ela sabe exatamente quem ela é, e vocês não. Esta não é uma verdadeira casa de chá – ela pronuncia a palavra com o sotaque bengali –, mas sim uma confusão, uma idéia ocidental do que é indiano. Talvez seja esse o problema. Quem sabe, se conseguirem transformá-la em algo autêntico, vocês sobrevivam.

Uma quentura inunda minha cara, anos de raiva, uma sensação semelhante a um tombo. Como ela se atreve a me acusar!

– E a culpa é de quem, se não sei quem eu sou? Se tenho uma falsa noção do que é ser indiano?

Belle me olha chocada. Ela nunca me ouviu falar assim com minha mãe. Minha mãe morde o lábio, algo que não me lembro que ela algum dia tenha feito. Seus dentes são pequenos, de pontas serradas como dentes de criança. Como eu nunca notara isso antes? Quando ela responde, é em bengali, e preciso me concentrar muito para entender.

– Você tem razão. É minha culpa. Vejo agora que eduquei você mal. Achei que ia protegê-la se não falasse do passado. Assim você não estaria sempre olhando para trás, sonhando com uma coisa, como muitos imigrantes fazem. Eu não queria ser como aquelas outras mães, dividindo você entre cá e lá, entre sua vida agora e aquela que nunca será possível. Mas ao não contar como era a Índia de verdade, transformei-a numa coisa muito maior. Ela lhe tirou da cabeça uma multidão de outras coisas. Comprimiu seu cérebro como um tumor.

Depois que ela se vai, Belle pergunta:

– O que ela estava lhe contando em bengali? E o que tem em mente quando diz que este lugar não é autêntico?

Vejo que ela está perturbada, e com razão. Mas não tenho nenhuma resposta. Ainda estou tentando processar tudo o que minha mãe me disse, sua lógica tendenciosa. Ao sair, ela se virara para mim, dissera outra coisa. Talvez eu não tenha entendido bem as palavras em bengali, mas foi assim que elas soaram: *Esse tempo todo, achei que estivesse fazendo isso por você. Mas só estava me protegendo.*

Essa noite, depois que Jona adormece, trabalho no meu quadro. Acabo de pintar o homem de branco, depois refaço a vegetação naquela parte da tela. Quando termino, só há árvores e grama, cascas de árvore no chão, galhos pendurados – e, atrás disso, uma falha escura em forma de homem que nem se veria se não se olhasse direito. Um homem com o braço esquerdo para cima em arco, a um só tempo no quadro e ausente dele, o elemento final de que a composição precisava.

Mais tarde, fico na cama, ainda embriagada com a sensação de ter terminado, sem conseguir dormir. Como tantas outras vezes, meus pensamentos embicam e dão voltas em cima de minha mãe. Como ela estava se protegendo ao não me contar da Índia? O que ela viu – ou julgou ver – no Java? E finalmente: se tomou a xícara que estava destinada a mim, a do azar, o que essa xícara faria com ela?

Anos depois, quando tiver recomeçado a sonhar, sonhar com uma vingança como se para compensar todas aquelas noites áridas, cor de lama, sonhar em tons de néon e luzes estroboscópicas não só os meus próprios sonhos mas também os de minha mãe e minha filha, sonharei com o interior do Java. Mas então não haverá Java nem Chai House, e a própria América, tal como eu acreditara que era, terá deixado de existir, mas o que sonharei é isso:

Estamos num café submarino, cheio de um azul do fundo do mar. Tudo balança e treme nesse espaço, e as palavras ecoam como estrondos sônicos. A mesa onde estamos sentadas é de coral – ou será de ossos porosos? Não há ninguém na sala a não ser minha mãe, Belle e eu. Viro-me para falar com elas e vejo que elas se transformaram em seres marinhos. Belle balança suas tranças de anêmona cor-de-rosa para mim. Minha mãe vira para mim com seus olhos inteligentes de cavalo-marinho. (E eu? O que sou? Mas não consigo me ver.) A gerente entra nadando, mas está fora do meu campo visual, e não sei bem que tipo de ser ela é. Só vejo sua sombra contra a parede onde a alga parda balança para a frente e para trás. Ela paira em forma de nuvem ou rede ou cabeça de martelo. As bebidas que pedimos vêm boiando até nós. O café é preto como tinta de lula. Vou pegá-lo, mas minha mãe é mais ligeira. Pega minha xícara com as mãos frágeis de cavalo-marinho e bebe. A cor se infiltra nela, manchando-a como o Shiva da garganta escura, que tomou o veneno do mundo para salvá-lo da destruição. Mas minha mãe, apesar de bem-intencionada, não é tão forte quanto um deus. Vai quebrando. Pedacinhos se desprendem dela como pólipos de coral. Ela está tentando me dizer algo. A água fica agitada, o estrondo ecoa forte em meus ouvidos, a gerente sorri para mim com sua boca de tubarão, seus olhos brancos como dentifrício, sua barbatana loura aponta para algo na parede ondulante. É um relógio, com o número 2 colocado no centro. Sei que é um relógio de dias, regulado para andar para trás. Em seguida virá o número 1, e depois o 0. E aí, o tempo se esgotará.

13

Rakhi

Estou parada num canto da Atelier, desejando poder sumir. Já estive na galeria muitas vezes antes para outras exposições, mas ela nunca pareceu tão enorme e cavernosa, tão vazia.

– Belle – eu sussurrara consternada ao entrar ali mais cedo. – Não tem ninguém aqui.

Belle deu um suspiro paciente e maternal.

– Claro. A galeria só abre daqui a meia hora.

– E se ninguém...

– Já foi a alguma exposição onde aconteceu isso?

– Esta poderia ser a...

– Me poupe! – disse Belle. Deu um sorriso radiante para Kathryn, que acenou para nós do outro lado do estúdio, e agarrou meu braço antes que eu pudesse me esconder num canto.

– Hã-hã – disse. – Quero que fique aqui mesmo, onde é certo as pessoas a verem ao entrar. E eu agradeceria muito se você se abstivesse de adotar essa postura largada. Estraga o efeito que levei horas para criar.

Ela ajeitou minha echarpe, deu um puxão discreto nas costas do meu vestido, entregou-me um copo de champanhe e foi conferenciar com Kathryn.

Troco de pé nervosamente – um feito nada insignificante, considerando que estou usando os saltos agulhas de Belle. Tomo um gole cauteloso do meu champanhe e seguro o copo na frente do corpo como se fosse um apetrecho de proteção, e desejo mais uma vez que não tivesse deixado Belle me vestir para a ocasião.

– Não, não e não – dissera ela quando discutimos os meus planos. – Este é um acontecimento marcante na sua vida, e, como sua amiga, é meu dever moral garantir que você não compareça a ele de calça cáqui e suéter.

– Belle, tudo o que tenho ainda mais ou menos formal é um vestido preto antiquado de quando a gente era recepcionista da sala Zellerbach para poder ver os espetáculos de graça, lembra? Minhas roupas indianas são espalhafatosas demais para este tipo de evento. E você, mais do que ninguém, devia saber que não posso me dar ao luxo de comprar nada agora. De qualquer maneira, sou pintora, não modelo. Por que tenho que estar bonita?

– Porque tem. Vá por mim. Mas não se preocupe. Tenho a roupa certa para você. É uma sorte sermos quase do mesmo tamanho, não?

Então cá estou eu, vestida com um vestido preto justo com uma fenda do lado e alcinhas espaguete que fazem jus ao nome. Meu cabelo está preso para cima num *chignon*, lutando para escapar dos grampos de Belle e começando a conseguir. Minhas pestanas caem com o peso do rímel de Belle, e meus lábios estão emplastrados do batom de Belle, convenientemente chamado de Carmim Dragoa. A única coisa minha no conjunto é uma fina echarpe indiana preta e prata que Belle encontrou no fundo do meu armário.

– Perfeito – sussurrara ela, arrumando-a nos meus ombros. – A fusão do Oriente com o Ocidente na medida certa!

Meus pais já chegaram. Minha mãe, vestida com um sári elegante bordado à mão em tons terrosos, abre um sorriso para mim, mas Belle intercepta-a na entrada. Meu pai, espantosamente, está de terno. Estou comovida. A única outra vez em que ele vestiu um terno foi no meu casamento. Ele acena timidamente, mas espera minha mãe ir na frente. Vendo-os atravessar a sala, percebo que ele sempre foi assim no que me diz respeito, feliz de ir atrás dela, deixando-a cuidar do que quer que eu precise. Um dia, eu gostaria de saber o que fez com que eles se casassem, a andorinha e o bulbulo.

– O casamento de vocês foi arranjado? – perguntei a ela uma vez.

Ela ficou tão espantada que começou a rir.

– Nossa, não! Na verdade, a minha família foi totalmente contra o nosso casamento.

– Mas por quê?

Ela deu aquele conhecido sorriso vamos-deixar-isso-para-lá.

Talvez fazer a pergunta com outras palavras funcione.

– Então, como você casou com ele?

– A gente se conheceu quando fui a Calcutá, e se apaixonou. – Ela parecia surpresa, como se tivesse esquecido desse fato.

– Como foi?

Mas já recuperara a calma.

– Nada diferente do que acontece com outros jovens, imagino – disse, encolhendo os ombros. – Agora, você não tem nada melhor para fazer do que gastar sua energia com coisas que já foram resolvidas há muito tempo?

O que ela não sabia era quanta energia eu gastaria mais tarde, tentando preencher as lacunas. Tentando imaginar, sem parar, um casal, muito jovem, se encontrando nas ruas de uma cidade aonde eu nunca fora. Em minhas fantasias, eles me olhavam, mas eles não tinham as caras dos pais que eu conhecia. Só havia duas coisas que eu sabia ao certo sobre eles.

1. O que acontecera com eles não foi o que acontece com outros jovens que se apaixonam.

2. O que quer que tenha sido, já acabara, e fora substituído por uma coisa tão diferente que até mesmo eles ficariam desconcertados, se se permitissem examiná-la, com a transformação.

– Parabéns – diz minha mãe, dando-me um beijo no rosto. – Seus quadros são lindos.

Claro que ela diria isso. É minha mãe. Evito olhar para as paredes. Sei que os quadros não têm valor e que os visitantes – se acabar aparecendo algum – vão odiá-los.

Meu pai me dá tapinhas nas costas murmurando algo sobre estar muito orgulhoso. Está sóbrio e tem uma água mineral na mão. Lanço um olhar agradecido para minha mãe.

– Você está linda, também! Muito chique. Ora, está usando minha *dupatta* velha. – Toca de leve em minha echarpe.

Isso acontecera na véspera do meu casamento. Ela abrira um baú velho para pegar um copinho de prata que eu usava para beber quando era neném. Era valioso, e ela queria dá-lo a mim para o filho que eu tivesse. Mas a echarpe me chamou a atenção, embolada num canto. Levantei-a e seus fios de prata cintilaram do jeito que uma teia poderia cintilar, se aranhas dançassem nela.

– Posso ficar com isso?

Ela hesitou. Depois, disse:

– Essa coisa velha? Por que você haveria de querer isso?

Porque é da sua outra vida, eu quis dizer, aquela que é mágica, aquela aonde você não me deixa entrar. Mas eu não queria estragar o momento. Além do mais, não era só culpa dela. Se eu possuísse o dom, como ela possuía, nada poderia ter me impedido de entrar.

Ela me entregara a *dupatta*, sorrindo e balançando a cabeça. Fazia isso às vezes, como se meus atos fossem insondavelmente misteriosos. Quando era ela que sempre fora insondável.

Tudo isso eu esquecera, do jeito que esquecemos tantas coisas sem saber o que perdemos.

– Cadê minha neta? – minha mãe está perguntando. Digo-lhe que Sonny deveria tê-la deixado no estúdio antes do início do *vernissage*. Mas, naturalmente, ele está atrasado.

– Ele deve ter um motivo – diz ela.

– É, é sempre o mesmo: eu, a minha pessoa e eu.

Minha mãe contrai os lábios. Sei que acha que sou muito dura com Sonny. Mas só que não sabe o que aconteceu naquela noite. Um sorriso bolha de champanhe se forma dentro de mim e estoura antes de chegar à superfície, deixando um gosto amargo. *Bem, mãe, acho que também tenho a minha insondabilidade, afinal de contas.*

De repente, a sala está cheia de gente conversando e rindo. Algumas pessoas são minhas conhecidas, mas há muitas que nunca vi. Estou dividida entre o desejo de escutá-las disfarçadamente e o medo de que possam estar falando mal do meu trabalho. Ou – pior ainda – talvez estejam falando sobre o tempo ou seus planos de férias.

Então vejo-o do outro lado da sala, sozinho, olhando um quadro com atenção. O homem do eucaliptal. Não vejo sua cara daqui, mas tenho certeza de que é ele. A constituição, a postura. O paletó branco. Há uma calma em volta dele mesmo aqui, no meio dessa confusão.

Encaminho-me para ele, mas um dervixe dançarino me dá um encontrão, fazendo com que eu quase derrame meu champanhe.

– Jona! – Beijo seus cachos revoltos, que Sonny-o-delinqüente obviamente não pensou em pentear.

– Mãe, você está maravilhosa! E todos os seus quadros estão pendurados nas paredes! Legal! Quantos já vendeu?

Vejo-me rindo.

– São bonitos? – Um pouco de meu nervosismo derrete quando abraço minha filha e tomo outro gole de champanhe. Ainda bem que consegui que ela viesse dividir essa noite especial comigo, embora Kathryn tenha manifestado uma certa preocupação com a presença de uma criança.

– Posso provar um pouco? – pergunta Jona.

– Não, querida. Tem álcool. Venha comigo até tia Belle. Ela vai lhe arranjar um suco de maçã.

– Suco de maçã! Eca. O seu tem uma cara mais interessante. Por que não posso dar só um golinho? Sonny deixa eu... – Ela vê minha cara e recua. – Só às vezes, claro.

Respiro fundo e continuo sorrindo. Mais tarde, Sonny-boy. Mais tarde.

– Então, como é que o *papai* se atrasou tanto para deixar você aqui?

– Ele não encontrava vaga. Ah, a vovó está ali!

Começo a dizer que ele não precisava encontrar vaga – bastava deixá-la na porta. Mas ela já foi. Uma idéia terrível me ocorre. Junto com ela, um formigamento na nuca.

Viro-me devagar para a porta, e lá está ele, embora eu tenha deixado claro que ele não estava convidado. Ele está com boa cara, sou obrigada a admitir – muito melhor do que alguém com o estilo de vida degenerado dele tem direito a ter. Aquele ar ligeiramente amassado e infantil, como se tivesse acabado de sair da cama, os lábios carnudos que me lembram – por mais que eu queira esquecer – seu toque em várias partes do meu corpo. Só que ele não está com aquele sorriso irônico, meio zombeteiro que passei a esperar dele. Está parado ali, a silhueta fina numas calças pretas e uma camisa de seda preta de corte justo que mostra os seus músculos, e está olhando para mim com uma simpatia sinistra. Seu olhar deixa implícito que ele me conhece mais intimamente do que qualquer outro homem jamais conhecerá. Que ele pode sentir aquela voz em minha cabeça sussurrando: *Você não devia estar aqui, há algum erro, você não é boa o bastante.* Como se ele também ouvisse uma voz assim de vez em quando.

Mas isso é impossível. Sonny tem o ego mais forte a oeste de Nova York. Se uma voz algum dia entrasse na cabeça dele, murcharia e morreria mais depressa que lesma em mina de sal. Além do mais, não quero a simpatia dele. Não quero nada, a não ser que ele fique longe de mim. Especialmente esta noite, a mais importante da minha vida. (Enquanto penso isso, há um eco em minha cabeça. *A mais importante, a mais...* Quando eu já dissera aquelas palavras? Não lembrar me deixa mais irritada.)

E, nessa irritação, encaminho-me a passos largos para ele, esquecendo os saltos altos. Tropeço, e a mão dele sai para segurar meu cotovelo. Vejo o sorriso em seus olhos, seus dedos queimam minha pele nua, sua voz diz, preguiçosamente:

– Riks, você está deslumbrante. – E o sangue-frio que eu tanto me esforcei para adquirir desde que o deixei se esvai.

Minha voz treme quando puxo o braço e digo:

– Por que você veio? Para estragar tudo para mim como sempre faz?

Não é o que eu queria dizer. É incrível a rapidez com que ele pode me reduzir a isso.

À nossa volta, as pessoas param a conversa para ouvir melhor. Uma expressão inesperada de mágoa pisca no olho de Sonny, mas desaparece tão depressa que talvez nunca tivesse estado ali.

– Boa-noite para você, também – diz ele.

– Por favor, vá embora – sussurro.

Acho que ele vai dizer algo sarcástico, algo que não tenho reservas para rebater. Mas ele só faz uma leve mesura e se afasta, fazendo-me sentir culpada e desalmada e profundamente agradecida.

Ele está à porta quando Jona o agarra por trás com um de seus abraços.

– Sonny-y-y! Não vi você entrar. Aonde vai?

Ele ajoelha e sussurra algo em seu ouvido.

– Você não pode ir embora! Nem viu os quadros da mamãe. E ainda não falou com a vovó nem com o vovô!

Vou até lá e ponho uma mão maternal firme no ombro dela.

– Ele tem que ir. Vai ver os quadros outra hora.

– Mas quero que ele veja comigo!

– Jona, você não me ouviu? Ele tem que ir. E eu quero que você vá para junto da vovó e da tia Belle e fique com elas.

Jona olha de Sonny para mim.

– Você brigou com ele, não foi? – diz ela. – Disse para ele ir embora. Como pôde ser tão má, mãe?

Sinto uma quentura me inundar a cara.

– Jona – digo com minha melhor voz não-me-chateie –, vá para junto da sua avó.

– Aposto que a vovó não vai deixar você mandar ele embora. Vou contar já para ela. Vovó! Vovó-ó! – Sua voz infantil cristalina corta o zumbido das conversas. – A mamãe está dizendo ao Sonny que ele tem que ir embora!

Todas as cabeças se viram para nós. Quero me afundar no chão. Minha mãe vem depressa. Fala baixinho com Jona enquanto Sonny tenta fazê-la soltar seu braço. Jona soluça alto. Por cima das cabeças das pessoas, que obviamente acham esse pequeno drama muito mais fascinante que meus quadros, vejo a cara de Kathryn, uma máscara mortuária de desaprovação.

Acabaram-se as minhas exposições na Atelier.

O homem de branco também está olhando? De alguma forma, esse pensamento é o que mais me humilha.

– Vá embora – sibilo para Sonny. Com os olhos, digo: nada dessa confusão estaria acontecendo se você não tivesse resolvido aparecer.

– Estou tentando – ele resmunga em resposta. Com os olhos, diz: Nada dessa confusão estaria acontecendo se você não tivesse me deixado.

– Se o Sonny for, eu vou com ele – anuncia Jona. – Odeio você! Não quero ver seus quadros horrorosos.

– Ótimo! – digo. Estou prestes a acrescentar *Não quero ver sua cara horrorosa,* mas minha mãe me dá um toque de advertência no braço. Faz um sinal de cabeça para Sonny, que pega Jona no colo e me lança um olhar ilegível. (Não, retiro o que disse – leio perfeitamente. É um olhar de triunfo.) Minha mãe me acompanha até o banheiro do outro lado do salão, passando pelas caras curiosas. Espero que me diga quão vergonhosamente dramatizei a situação, mas ela apenas sugere que eu lave o rosto, retoque a maquiagem e respire fundo. Deixa-me sozinha com uma fileira de torneiras, todas piscando acusadoramente para mim.

Quando finalmente me obrigo a sair do banheiro, preparando-me para olhares e sussurros e sorrisinhos entendidos, fico admirada de ver que ninguém presta muita atenção em mim. As pessoas estão ocupadas conversando, apontando para os quadros, balançando a cabeça. Vou até Kathryn para me desculpar.

– Não tem problema – diz ela, com uma cara inesperadamente alegre. – Isso pareceu acender o interesse das pessoas. Sabe: Jovem Artista Apaixonada Enfrenta seu Belo Passado Obscuro no *Vernissage*. Você vendeu muitos quadros depois dessa ceninha. Mais do que eu esperava. Talvez eu devesse insistir de agora em diante para que os artistas convidem os ex. – Ela faz um gesto, e vejo as reluzentes etiquetas vermelhas de VENDIDO nas peças.

O eucaliptal também está com etiqueta.

– Quem comprou aquele? – pergunto.

– Vamos ver... foi um homem. Não dos freqüentadores da galeria. Tinha uma cara mediterrânea... ou talvez médio-oriental. Não é o máximo? É sua peça mais cara... e mais bem-realizada. Tem alguma coisa que não consigo dizer o que é... Bem, ele deve ter bom olho para arte.

Meu coração dispara.

– Ele estava de branco?

– Não me lembro. Havia muito movimento em volta na hora.

– Tem o nome dele? Um recibo de cartão de crédito?

Ela me olha com curiosidade.

– Não. Ele pagou em espécie e disse que voltaria para pegar o quadro quando a exposição terminasse. Pedi um número de telefone, mas ele disse que estava trocando de número agora. Mas anotei o nome dele. – Ela abre uma pasta. – Ohnosod Opmet. Diferente, não? Espero que eu tenha escrito direito. Ele estava com pressa para ir embora, então só rabisquei o que achei que ele disse.

Ohnosod Opmet. Repito o nome para mim mesma durante o resto da noite, os abraços de Belle e os parabéns de

Kathryn, os dedos em concha de minha mãe em meu rosto, seus olhos orgulhosos mas com uma sombra. Meu pai faz uma mesura exagerada e ergue um copo de *cabernet* num brinde silencioso. (Quando começou a beber?) Ohnosod Opmet farfalha dentro de mim quando pergunto a meus pais se eles gostariam de dormir lá em casa. (Eles recusam, mas talvez seja porque, distraída com a possibilidade de Ohnosod, não insisto tanto quanto deveria.) Será que eles gostariam que eu os levasse de carro até Fremont? (Outra recusa.) *Eu vou me sentir bem dirigindo,* assegura-me minha mãe. *Não seja tão aflita.* Ohnosod me dá apoio quando me despeço de meus pais, recuso uma oferta de sair para a noite com Belle e vou de carro para casa. Observa quando abro a porta do apartamento quieto demais. Está habituado ao silêncio, Ohnosod. É o elemento dele.

Ohnosod, não sou tão forte quanto você. Preciso de alguém hoje à noite. Alguém com quem dividir a empolgação da noite, a realização e a perturbação, a sensação de anticlímax que fica comigo. Jona teria me abraçado com força, colado aqueles cachos suados e exigentes em meu rosto e me impedido de pensar. Mas ela não está aqui. Está com Sonny (*de quem gosta mais*, minha voz rapidamente me lembra) e preciso encarar a verdade sozinha.

Ver Sonny olhar para mim daquele jeito enfurecedoramente simpático hoje à noite rompeu algo dentro de mim, alguma carapaça de negação que eu construíra em volta de mim desde que saí de casa sozinha. Esse tempo todo, eu disse a mim mesma que estaria bem sozinha, sou forte, não preciso de ninguém. Quero ser amada por um homem que me entenda como Sonny me entendia em nossa melhor época. Preciso que ele me ame até eu ficar toda tremendo por causa disso.

Toda vez que expiro, sinto um pedacinho da minha juventude me deixando. Ohnosod, sombra branca num mundo verde, dá para você entender isso? Você pode ser o homem que eu quero?

O telefone toca.

Sento-me, rígida com a expectativa. Poderia ser...? Por que não? Se ele pôde estar no bosque com chuva, se pôde ir à exposição e comprar meu quadro dele (aquela forma feita de nada que só ele reconheceu), por que não poderia estar me ligando agora? Minha mão treme um pouco... minha voz, também... quando digo alô.

– Riks – diz uma voz não de Ohnosod que conheço muito bem –, precisamos conversar.

Estou desapontada e irritada com minha tolice.

– Não há mais nada para conversar, Sonny – corto. – Mais nada. Por favor, não torne a me ligar.

Mas claro que ele torna. O telefone toca e toca, a secretária eletrônica atende. Ouço-o dizer:

– Riks, me escute, é importante.

Desligo o fio do telefone da tomada. Então, vou para a cama, onde encolho os joelhos até o peito e tirito apesar de ter regulado a calefação no máximo. Ohnosod desapareceu (talvez eu seja carente demais para o gosto dele), e, até pegar num sono agitado, presto atenção à minha voz. *Agora que você desligou o telefone, e se Jona tiver uma emergência?*

14

DOS DIÁRIOS
DOS SONHOS

Ultimamente, eles vêm quando não os espero.

Hoje de manhã, por exemplo.

Ela chega num carro como um sussurro prateado e fica um bom tempo sentada ali dentro, comparando o endereço em seu bloco com o da minha porta. Ou talvez esteja juntando as pétalas espalhadas de sua coragem.

Quando ela toca mesmo a campainha e eu abro a porta, ela está linda e triste, como uma princesa de uma de nossas velhas lendas bengalis.

Talvez por isso, apesar de não ter sonhado o sonho dela, reconheço-o logo quando ela me conta.

No sonho – ela já o sonhou várias vezes – ela está num jardim murado. Está rodeada de plantas de ouro, flores de diamante. Um riacho de mel em vez de água corta o jardim, e pássaros invisíveis cantam tão docemente que ela acha que seu coração vai explodir.

Ela puxa a alça da bolsa Gucci, olhando para o colo. Alisa o tecido sedoso do vestido enquanto fala. Escolheu pérolas para as orelhas, para a garganta. Isso não me surpreende, pois elas são as gemas do pranto.

Desde que esteja no jardim, ela sabe que estará em segurança. Ninguém pode tocar nela. Atingi-la. Ela ouve chamarem seu nome, fora do jardim. As vozes estão irritadas, mais irritadas. Mas ela não liga. Levanta a mão. Uma libélula mergulha para beijá-la.

Leio sua história em seus olhos apáticos. Um marido tão ocupado sonhando seus sonhos de rei da montanha que não sabe que sua casa virou um deserto. Que o único alívio que sua mulher tem é sentar num jardim irreal, ouvindo pássaros que não estão lá.

Você precisa falar com ele, digo-lhe. Fazê-lo falar com você.

Ela faz que não com a cabeça. Eu tentei. Não me interessa mais.

Quando ele parou de dormir com você?

Ela vira os olhos de corça caçada para mim. Como sabe?

Não lhe conto que sei disso pela minha vida, que é como a dela virada pelo avesso. Nós intérpretes de sonhos não falamos de nós mesmas.

Esqueci, ela diz finalmente. Não tem importância.

Você precisa encontrar outra coisa... ou outra pessoa... para amar. Ou vai enlouquecer.

Ela me olha.

Talvez eu já esteja louca, dizem seus olhos. Talvez esta seja a melhor forma de carregar esse vazio.

Por que veio a mim? Quer que eu explique o que você viu?

Não! Não! Eu não quero que o sonho seja explicado e não volte mais. Quero sonhá-lo sempre. Toda noite. Eu poderia suportar o resto da minha vida então. Se tivesse a certeza de que, ao deitar, eu pudesse ir lá. Mas isso não acontece tanto quanto deveria. E, ultimamente, cada vez menos. Por isso procurei-a.

Suspiro. É um caminho perigoso o que ela segue. Mas não quer aceitar qualquer outra ajuda minha. E eu não consigo diminuir a súplica que há nesses olhos, o brilho que poderia ser rímel ou desespero.

Levo-lhe um vidro de meu armário de sombras. Uma gota cada noite, digo, antes de dormir, em cada olho.

Ela abre a tampa. Cheira o líquido transparente desconfiada.

Tem certeza? Parece água.

Faço que sim com a cabeça. Não lhe digo que mandarei meus pensamentos de sonho para ela, também, para guiá-la na entrada.

Mas é um vidro tão pequeno... acabará logo. Não pode me dar mais?

Faço que não com a cabeça. Vai durar mais do que pensa, desde que use direito. Quando terminar, venha falar comigo. Talvez queira algo diferente nessa altura.

Ela sorri descrente. Levanta-se em saltos agulhas instáveis. Sem olhar, ela põe punhados de notas de dólar na mesa entre nós.

Enfio quase todas de volta em sua bolsa.

Tudo com moderação, digo severa. Mas, por dentro, estou lhe dizendo: Não desista. O sonho não é uma droga, mas um caminho. Ouça para onde ele pode levá-la.

Tantos tipos de tristeza no mundo. Às vezes, acho que eu poderia desmoronar por causa disso.

Você estará aqui com certeza quando eu voltar? Há medo na voz dela, no jeito como suas unhas perfeitas pegam a alça da bolsa.

Digo a ela o que digo à minha gente toda, embora dessa vez eu fale com um tom de culpa.

Minha querida. (Ela ergue os olhos para isso, surpresa de novo. Nunca saberá o quanto essas duas palavras são sinceras, o quanto estou presa a ela, agora que ela me procurou.) Minha querida, enquanto eu viver, estarei aqui para você.

15

Alguém está batendo na porta do apartamento, chamando o nome dela. Alguém fica tocando a campainha da porta até os carrilhões loucamente alegres entrarem em seu crânio e não adiantar ela esconder a cabeça embaixo do travesseiro. Ela levanta da cama se arrastando, praguejando, a cabeça lenta e latejando como se de ressaca. Injusto, este mundo onde você pode ficar de ressaca sem ter tocado em álcool. (Meio copo de champanhe, ela imagina, não conta.) Ela pisca indefinidamente, perguntando-se se, caso seja Sonny, ele se atreveria a fazer esse ataque final, mas a voz não encaixa. Considera não atender, fingir que não existe. Talvez isso nem fosse fingimento. Ela sente uma leveza estranha quando vai até o banheiro, uma sensação de não pertencer às mãos que jogam água na cara que está debruçada na pia. Está escuro em volta, ou talvez seus olhos tenham ido embora boiando. Quando ela sai do banheiro, a voz gritando seu nome ainda não se foi, então ela abre a porta.

– Nossa, Rikki, o que houve com você? – Belle está soluçando ao entrar no apartamento. – Por que não abriu a porta antes? Achei que alguma coisa tivesse acontecido com você, também.

Ela registra esse *também*, um barulho frio de saca-rolha que a perfura, deixando um estreito túnel negro no rastro. Ela resmunga algo sobre estar dormindo. Não é uma desculpa absurda. Quando olha para o patamar do andar com sua janelinha atrás de Belle, vê que o sol ainda não nasceu. Belle está com um vestido vermelho curto. Sem dúvida, não era a roupa que usava da última vez em que a viu no... onde? Com um esforço, recorda a galeria, e aí tudo vem desabando em cima dela: seus pais, Jona, os quadros galantes e abandonados na parede antes da chegada das pessoas, o homem de branco, a entrada desastrosa e a saída mais desastrosa ainda de Sonny. Belle tem a maquiagem borrada, os olhos inchados. Rakhi quer lhe dizer que não deveria dirigir quando estivesse perturbada daquele jeito, poderia ter tido um acidente. Talvez ela diga isso, mas Belle não ouve, está muito ocupada falando e chorando ao mesmo tempo.

– Cheguei em casa e havia uns seis recados na secretária eletrônica, eu quase não liguei, estava exausta, mas graças a Deus liguei, era Sonny, ligando do hospital, estava tentando falar com você mas você não atendeu...

Hospital. A palavra afunda nela em caráter definitivo, uma pedra.

– Jona? – Seu corpo começa a tremer. Belle a abraça.

– Não, Jona, não, graças a Deus. Mas é tão ruim quanto. Seus pais. Eles tiveram um acidente, voltando. Seu pai ficou muito ferido. Mas sua mãe... Belle soluça tanto que não consegue terminar a frase.

Mas Rakhi não precisa ouvir a palavra, aquele som como um soco na carne, para saber o que aconteceu.

No hospital, aonde Belle a levou, tudo parece confuso, como se ela estivesse olhando com os óculos de outra pessoa. Caras de uniforme e batas cirúrgicas vêm até ela, vão embora. Dizem coisas que ela não entende bem. (O que há para dizer? Tudo já foi englobado naquela palavra não dita. Suas duas sílabas atiram-se nela de vez em quando, fazendo-a se encolher.) Ela desce atrás de um uniforme por uma passagem para um quarto, uma cama, uma pessoa deitada nela, coberta com um lençol branco. Embaixo do lençol, ela vê a silhueta de tubos desligados, como as vias de uma cidade abandonada. Sonny está ali, olhos vermelhos. Ela quer esmurrar seu peito, gritar que ele não tem o direito, que ela já não tem lágrimas porque já chorou todas por causa dele. Sabe que ele haveria de agarrar suas mãos, abraçá-la, murmurando como se murmura para uma criança ou um bicho. Mas ela acaba não fazendo isso. Não mudaria a coisa que ela precisa mudar.

Ela não olha para a cama.

Um bom tempo depois, alguém a leva para outro quarto, outra figura deitada em outra cama. Há ataduras, um braço engessado. Dessa vez os tubos estão ligados a uma máquina. Ele não está consciente, então ela não precisa falar, o que a deixa agradecida. Ainda bem. Isso a surpreende. Não achara que poderia tornar a sentir-se agradecida por alguma coisa.

A certa altura, ela vê que está de volta em casa – não sabe bem como – e em sua própria cama. Duas colchas a cobrem, mas não a impedem de tiritar. Ela quer perguntar sobre Jona, onde ela está, mas todas as palavras foram embora e ela está muito cansada para sair procurando. Belle lhe dá uns comprimidos brilhantes, e, grata, ela os engole.

Então. Os sonhos dos quais sua mãe a protegera esses anos todos, colocando-se entre ela e eles como o muro de uma fortaleza, desabam sobre ela.

16

Rakhi

Estou na cozinha que já não é de minha mãe, fazendo purê de banana.

Eu nunca tinha feito purê de banana antes, embora fosse um prato que minha mãe gostasse de fazer. Ela o fazia bem, e com uma facilidade enganosa. Em suas mãos, o prato nunca desandava naquela gororoba laranja desconcertante que me fita da panela. Acrescento várias colheres de óleo de mostarda numa tentativa de salvar o prato e junto sal e pimenta. Parece exatamente tão pouco apetitoso como antes, só que mais gorduroso. Suspiro e coloco-o, juntamente com um arroz cozido demais, numa bandeja.

Estou fazendo purê de banana a pedido de meu pai. Ele também pediu que eu fizesse um arroz papa. Diz que suas entranhas estão machucadas demais para lidar com qualquer coisa mais exigente.

Tenho quase certeza que não há nada de errado com as entranhas de meu pai. Os resultados dos exames que ele fez foram todos bons, e os médicos me disseram que não havia nenhum motivo de preocupação. Mas não lhe digo isso. Desde o acidente, falo com meu pai o mínimo possível. Toco-o o mínimo possível, também, mas isso é mais difícil, uma vez que ele precisa de minha ajuda para tantas necessidades corriqueiras até a retirada do gesso.

Às vezes, falo com minha mãe. Pergunto-lhe em que ela estava pensando na hora do acidente, como pôde ter sido tão desgraçadamente descuidada. Pergunto-lhe exatamente como aconteceu.

Estou com raiva dela, também, mas é uma raiva mais complicada. Não tenho palavras para articulá-la. É mais fácil me permitir sentir-me atarantada.

Ninguém sabe ao certo o que aconteceu naquela noite. Mas os relatos coincidem nisso: ela saiu da 580, onde a estrada sobe e serpeia preguiçosamente pela serra de San Leandro. Atravessou a cerca de proteção e voou por cima das aizoáceas roxas que cobrem o talude, o carro embicado para o longo tabuleiro da ponte San Matei lá embaixo, aquelas feéricas luzes flutuantes. Aí, o carro capotou. Quando as ambulâncias chegaram, ela estava inconsciente. Morreu logo depois de chegar ao hospital.

Os relatórios dizem que não havia marcas de derrapagem nem de freada brusca. Nenhum indício de que ela perdera a direção – ou de que tentara parar o carro.

Me pai diz que dormia quando aconteceu o acidente.

Não acredito nele. De alguma forma, ele foi responsável. Sei disso pelo frio que me percorre a espinha, pela dor que sinto nos dentes, como se eu estivesse chupando algo muito azedo.

– Fale comigo – disse Belle depois que me levou para casa saindo do hospital. – Pelo amor de Deus, Rikki, fale comigo. Chore, grite, faça alguma coisa. – Mas todas as respostas em que eu pensava me pareciam clichês. Sem sentido. Eu sabia que devia poupar minha energia para algo mais útil, embora ainda não soubesse o que era.

Passei um dia e uma noite sentada no sofá de casa. De vez em quando, visualizava o acidente. Talvez meu pai tivesse começado a discutir com minha mãe, distraindo-a. Será que, na bebedeira, agarrara o volante, fazendo o carro passar por cima da cerca?

Quando o cansaço era demais para eu ficar sentada, eu me deitava. Comia o que Belle punha na minha frente. Sabia que me matar de fome não era a resposta. Fechava os olhos e mastigava, era mais fácil assim. Eu não reconhecia o que comia. Minhas papilas gustativas tinham desaparecido. Quando Sonny trouxe Jona lá para casa, abracei-a, mas distraidamente, como se ela fosse filha de outra pessoa. Seu cabelo estava todo embaraçado, mas isso não me deixou nervosa como de hábito. Ela estava muito calada. Alguém deve ter-lhe contado o que acontecera e dito a ela que não fizesse perguntas.

– Sinto muitíssimo, Rikki – disse Sonny. Ajoelhou-se diante de mim e segurou minhas duas mãos. Não as retirei. Mas teria feito isso, se tivesse forças. O que aconteceu também havia sido culpa de Sonny. Se ele não tivesse aparecido na galeria e provocado a cena, meu pai não teria começado a beber. Poderia ter voltado para casa dirigindo. Então eles não teriam tido o acidente. E mesmo se tivessem (eu não conseguia tirar essa idéia da cabeça, apesar de me odiar por isso), talvez ele tivesse morrido no lugar dela.

Minha voz interior levantou sua cabeça de cobra para me lembrar que eu, também, tinha culpa. Eu poderia não ter deixado meus pais voltarem dirigindo. Poderia ter insistido para que dormissem lá em casa. Mas andara muito ocupada fantasiando a respeito do homem de branco.

Agora que minha mãe está morta, o homem de branco tornou-se irrelevante, juntamente com palavras como *romance* e *empolgação*, *mistério* e *aventura*. Nem consigo desencavar seu nome da lama da memória. Castigo adequado pelo meu egoísmo.

Há outro motivo pelo qual não retirei as mãos quando Sonny me segurou. Por uma vez, ele estava sendo sincero. Também amava minha mãe, e também estava sofrendo. Costumava dizer que ela era a única família que ele tinha. Não seja melodramático, eu o cortava. Mas sabia que ele realmente sentia isso.

– Posso ficar com Jona o tempo que você quiser – disse. – Provavelmente, você vai ter que ficar em Fremont até seu pai estar bem o bastante para se virar sozinho...

Fiquei olhando para ele. Eu não tinha me dado conta até então de que teria que voltar para aquela casa cheia da ausência da minha mãe para cuidar do homem que provavelmente tinha sido o responsável pela morte dela. Minha cara deve ter deixado transparecer o meu horror, porque Sonny perguntou se eu estava bem. Uma pergunta idiota, que, normalmente, ele não teria feito – fosse lá o que ele fosse, Sonny não era burro. Uma pergunta que eu normalmente não deixaria sem uma resposta cortante. Mas nenhum de nós estava se sentindo normal. Balancei a cabeça em silêncio e puxei desanimada as grenhas de Jona. Atrás de mim, eu sentia Sonny e Belle, por uma vez, trocando olhares conspiradores.

– Ela não devia ficar sozinha – ele sussurrou.

– Não se preocupe – respondeu Belle no mesmo tom. – Vou ficar com ela.

Não me incomodou ouvi-los falar de mim assim. Era reconfortante pensar em mim como uma *ela.* Como se eu fosse um balão de gás flutuando na ponta de um fio comprido e fino.

Antes de ir embora, Jona perguntou:

– Em que você está pensando? – Como se tivesse se lembrado de algo, acrescentou: – Mamãe? – Ela se desvencilhara de mim havia pouco, como se também sentisse que a mulher no sofá, essa *ela* que flutuava, era uma estranha.

– Em nada – eu lhe disse. Tentei fazer uma cara que projetasse sinceridade. Não deve ter dado certo, porque ela me olhou desconfiada e agarrou a mão de Sonny, puxando-o para a porta. Muito depois de eles terem saído eu ainda ouvia suas vozes no corredor, a dela alta e agitada, a dele um murmúrio procurando acalmá-la. Ou talvez eu os estivesse ouvindo na minha cabeça. Quando as vozes sumiram, deixei meu corpo à vontade. Ele caiu de lado no sofá, fechou os olhos. Antes mesmo de eu ter adormecido, os sonhos começaram a vir, carretéis de luz e forma desenrolando-se muito depressa atrás de minhas pálpebras, rasgando o tecido, fazendo com que eu me contorcesse e gritasse, fazendo Belle vir correndo, aflita. Sim, todos os sonhos que eu andara desejando ter. Mas, de manhã, ao acordar exausta, eu não me lembrava de nenhum.

Menti a Jona quando ela me perguntou em que eu estava pensando. Não pensar em nada exige um autocontrole que eu nunca tive, nem mesmo em circunstâncias mais favoráveis.

Eu estava pensando no funeral.

O funeral realizou-se na Casa Funerária Valley View, um prédio bege atarracado à beira de uma via expressa. Alguém tentara embelezá-lo acrescentando janelas e um pátio com um chafariz, mas ele continuara a ser o que era: um local onde as pessoas eram obrigadas a reconhecer como a vida era frágil, e quão pouco valor lhe dávamos até ela acabar. Sonny organizara tudo. Embora eu odiasse o lugar, não fiquei com raiva dele por causa disso. Foi melhor do que o que eu poderia ter organizado sozinha.

Sentei-me num dos bancos da frente, com minha pequena família rala, o que sobrava dela: Belle e Jona e Sonny. Meu pai estava no hospital, onde continuava fazendo exames porque volta e meia perdia a consciência. (Eu tinha duas teorias a esse respeito: 1. Ele estava fingindo; 2. Era culpa.) Havia um caixão coberto na frente, um cheiro de flor fortíssimo. Talvez fosse de gardênia, eu não tinha certeza. Minha mãe não gostava de cheiros fortes. A princípio, pensei em reclamar, mandar retirar as flores. Mas, depois, vi que isso já não tinha importância para ela. O sistema de alto-falantes transmitia uma música de flauta calma e espiritual. Havíamos convidado pouca gente – meus pais não tinham muita vida social. Se havia algum parente, eu não sabia. O sacerdote do templo indiano falou rapidamente sobre o quanto minha mãe fora virtuosa como esposa, mãe e dona de casa, e como fora um trunfo para a comunidade. (Era óbvio que ele não sabia nada a respeito dela.) Sonny falou com uma voz embargada sobre o quanto ela significara para ele, como o orientara em épocas difíceis e o amara mesmo quando ele não merecera. Belle enxugou os olhos quando falou sobre a generosidade de minha mãe. Então chegou a minha vez.

Eu decidira falar um pouco sobre como minha mãe me dera noção da minha individualidade, como nunca me forçara, como fazem tantas mães, a realizar seus sonhos de sucesso. Não eram palavras profundas, e eu preferiria não ter falado, mas me senti obrigada. Eu não conseguia me livrar da sensação de que o espírito de minha mãe pairava sobre nós em algum lugar, escutando.

Mas, quando cheguei ao púlpito e encarei a platéia, fiquei tão atordoada que não consegui me lembrar de nada do que eu planejara dizer. A sala estava lotada. Quando as pessoas haviam entrado, tão de mansinho que até agora eu não havia percebido sua presença? Não reconheci nenhuma delas, mas vi logo quem eram. Gente que minha mãe havia ajudado durante a vida, gente ligada a ela pelos sonhos. Vai ver que foi assim que essa gente soube estar aqui agora.

Talvez eu estivesse tonta por não ter comido nada pela manhã, mas, ali no púlpito, vi que aquelas caras todas se pareciam de alguma forma, como se o toque de minha mãe tivesse criado um parentesco entre as pessoas. Havia – em seus olhos, na forma como seguravam a cabeça, ou pousavam o queixo na mão, ou embolavam um lenço de papel – algo que me lembrava minha mãe. De agora em diante, eu as conheceria por este sinal onde quer que as encontrasse – num mercado do produtor, numa estação do trem expresso, na orla. Mas eu também sabia que nunca mais tornaria a vê-las.

Eu queria lhes dizer algo, algo que consolasse e fosse significativo, pois elas eram a verdadeira família de minha mãe, seus órfãos. Sua dor era mais legítima que a minha. Mas o que eu poderia lhes dizer? Elas a conheciam melhor do que eu; conheciam-na em sua essência. Até agora, eu me segurara na esperança de que algum dia eu a conheceria assim, também – quando eu tivesse idade para isso, sabedoria para isso. Mas, ali no salão funerário, vi que isso nunca aconteceria. O eu secreto de minha mãe se perdera de mim para sempre.

Fiquei ali, paralisada e muda com isso, até Belle me levar para o meu lugar. Ela me abraçou com força quando comecei a tiritar. Depois, no crematório, quando uma esteira levara o caixão para as mandíbulas de aço do forno, ela tentou fazer com que eu falasse do que estava sentindo. Mas como eu poderia lhe contar que o que me corroía mais do que a morte de minha mãe era minha exclusão de sua vida?

Na volta, Belle veio dirigindo enquanto eu equilibrava no colo a urna quadrada que o gerente do crematório me entregara. Ela tentara me fazer chorar, mas eu não estava a fim. O que eu queria era lhe perguntar se ela ficara tão espantada quanto eu de ver toda aquela gente no funeral. Mas fiquei com medo. E se ela dissesse: Do que você está falando, Rikki? E se ela dissesse: Que gente?

Afofo os travesseiros e ajudo meu pai a sentar-se na cama. Coloco a bandeja de arroz e purê de banana em seu colo. Sirvo-lhe um copo de suco. Ele me pergunta, hesitante, se eu gostaria de sentar. Como sempre, digo-lhe que estou ocupada. Era para ele tocar a campainha de metal que deixei na mesa-de-cabeceira quando terminasse.

– Já comeu? – pergunta. Inclino rapidamente a cabeça, um gesto que pode significar sim ou não. Ele tem um resto de hematoma amarelo do lado esquerdo da cara que lhe dá um ar de pugilista em fim de carreira. Não me lembro de uma única ocasião na vida em que eu tenha me sentido próxima a ele.

Estou à porta quando ele diz:

– Você está com raiva de mim, não?

Não rcspondo.

– Não fique com raiva – diz.

Que pedido absurdo, como se fosse possível mandar a raiva embora. Mas, mesmo que fosse, eu não mandaria. Sou grata à minha raiva; ela enche o buraco dentro de mim.

– Precisamos conversar – ele acrescenta.

– Não estou a fim de conversar – digo. Seguro a porta, pronta para batê-la ao passar.

– Você me culpa, não? Acha que foi minha culpa, de alguma maneira.

Fico calada, mas sinto na boca como se tivesse mordido uma cabaça amarga. Já estou no vão da porta. Quando chegar lá embaixo, vou ligar pedindo a Sonny que arranje uma enfermeira para começar amanhã.

– Se você sentar – diz meu pai –, conto-lhe o que aconteceu logo antes do acidente.

Meu corpo todo enrijece. Embora eu tenha jurado não lhe dar conversa, vejo-me dizendo:

– Pensei que estivesse dormindo.

– Eu menti – disse ele, fazendo sinal para que eu sentasse na cama.

Ele me pegou na armadilha, e sabe disso. Como meio-termo, puxo uma cadeira perto da porta.

– Como posso saber que não está mentindo agora?

E ele, mais esperto do que acreditei que fosse:

– Acho que você saiu bem à sua mãe para reconhecer quando uma história é verdadeira.

Nesta casa de morte, o que mais temo é quando o telefone toca. Mas atendo sempre.

Hoje, há uma mulher do outro lado da linha.

– Você é a intérprete de sonhos? – pergunta. Sua respiração está cansada, como se ela tivesse corrido. – Preciso de ajuda.

Digo-lhe que minha mãe morreu.

Ela fica um bom tempo calada. Depois diz:

– Mas você pode me ajudar, não? É filha dela, ela deve ter-lhe ensinado alguma coisa...? Posso lhe contar esse sonho recorrente, e você pode me dizer o que fazer?

Digo-lhe que não sei interpretar sonhos.

– Por favor, não recuse – insiste. – Não conheço ninguém mais a quem perguntar. Estou com muito medo. Tente, por favor?

Ela continua soluçando quando desligo.

– Não era totalmente mentira – diz meu pai – quando contei aos médicos que estava dormindo. Eu estava. Mas acordei e vi que sua mãe estava correndo muito. Fiquei surpreso porque ela sempre dirigiu com cuidado, como tenho certeza de que você sabe. Eu lhe disse para diminuir a velocidade, mas ela não diminuiu. Perguntei-lhe qual era o problema. Ela olhava para a frente. Não posso perdê-lo, disse. Tentei enxergar através do nevoeiro. Havia um carro preto grande na nossa frente, não dava para ver de que marca, correndo muito também. Eu disse a ela para tomar cuidado, para prestar atenção na velocidade, mas foi como se ela não me ouvisse. Quem está nesse carro?, perguntei. Quem você não pode perder? Você não entenderia se eu lhe contasse, respondeu ela. Mas vou lhe contar de qualquer maneira. Ele é minha única chance de conseguir de volta o que perdi. Apertei os olhos, tentando imaginar quem era, porque ela falava como se o conhecesse. Tudo o que eu via era um vulto.

Mais tarde, eu perguntaria: *Lembra do número da placa?*

Ele balançara a cabeça. *Não pensei em olhar.*

Ele estava de branco?

Ele franzira o cenho, querendo ajudar. Mas, finalmente, optara pela verdade. *Não tenho certeza.*

– A cerração aumentou. Não dava mais para ver o carro preto. Gritei para ela parar no acostamento, disse que dirigiria, o medo já me deixara sóbrio. Mas ela, como sempre, não prestou atenção ao que eu disse. Eu quis pegar a direção, mas achava que isso na certa causaria um acidente.

– Quando surgiu a curva na estrada, ela entrou como vinha, como se, desde o início, aquele fosse o caminho que ela pretendia fazer. Acho que estava sorrindo.

17

Ela passou o dia inteiro embalando as coisas da mãe, examinando o armário do quarto, admirada com o pouco que havia ali: um punhado de camisetas, duas calças *jeans*, calças de moletom para jardinagem, três cardigãs, uma pilha de sáris, algumas pulseiras de prata. Com certeza havia outras coisas que sua mãe usava. Ela se lembra de uma túnica cor-de-rosa, bordada à mão, um pingente com uma pedra vermelha incrustada no meio. Onde foram parar? E as fotografias. Naturalmente havia as visitas da família ao zoológico, ao parque Golden Gate, um passeio de barco pela baía. Ela se lembra de posar com a mãe, cada uma com o braço passado em volta da outra, os sorrisos cheios de dentes de que mais tarde elas caçoariam. Ela se lembra do pai aproximando-se delas furtivamente com a máquina e flagrando-as com a boca cheia de algodão-doce. Ela olha desconfiada para a cama, onde ele está encostado na cabeceira, largado, como se jamais pudesse ter sido aquele homem. Ele folheia o jornal, fingindo ler, mas na verdade está observando as pequenas pilhas tristes que ela está colocando em caixas de papelão e etiquetando para o pessoal do St. Vincent de Paul vir pegar. Será que ela devia acreditar na história do carro preto que ele contou? A pele do braço dele, irritada pela borda do gesso, está pálida e seca. Ela devia passar uma loção ali, mas não suporta a idéia do contato. Não o consultara antes de resolver limpar os armários. Sente-se culpada por isso um instante, depois afasta esse sentimento. Ele não está no comando, diz a si mesma com uma crueldade nova. Não que algum dia tenha estado. Além do mais, essas coisas não são a sua mãe. Não há por que guardá-las.

Ela examina as gavetas da cozinha, desencavando receitas velhas, luvas de jardinagem novas, várias tesouras de bordado, xales de seda. Da garagem, retira sapatos, capas de chuva, uma caixa de cupons vencidos. Do armário do banheiro, tira escova de dentes, pente, loção hidratante, rímel, corretivo, brilho. (Brilho? Sua mãe?) Pensa na estante de livros. Sua mãe adorava ler livros sobre lugares distantes – Machu Picchu, as ilhas Andamão, a Antártida –, embora nunca tivesse manifestado o desejo de ir a nenhum deles. Ela toca de leve as lombadas, tentando imaginar o que passava pela cabeça da mãe enquanto folheava os livros. Como as coisas ficam indefesas quando o dono desaparece! Ela deixa os livros em paz, pelo menos por enquanto.

Guardou o quarto de costura para o fim, em parte por uma relutância em se intrometer no espaço particular de sua mãe, em parte por ter esperança de que ali, talvez, encontrasse uma pista para o mistério de quem era sua mãe. (Será excessiva essa fixação dentro dela? Sua mãe não teria muita paciência para isso. Ridículo!, diria, com alguma rispidez. Você não passou 18 anos vivendo comigo? O que mais pode haver para saber?)

Quando ela abre a porta, o quarto cheira a pau de canela. Mas aí ela respira fundo de novo, e não sente cheiro nenhum. Será que só imaginou o aroma da especiaria? Está deixando de acreditar em seus sentidos, em sua habilidade de avaliar com precisão o mundo à sua volta. Quando abre a porta do armário de correr, vê que sua mão treme.

O interior do armário é de uma banalidade decepcionante. Colchas extras, roupas velhas, trapos para limpeza. Catálogos para encomendar sementes. Mas ela se lembra de uma vez em que vasculhou esses artigos banais e encontrou uma caixa – contendo o quê? Frascos? Ela vasculha o cheiro triste das coisas sem uso, coisas que desconfiam que nunca mais serão necessárias. Nada de caixa, nada de frascos, mas, no fundo, sob uma pilha de extratos bancários, ela encontra uma fotografia emoldurada sua com Sonny no dia do casamento.

Na foto, eles estão na frente de um templo hindu, ele de turbante bordô salpicado de ouro, ela de *benarasi** com um *bindi*** na testa. Tímidos, estão de mãos dadas, parecendo muito jovens e muito realizados. Pegando a foto, ela se agacha pesadamente no tapete, no ponto em que sua mãe passou tantas noites sem explicação, e se vê pensando no quanto odeia caviar.

O caviar em que ela está pensando guarnecera triângulos de pão em montinhos bem-feitos arrumados numa bandeja de prata. Essa bandeja foi a primeira coisa que ela viu quando a porta abriu, depois que Sonny tocara a campainha várias vezes e finalmente começara a esmurrar a porta. A bandeja subia e descia na penumbra barulhenta de um salão apinhado de corpos trôpegos aproximando-se dela, uma lua bêbada com crateras e tudo. Quando sua vista se acostumou com o escuro, ela viu que a bandeja era carregada por uma

* Tipo de sári tecido à mão em Benares mais usado pelas noivas. (N. da T.)
** Ponto sagrado que as indianas pintam na testa. (N. da T.)

bela morena. A mulher usava uma touquinha branca franzida e um avental de copeira, mas Rakhi já sabia que ela não era copeira antes que ela se afastasse e Rakhi pudesse ver que o que ela usava por baixo era um biquíni fio dental. Mas isso viria depois. Agora, a mulher sorria estendendo a bandeja, braços esticados, a bandeja tremendo ligeiramente, até Rakhi sentir-se impelida a pegar um salgadinho mesmo sem querer. E viu – antes mesmo de terem chegado, depois de muito empurra-empurra, em outra sala mais barulhenta tentando localizar o anfitrião, uma sala cheia de suor e movimentos frenéticos e música surpreendentemente boa – que Sonny tinha razão. Ela não deveria ter vindo.

O anfitrião, que eles finalmente encontraram num canto dividindo um baseado com duas mulheres, era proprietário da boate onde Sonny trabalhava. Era corpulento, afável e muito espalhafatoso.

– Ei, Sonny, meu homem mais importante – gritou, entregando o charo a uma das mulheres e abraçando energicamente o marido de Rakhi. – Que bom que pôde vir! Gosta do som? Talvez faça um para nós mais tarde, que tal? E quem é essa linda senhora? Namorada nova? Ah, sua mulher, sei, sei. Muito prazer! – Avançou nela, braços abertos prontos para o abraço. Quando ela recuou rapidamente para trás de Sonny, ele fez uma cara de espanto, depois riu. – Curtam a festa! – disse com uma mesura maliciosa.

Aí, estavam no bar, onde Sonny pegou um copo de vinho para ela e um uísque *sour* para ele. Ela ainda estava segurando o pão. Isso a fez sentir-se idiota, e ela o enfiou na boca. A massa preta granulada deslizou pelo seu palato, deixando-a nauseada. Se tivesse um guardanapo, teria cuspido. Mais tarde pensou que deveria ter cuspido de qualquer maneira. Assim como deveria ter agarrado o braço de Sonny sem lhe dar tempo de mandar vir uma segunda dose e pedido que ele a levasse para casa, ou pelo menos que lhe desse a chave do carro. Ele poderia ter pegado uma carona com alguém. Teria sido bem fácil; ele parecia conhecer todo mundo ali, e, a julgar pelo entusiasmo dos cumprimentos, todo mundo ficaria encantado de lhe dar carona – até a casa dele ou a deles. Mas ela temia parecer grosseira, indo embora tão cedo. O chefe dele ficaria ofendido? Será que descontaria em Sonny, que acabara de ser contratado como o novo DJ de fim de semana?

E Sonny estava se divertindo muito. Ela via o quanto ele gostava dessa turma. (Por quê? Essa gente não lhe parecia particularmente gostável. Suas caras pálidas, riscadas de ziguezagues verdes e azuis pelas luzes pulsantes, pareciam a um só tempo espertas e exaustas com o esforço de se divertir.) Ela observou-o atravessar a sala dando pancadinhas em costas, batendo a mão espalmada em outra mão e beijando caras, sorrindo com sincero prazer. Ela não queria esfriar esse sorriso.

Ele mencionara a festa – contava-lhe sempre minuciosamente onde estaria –, mas não a convidara a ir com ele. Fazia isso cada vez com mais freqüência ultimamente, saindo sozinho enquanto ela ficava em casa com o bebê.

Faz parte do meu trabalho, dizia-lhe. É assim que faço contatos, arranjo mais trabalho.

Que bobagem, disse ele quando ela reclamou que ele estava se afastando dela. Gosto de você do mesmo jeito.

Quando ela insistiu em ir com ele dessa vez, ele não disse não. Mas hesitou.

Acho que não é bem a sua praia, Riks. Não sei se você vai agüentar.

Já sou grande, Sonny. Agüento mais do que você pensa.

Houve isso também. Ela não quis admitir que estava errada.

Então esperou um pouco, e aí já era tarde demais.

Ela pousa com cuidado a fotografia no chão, como se esta tivesse por cima algo mais frágil do que vidro, e continua a busca. Caixas de faturas velhas, ela nunca adivinharia que sua mãe era o tipo de pessoa que guarda faturas velhas. Meadas de linha de bordado combinando com as tesouras que ela encontrou antes. Caixas de vídeos, *Vila Sésamo* ao lado de *Abdominais de Aço em 30 Dias.* (Sua mãe quisera ter abdominais de aço? Passara horas no tapete velho em frente à tevê levantando a perna e fazendo abdominais no ritmo das ordens fanhosas do instrutor?)

Só quando ela já perdera a esperança é que encontrou os diários, amarrados juntos com uma fita de cetim azul.

Todo o ar foi sugado do quarto. Ela ajoelha no vácuo resultante, a cabeça latejando, para desamarrar o laço. Um rangido, como o barulho de uma gigantesca porta de pedra abrindo. Ou fechando. Ela não sabe ao certo se é neste mundo, ou em algum outro lugar. (Haverá um outro lugar? A gangorra de sua vida se equilibra nessa possibilidade.) Ela abre o primeiro caderno, o segundo, depois todos eles, folheando-os, rasgando algumas páginas na pressa, na frustração. Elas estão preenchidas com a letra da mãe, as palavras numa escrita que ela não sabe ler.

A festa ficou mais barulhenta, mais cheia, e ela perdera Sonny. Sentiu o pânico, seco e escamoso, deslizar pelo seu corpo. Não dramatize!, repreendeu-se. Você não se perdeu realmente dele... só não consegue ver onde ele está. Ela cerrou as mãos suadas e foi para outra sala seguindo a música. Tubos de luz negra davam à sua pele um esverdeado fantasmagórico. Corpos giravam furiosamente, aos encontrões. Um homem sorriu para ela, a dentadura com um brilho de néon. A pele também – ele estava sem camisa. O homem agarrou-a e tentou puxá-la para a pista de dança. Ela pôs as mãos em seu peito molhado e deu-lhe um empurrão tão forte que ele atravessou a sala cambaleando. *Vagabunda!*, ela ouviu-o gritar. Foi abrindo caminho no meio dos dançarinos até os toca-discos. Sonny estava no comando. Havia três discos tocando ao mesmo tempo, uma música ocidental rápida sobrepondo-se a um marulho e a outra música qualquer. Uma vez ela vira um grupo de tibetanos no metrô, tocando instrumentos que pareciam trombetas de madeira compridas. Era isso que ela estava ouvindo? Sonny usava fones de ouvido. Sua cabeça movia-se no ritmo, um movimento curto, para cima e para baixo, e seus olhos estavam longe. Ele não ouviu quando ela chamou seu nome.

Ela está deitada de lado, de costas para a porta do quarto de costura, segurando um dos diários. Não está chorando, embora esteja com vontade. Talvez já tenha esquecido como se chora. Chegar tão perto, tão perto. Ela ouve o pai subindo as escadas. Desde o acidente, ele anda com passos pesados, cambaleando um pouco para a esquerda, embora não haja uma razão médica para isso. Ela ouve seus passos pararem em frente à porta. Ouve-o chamar seu nome. Prende a respiração e torce para ele ir embora.

Ela foi abrindo caminho pela pista de dança. Deve ter bebido o vinho alguma hora – o copo não estava mais em sua mão. Segurava outro tipo de copo, que também estava vazio. Quem lhe dera a bebida? O que era? Onde estava sua bolsa? O ambiente estava azul de fumaça e medo. Ela viu uma porta dando para um balcão. Talvez, se conseguisse chegar ali, pudesse respirar. Mas o balcão estava cheio de casais. Havia trios, também. A lua estava esburacada e côncava. Um homem e uma mulher pararam de se esfregar e viraram-se para ela. Quer se juntar a nós, querida?

Mas os passos não voltam se arrastando como de praxe para o quarto, a cama que é dele, toda e para sempre. Ele torna a chamar seu nome, a voz subindo um pouco nessa última sílaba, como se fosse uma pergunta. Aí, abre a porta.

Sem se virar, ela diz:

– Por favor, vá embora.

– Não posso – diz ele. – Você precisa falar com alguém.

Não com você, ela pensa.

– Sei que você não quer falar comigo – diz ele.

Se eu esperar o bastante. Se eu esperar o bastante sem fazer nenhum ruído ou movimento, ele vai embora. Tem que ir.

– Você não comeu nada o dia inteiro – diz ele. – Olhe aqui, fiz um prato para você. – Ele entra no quarto.

Não entre aqui, no espaço dela.

– Acho que talvez você devesse voltar para Berkeley – diz. – Já posso me virar sozinho. Estar aqui não lhe faz bem. Deixa-a mais deprimida.

Nossa. Minha mãe morreu. Tenho o direito de estar mais deprimida.

– Ela não iria querer que você estivesse assim – diz ele.

O que você sabe a respeito do que ela iria querer, porra? O que você ou eu sabemos?

– Você devia querer que eu tivesse morrido em vez de sua mãe – diz ele. – Eu também.

Ela fica tão chocada que olha para ele. Não pensou que ele saberia. Velho sabujo esperto. Ou talvez apenas ingenuidade dela, como Sonny dissera quando ela tentara falar com ele sobre o que lhe acontecera naquela festa.

O pai dela sorri, se é que se pode chamar de sorriso algo tão triste.

– Mas eu não morri, e ambos temos que aceitar esse fato e lidar com ele. – Ele dá mais um passo na direção dela. Ela sente o peso instável de seu caminhar. Uma tábua estala.

– Você achou os diários – diz ele.

Ela estava de volta dentro da casa de fumaça e música. Não sabia ao certo quanto tempo havia passado. A noite era uma coisa vaga, cheia de coisas que ela não lembrava, ou se obrigara a esquecer. Sentia os lábios inchados, como se alguém os tivesse beijado com brutalidade. Sua garganta ardia. Ela estava num corredor estreito. Encontrara a bolsa. Parecia muito pesada, balançando em seu braço. Alguém pusera algo lá dentro? Estava muito escuro no corredor para enxergar.

A música mudara. Tambores africanos, e uma mulher carpindo em irlandês. Era interessante, mas não era de Sonny.

Agora ela estava numa sala comprida e estreita cheia de almofadas de seda. Havia gente sentada em torno de uma mesa baixa de laca. Havia um espelho, carreiras de pó branco. Ela sabia o que isso queria dizer. Sonny olhou para ela. Tinha os olhos vermelhos como os de um bicho noturno. Mas como ela iria saber disso, nessa sala iluminada só à luz de velas? Oi, querida, entre.

Ela não sabe ao certo quais dessas duas coisas aconteceram de fato, e em que ordem: Correu para ele, gritando. Mãos a puxaram para baixo antes que ela tivesse ido longe. Ei, querida, tem aqui uma coisa para acalmá-la. Ela bateu nele, mandando o pó pelos ares. Braços a agarravam. Havia lábios. Dedos nos botões de seu vestido. Ela sentiu na pele os fios de seda se esgarçando um a um. Mais tarde, descobriria um longo arranhão no reverso do braço, com uma crosta de sangue coagulado. Ele lhe oferecera o espelho. Ela o pegara e abaixara a cara no espelho, porque o que mais havia a fazer. Foi puxada para uma almofada. Havia mãos em toda parte. Ela gritou: Sonny, me ajude, mas ele estava ocupado sorrindo para outra pessoa. Levaram-na para fora da sala. Chamaram um táxi. Ela estava rindo. Estava chorando. Estava com muita, muita sede. Bebeu o que lhe puseram na mão. Enfiou a mão no bolso da calça de Sonny e encontrou a chave do carro. Foi dirigindo para casa, tomando cuidado para não correr, flexionando as pernas para evitar câimbras. Só vomitou quando estacionou em casa. Lembrou-se de dar graças aos céus por Jona estar com sua mãe. A única certeza que tem é essa: a certa altura, naquela noite, olhou para o céu. Estava vazio, a lua fora comida. Ela soube então que precisava deixá-lo.

Seu pai se abaixa, afaga a capa do caderno como se fosse um rosto.

– Posso ajudá-la a lê-los – diz. As palavras pairam no ar à sua frente, com asas diáfanas como uma isca artificial. – Se quiser.

18

DOS DIÁRIOS
DOS SONHOS

Lição 62: A história de
Neehar, a Infeliz (Um extrato)

... e as anciãs constataram que, em Neehar, o dom era forte, o mais forte que já haviam visto. Fazia seu corpo brilhar, como se feito de fósforo, e deixava seu olhar distante, como se ela enxergasse a vastidão do tempo. Isso lhes dava medo, pois conheciam as histórias de outras mulheres assim dotadas e o que lhes acontecera. Elas se reuniram em conselho e decidiram que iniciariam Neehar nos primeiros nove níveis de talento mas guardariam dela o décimo e mais poderoso. Não adiantou. Quando Neehar sonhava, todos os segredos se abriam para ela, até mesmo segredos que as próprias anciãs não conheciam. Assim Neehar ficou mais forte que as líderes do conselho, mas ela era jovem e voluntariosa, e não sabia usar o poder.

Quando terminou o treinamento das noviças, as anciãs, numa última tentativa de salvar Neehar, pediram-lhe que ficasse com elas nas grutas e se tornasse professora. Prometeram que, com o tempo, a ela seria dada a liderança do conselho. Mas, para Neehar, uma vida entre velhas nas profundezas de um reduto na montanha parecia pequena e sufocante. O poder que ardia nela estava nervoso para ser conhecido. Convocava-a a provar o mundo e tudo o que nele havia. Ela deixou as grutas, mas, diferentemente de suas irmãs noviças, não se radicou numa cidade, como era de praxe, para atender seus habitantes. Em vez disso, viajou pela região, interpretando os sonhos de todos os que lhe pediam. Embora tivesse sido avisada de que os intérpretes de sonhos devem manter em segredo a prática de sua arte, não levou a sério esta precaução.

Na frente das pessoas que se reuniam aonde quer que ela fosse, ela colocava as mãos nas têmporas de quem vinha ser atendido, e lhe contava o significado de seus sonhos. Não havia sonho tão complexo que ela não pudesse deslindar, problema tão profundo para o qual ela não tivesse solução. Dizem que diariamente ela salvava mil vidas e reputações, predizia vitória e boa sorte, dava esperança aos desesperados e alertava os desafortunados para os desastres que lhes esperavam. Mas no transe de ver, tendo a verdade como única preocupação, ela muitas vezes dizia em voz alta coisas que deviam ser sussurradas ao pé do ouvido dos sonhadores. Assim, famílias foram divididas, aliados transformados em inimigos, e homens e mulheres envergonhados deixaram suas casas e nunca mais foram vistos. Assim, ela irritou muita gente, embora ninguém se atrevesse a lhe fazer mal, pois acreditava-se que ela possuía espíritos protetores. Afirmava-se que um grande lobo pardo fora visto seguindo-a à noitinha, quando ela ia de uma aldeia para outra, e dizia-se também que, quando ela descansava ao meio-dia, uma águia abria as asas sobre sua cabeça para protegê-la do sol.

Um ano se passou, ou uma década. Neehar a Infeliz interpretou mais e mais sonhos, trabalhando dia e noite sem parar, pois o poder que ardia nela dominava-a e não queria se recolher. Ela ficou macilenta e com a cara encovada, e seus olhos fundos brilhavam como brasas. Passou a ser conhecida como Neehar Olhos de Brasa, e os homens temiam aproximar-se dela. Mas Neehar não se importava com isso. A essa altura, era capaz de olhar a testa de uma pessoa e dizer se havia tido algum sonho que merecesse ser interpretado. Se houvesse, interpretava-o, a pessoa querendo, ou não. As notícias de seus feitos chegaram às grutas, e as anciãs mandaram um recado, censurando-a por zombar das leis da interpretação dos sonhos e ordenando que ela voltasse. Mas Neehar não obedeceu. Talvez já não estivesse em seu poder voltar.

Foi nessa época que Neehar começou a interpretar os sonhos dos mortos. Talvez ela fizesse isso porque interpretara os sonhos de todos os viventes estabelecidos a leste do rio Kaveri. (Estranhamente, ela, que transgredira tantas leis, observava esse único mandamento: os intérpretes de sonhos não deviam atravessar águas.) Ou talvez os mortos, com seus cérebros frios e rijos e seus olhos selados, representassem um desafio irresistível para ela. Ela ia de uma casa enlutada a outra e beijava o defunto na testa, ou ficava sentada com a cabeça dele no colo, sem se importar se os parentes protestavam contra sua vinda. As pessoas que conseguiam ver tais coisas diziam que uma corrente branca saltava da testa do defunto para a dela. Depois de algum tempo, ela abria os olhos com um suspiro e dizia: – Ah, então é isso. – Mas nunca falava do que via.

Só uma vez, na casa de uma mãe que pranteava o filhinho afogado, ela tocou a jovem no rosto e disse: – Olhe, não precisa chorar.– A mulher ficou quieta e enxugou as lágrimas, mas depois, quando lhe perguntaram o que Neehar havia visto, ela só se lembrava de um cheiro doce, como o da flor de lótus.

Neehar soube da notícia de que o grande santo Vishnu-pada anunciara que estava prestes a deixar seu corpo mortal. Ela foi ao seu *ashram*, onde estavam reunidos todos os discípulos do asceta, e perguntou a este se podia tocar nele quando ele morresse. Vishnu-pada olhou para ela compadecido e disse: – Filha, o segredo que você procura não deve ser conhecido assim. É só olhando para dentro que o encontrará. – Mas autorizou-a.

Dizem que quando Vishnu-pada morreu, Neehar sentou-se à sua cabeceira, tocando seu crânio com os dedos. E ao desencarnar, o espírito dele passou por Neehar e saiu de sua cabeça na forma de um raio. Neehar caiu por terra e passou três dias inconsciente. Quando voltou a si, não falava mais, embora risse e chorasse com freqüência. Alguns disseram que o choque de um espírito tão poderoso ao passar pelo seu corpo enlouquecera-a. Mas outros afirmavam que a luz em seus olhos era uma luz de serenidade. Seja como for, daí em diante, Neehar a Infeliz não interpretou mais um único sonho. Passava dias sentada à beira do Kaveri, imóvel, olhando a água. Os aldeões traziam comida, ela às vezes comia, mas, em geral, deixava-a intocada. Parecia que já não precisava mais desse sustento. Quando ela desapareceu – alguns dizem que foi semanas depois, outros, que foi anos...

Perguntas:

1. O que aprendeu com a história de Neehar que pode ajudá-la em seu trabalho de intérprete de sonhos?

2. Por que ela é chamada de "Infeliz"? Concorda que ela seja de fato infeliz?

3. O que Neehar procurava? O que você está procurando?

19

Rakhi

Estamos atravessando a ponte San Rafael no BMW prateado de Sonny, eu, Jona e minha mãe, indo para os Marin Headlands. Sonny está dirigindo. Jona vai atrás, olhando para a baía, cantarolando baixinho de novo aquela música, aquela letra que eu não entendo. Minha mãe também vai atrás, o braço de Jona envolvendo sua urna funerária. A urna está embrulhada numa toalha, pois Sonny diz que é ilegal espalhar cinzas em terras do Estado. Estou ocupando, com relutância, o banco do carona, onde Jona insistiu para que eu sentasse. (– Só adulto pode sentar nesse banco, mãe. Tem *air bag* – afirmou virtuosamente, mas desconfio que ela tenha um motivo mais tortuoso.)

Quando Sonny e eu ainda estávamos casados, sempre que íamos de carro a algum lugar, Jona nos fazia posicionar sua cadeirinha de forma a poder ver a nós dois. De seu ponto de observação na traseira, ela nos dava instruções de quando em quando, um cupido insistente. *Mãe, dá a mão ao papai. Papai, dá um beijo na mamãe.* Agora eu me pergunto se ela fazia isso movida pela ansiedade, se sentia algo que eu ainda não sabia. As crianças têm capacidade de farejar problemas como os animais? Um terremoto iminente, placas tectônicas preparando-se para se separar? *Mãe, chega mais perto e encosta a cabeça no ombro do papai.* Sinto as velhas palavras pairando no ar como um negócio inacabado, embora não devessem estar. Nosso negócio terminou há muito tempo, e este nem é o mesmo carro. Sonny deve tê-lo comprado recentemente. Eu me pergunto o que aconteceu com o Viper, que motivou algumas brigas nossas. (Eu achava que sua recusa em trocá-lo por um "carro de família" era um símbolo de sua relutância em ser um "homem de família".) Talvez ele tenha guardado esse, também, Sonny-o-camaleão, que pode ser qualquer coisa que quiser. Mas não vou perguntar. Ele quer jogar o dinheiro dele fora, não tenho nada com isso.

Segundo Jona, minha mãe não está dentro da urna, mas sim sentada no banco traseiro ao lado dela. Ela acrescenta que a avó descreveu-lhe exatamente onde deseja ter suas cinzas espalhadas. A avó acredita que Jona vá fazer isso direito, mas quer vir junto para se divertir.

Eu não ia dar corda a Jona comentando nada disso, mas Sonny pergunta:

– Você vê sua avó?

– Eu não preciso ver – responde Jona com desdém. – Sei como ela é.

A urna é surpreendentemente pequena, surpreendentemente pesada, feita de um metal que não identifico. Tilinta quando a balançamos. São os dentes, declara Jona. Fala com uma calma que acho admirável e macabra.

Jona chorou incessantemente a morte da avó nos primeiros dias depois do acidente, e, de repente, parou. Diz que minha mãe lhe disse para não gastar energia com uma atividade tão pouco interessante. Recuso-me a acreditar nela, embora esse seja o tipo de coisa que minha mãe diria. Estou enciumada porque minha mãe escolheu aparecer para minha filha e não para mim? Jona diz que sua avó vai ficar 77 dias perto dela; depois tem que ir. Diz que cada dia sua avó lhe ensina uma coisa sábia.

Meu pai não está conosco. Eu tinha certeza que ele haveria de querer vir. A idéia de ter que levá-lo de Fremont à casa de Sonny me apavorava. Num carro, não há para onde fugir. Em poucos minutos, a conversa poderia me sufocar.

Voltei a falar com meu pai porque ele está traduzindo os diários. Uma espécie de pagamento. Mas nossas conversas são penosas, hesitantes, como aprender a andar depois de ter os ossos quebrados. O diário pelo qual ele começou – achamos que é o primeiro de todos, porque a capa está gasta, se desfazendo. Mas não temos como saber. Os cadernos não são datados, e as entradas, diz-me ele, passeiam de um tema a outro. O único trecho que ele traduziu até agora, uma lista de significados de coisas com que se pode sonhar, não fez muito sentido para mim. Fiquei desapontada com o fato de não conter nada pessoal de minha mãe. Meu desapontamento me deixou desconfiada. Perguntei-me se meu pai estava deixando de fora coisas que não queria que eu soubesse.

Quando perguntei a meu pai se ele queria nos acompanhar, ele disse achar melhor não. Eu deveria ter ficado aliviada; em vez disso, fiquei irritada. Por quê?, perguntei. Ele disse que espalhar cinzas era muito definitivo; não estava preparado para isso. Saí do quarto no meio da frase. Eu queria bater a porta, mas não bati porque precisava dele – e odiava o fato de precisar.

Atravessamos as Marin Headlands. O entardecer está lindo daquele jeito encoberto do norte da Califórnia, botões de papoula surgindo de repente no meio da névoa como pontos cor de laranja. Estacionamos em algumas vagas junto à beira do penhasco, mas em cada uma delas Jona balançou a cabeça negativamente. Estou prestes a fazer um comentário maternal duro quando ela grita elétrica para pararmos. Sonny estaciona o carro ilegalmente numa barragem estreita e subimos a encosta coberta de mato, abaixando a cabeça por causa de uma ventania que começou. Na beira do penhasco, a encosta despenca vertiginosamente. Lá embaixo, o Pacífico bate no costão negro e lustroso. Meus olhos são atraídos para os cabos vermelhos inclinados da ponte Golden Gate, e mais além, para a cidade prateada, cintilando contra o entardecer cinzento. Se eu tivesse morrido, eu também iria querer que meus despojos se tornassem parte dessa terra, dessa água, porque de alguma maneira a geografia da nossa infância vai entrando nos nossos ossos.

Então penso que talvez minha mãe tivesse esse mesmo sentimento em relação à paisagem onde ela se transformou em menina, mulher, intérprete de sonhos. Será que haveria de querer que levássemos suas cinzas para lá?

Eu nem sei onde ela nasceu.

Jona abre a tampa da urna e joga o primeiro punhado. Sonny acompanha. Tem os olhos marejados. Estou admirada e com inveja. Quando o deixei, ele gritou e ameaçou, implorou e emburrou. Mas não chorou. O que minha mãe representou para ele para que agora ele chore? E costurada nessa, outra pergunta: o que minha mãe representou para mim que não consigo chorar?

Então é minha vez. Timidamente, ponho a mão na urna e toco no pó áspero e granuloso. Não consigo deixar de sentir um pequeno arrepio. Menos de um mês atrás, ela pegara meu rosto nas mãos em concha e me dissera o quanto eu estava linda. Vidas e carros – quão depressa eles podem capotar.

Jogo o punhado de cinzas o mais longe que posso, mas o vento me joga na cara quase tudo de volta. Pó em minhas narinas fazendo-me tossir. Pelo menos agora alguma coisa dela está em mim.

Voltamos a Oakland calados. Jona adormeceu no banco traseiro. Sinto-me esgotada, embora quando tente imaginar por que, só me ocorram clichês insatisfatórios. Sonny olha fixo para o crepúsculo à frente, mordendo o lábio inferior, um hábito antigo. Exércitos de desejos não ditos pairam no ar, invisíveis como estrelas à luz do dia. Não consigo captá-los bem, não consigo dizer *Isso é o que quero para minha vida.* Na entrada da casa, ele me convida para ficar e jantar com eles, mas recuso. Encaminho-me para meu velho Taurus, à espera na entrada, aí ouço passos correndo atrás de mim. Jona segura minha manga. Mãe, diz ela, quero que veja meus quadros.

Não entro na casa – a casa dele, agora – desde a noite em que fui embora, levando-a no colo. Para qualquer outra pessoa eu teria dito não. Ela vai me arrastando como um barco sem leme. Há riscos secos de lágrimas em seu rosto. Por quem ela andou chorando?

Esta é a única casa que já amei.

Quero lhe mostrar uma coisa, dissera Sonny enquanto guiava muito depressa pelas estradas temperamentais que conduzem às colinas de Oakland. Mas você tem que fechar os olhos.

O que está aprontando agora, seu maluco?, eu dissera, rindo. Mas fiz o que ele disse. Gostávamos de fazer esses jogos então.

Quando abri os olhos, a casa estava na minha frente, qual uma mulher ajoelhada de braços abertos. Havia um portão de madeira patinado pelo tempo com um sino de metal pendurado que a pessoa tinha que tocar. Quando se entrava no pátio, sentia-se cheiro de sálvia e lavanda. Musgo, calçamento de pedra e uma porta de entrada com uma janelinha de vitral encaixada. Podia-se abrir a janelinha do interior para ver quem viera nos visitar.

Apaixonei-me antes mesmo de entrar e ver os caibros marcados, o janelão através do qual São Francisco cintilava no horizonte a noroeste, a glicínia vestindo o balcão. Morando ao lado da estrada interestadual em Fremont, eu nunca acreditara que existiam casas como essa. Não. O que eu não acreditara era que gente como eu podia morar nelas.

Sonny riu ao ver minha cara.

É sua, se quiser.

Está brincando, eu disse. Não temos dinheiro para comprar uma casa como essa.

Não se preocupe com isso, Riks, ele disse, e me beijou.

Deixei o beijo me encantar, deixei a casa me envolver em seu encanto. Eu tinha perguntas, mas disse a mim mesma que elas não eram importantes. Obedeci-lhe e dei um jeito de esquecer. Todos esses erros eu cometi naquele dia, que achei que fosse o mais feliz da minha vida.

Subo para o quarto de Jona, um quartinho de boneca com um peitoril na janela suficientemente largo para um colchão. Mandei fazê-lo para que ela pudesse acordar vendo a vista da ponte e da água, adormecer com o sol se pondo em cima do Pacífico. Acrescentei a clarabóia em cima da cama para ela poder olhar para a sequóia rosa que espraia seus ramos sobre o telhado. Acrescentei – mas chega de falar nisso! A casa não é mais minha. O que adianta lembrar dos cuidados que não poupei com ela?

Na parede revestida de lambris estão os quadros novos de Jona, os que ela pintou desde que minha mãe morreu. Todos retratam incêndios. Alguns são simples incêndios florestais; outros representam casas em chamas. Outros ainda mostram pássaros com cara de mulher mergulhando nas labaredas. Um é um quadro da Terra em brasa, com pedaços se desprendendo e voando como meteoros.

Eles me dão medo.

– O que querem dizer? – pergunto. – Por que os pintou?

Ela encolhe os ombros.

– Porque eu quis. Gosta das cores?

Gosto das cores, sim. Cor de limão, e roxos e verdes – não o que se esperaria de um incêndio, mas quando a gente as vê, sabe que são perfeitas. Ela tem talento de verdade, minha filha. Digo-lhe isso.

Me pergunto como Sonny entende os quadros. Será que acha (como eu) que são a tentativa dela de aceitar a morte de minha mãe, aquele corpo do qual ela descende transformado em cinzas?

Pelo menos ela não está mais fazendo retratos de Eliana. Acho que eu devia ficar grata por isso.

Desço e encontro a mesa muito bem posta para o jantar: uma toalha de verdade, porcelana azul com padrão de chorões, um jarro de lírios, bandejas cobertas. Sem querer, fico emocionada. Não consigo me lembrar da última vez que alguém decorou uma mesa com tanto esmero só para mim. Seria grosseiro ir embora agora. Além do mais, estou em dívida para com Sonny. Ele teve uma consideração rara desde que minha mãe morreu, cuidando de Jona, trazendo-a a Fremont para visitar o avô dia sim, dia não, ajudando-me a lidar com a papelada complicada que acompanha as tragédias. Não sei o que entender disso. Talvez ele ainda esteja em estado de choque.

Sentamos, Sonny destampa cada bandeja com um floreio. Uma salada de cenoura ralada temperada com coentro e sumo de limão, uma caçarola de galinha com arroz e legumes. Jona traz copos de suco de manga. Fico olhando para os pratos, que têm um aspecto surpreendentemente bom – e suspeitamente conhecido. Eu não sabia que o repertório de Sonny ia além de hambúrgueres.

– Preparei isso hoje de manhã – diz. Chega a parecer tímido enquanto espera que eu coma a primeira garfada.

Na hora que como, sei.

– São receitas de minha mãe! – Fuzilo-o com os olhos. – Como as arranjou?

– Pedi a ela. – Ao ver minha cara, acrescenta, contrito: – Só umas simples...

Estou quase explodindo de raiva.

– Você não tinha nada que pedir! – Minha raiva, na verdade, é dirigida à minha mãe. Como ela pôde ter me traído assim? Se alguém tem o direito de ter essas receitas, sou eu! Como ela pôde dá-las a *ele,* Sonny-meu-rival, cujo passatempo preferido é me estragar a vida? – Você nunca sequer pôs os pés na cozinha nos anos todos em que fomos casados – digo com amargura.

– As pessoas mudam – ele diz. – Por que tem tanta dificuldade de aceitar isso?

– Você não mudou! Sempre tentou se imiscuir nos bons livros da minha mãe, conquistá-la para o seu lado...

A raiva inflama a cara de Sonny.

– Esse é o verdadeiro problema, não é? Você não consegue suportar o fato de que sua mãe me amava. Nunca conseguiu. Sempre quis controlar todo mundo na sua vida, o que a pessoa faz, o que pensa, de quem ela gosta. Por isso me deixou... porque eu não ia deixar você controlar toda a minha vida.

Respiro fundo ultrajada.

– Isso é uma mentira tão grande... – Mas aí, vejo Jona nos observando, seus olhos indo da cara de um para o outro, a testa franzida de aflição. Seu lábio treme. Controlo-me e chego minha cadeira para trás.

Estou exausta, digo, dirigindo-me cuidadosamente a Jona. Preciso voltar para Fremont.

– Você não devia dirigir se está exausta – diz Jona, articulando cuidadosamente a palavra. – Por que não fica aqui? Pode dormir no meu quarto. – Olha de mim para Sonny. – Não precisa falar com Sonny se não quiser – acrescenta.

Sonny levanta as mãos em sinal de trégua, o olhar divertido.

– Jona tem razão. Você não deve dirigir. Cansaço e cabeça quente não combinam. Fique aqui. Prometo não chegar perto de você.

Esta é a outra característica dele que me levava à loucura. Uma hora ele estava roxo de raiva, fazendo a maior cena, deixando-me furiosa também – e em seguida agia como se nada tivesse acontecido. O pior era que ele esperava que meu mau humor (o mau humor que *ele* provocara) passasse com a mesma rapidez.

Bem, antes não era assim, e agora também não seria.

– Não, obrigada – corto. De repente, *estou* exausta... e irritada com os dois. Quero que me deixem em paz para pôr a cabeça no lugar. Pego a bolsa e encaminho-me para a porta.

Eles largam a comida no prato e me seguem, com a mesma cara de preocupação.

– Mamãe, cuidado – diz Jona baixinho. Dá para ver que ela está pensando na viagem daquela outra noite, aquela que transformou nossas vidas todas.

De repente contrita, ajoelho e lhe dou um abraço, sentindo o medo em suas clavículas.

– Pode deixar – digo. – Vou tomar muito cuidado.

E tomo. Há nevoeiro essa noite também. As luzes da estrada têm uma auréola amarela em volta. Carros surgem e desaparecem como tubarões na água turva. Felizmente, não há muito tráfego. Estou na 880 sul, uma via expressa feia, se é que isso já existiu, mas reta como um lanho. Numa meia hora enfadonha, devo estar na casa de meu pai.

Continuo cismada com o fato de que, tendo as receitas dela, Sonny agora possui uma parte de minha elusiva mãe, deixando ainda menos para mim. Para me consolar, penso no diário, algo em que estou determinada a jamais deixar Sonny-o-bisbilhoteiro pôr os olhos. Espero que meu pai a essa altura já tenha terminado de traduzir outra entrada. Ele é lento. Diz que é porque são mais complicadas do que parecem, que contêm um monte de palavras em bengali arcaico com as quais tem que lutar.

Espiei o diário uma vez por cima do ombro dele enquanto ele virava as páginas. As entradas eram bem curtas. Escritas com a letra redonda e legível de minha mãe, elas não pareciam complicadas nem arcaicas. Talvez ele estivesse exagerando para eu ficar mais agradecida.

– De que elas tratam? – perguntei, desejando poder lê-las sem a intermediação dele.

– Muitas coisas diferentes – ele respondeu. – Lições, histórias de livros antigos, sonhos famosos, clientes, gente que ela conheceu.

– Não há nada sobre ela – perguntei –, sobre a vida dela?

– Você não entende? – disse ele, espichando o pescoço para me olhar. – É sobre isso que elas são.

Sinto sua aproximação antes de ver – como uma vibração de *heavy-metal,* um terremoto se formando embaixo da terra. Estou esperando um caminhão, uma daquelas carretas gigantescas que vivem virando nas pistas, derramando produtos químicos, interrompendo o tráfego durante horas. Mas o carro, quando surge, é esguio e preto, uma flecha de ébano zunindo ao passar por mim. E embora não tenha nada a ver com o veículo descrito por meu pai, tenho certeza de que foi o que minha mãe seguiu para encontrar o fim da vida. Não consigo ver quem está dirigindo antes que a cerração envolva o carro, mas entrevejo a placa. OHNOS OD OPMET, diz, e depois só me sobram os pontinhos vermelhos das lanternas traseiras, sumindo depressa na bruma.

Estou ficando louca, ou o mundo é que está? Ou talvez seja um sonho que estou habitando, um sonho *déjà vu* que puxei de algum lugar. Uma vez ouvi minha mãe dizer que cada um de nós vive num universo distinto, criado por nossos sonhos. Amamos as pessoas quando os sonhos delas coincidem com os nossos, assim como dois moldes de um desenho colocados um sobre o outro podem combinar. Mas os mundos dos sonhos não são estáticos como moldes; cedo ou tarde, mudam de forma, levando a desentendimentos, solidão e perda de amor.

Já conheço há muito tempo mundos de sonhos que não combinam. Mas hoje à noite, pela primeira vez na vida, estou tendo um sonho coincidente. De alguma forma entrei no mundo de minha mãe. Preciso ficar nele o máximo possível.

Não sei quando acelerei, mas vejo que estou indo rápido, mais do que meu Taurus velho está acostumado. O carro estremece protestando, mas não posso me dar ao luxo de ir mais devagar. Não posso perder de vista o carro preto. Preciso ver quem está dirigindo. (Será que passou um lampejo branco naquele interior escuro?) Não sei ao certo o que estou esperando, se e quando alcançá-lo. Se o fizer parar. Respostas?

Nem sequer tenho certeza das perguntas.

O carro preto muda de pista sem avisar, passando para a extrema direita. No último minuto, vejo que está entrando na rodovia 92. Vou atrás dele, quase batendo num sonolento reboque de mudança que buzina furiosamente. Meu coração está aos pulos. Não venho para esses lados há alguns anos, mas me lembro que a estrada passa pela ponte San Mateo e continua até o Pacífico. Nas colinas costeiras, vira uma sinistra via sinuosa de duas pistas ladeada por despenhadeiros traiçoeiros. Eu devia parar com essa ridícula perseguição e voltar para a casa de meu pai. Mas sei que não vou.

20

Ela se aproxima da ponte. Do outro lado do pedágio, o nevoeiro está denso como lama, mas ela não tem tempo de se preocupar com isso porque o carro preto está passando pela faixa exclusiva. Ela vai atrás mesmo sem ter esse direito, embora sempre tenha sido a motorista mais respeitadora das leis. (Será que vão lhe cassar a carteira? Vão obrigá-la a prestar serviços à comunidade? Mas uma parte dela gosta dessa agitação.) Então ela está no meio da cerração, navegando pelo tato, sem conseguir ver as grades de proteção que devem estar passando a toda por ela, perigosamente perto. Certamente ela agora vai perder o carro preto. Mas não, vê os faróis traseiros só um pouco à frente. OPMET, ela lê aliviada e intrigada. Será que ele desacelerou de propósito?

Por toda a extensão plana e interminável da ponte, tão perto da água que dá para ela ouvir o grosso sussurro das ondas. Equilibrada no ponto mais alto do arco, onde, por um momento, o nevoeiro se abre e lhe mostra a cidade, refulgindo como se estivesse em chamas. Mas isso não é uma metáfora. Ela vê as labaredas lambendo a torre TransAmerica. Será que a umidade do nevoeiro pode criar uma miragem, como o calor do deserto? A cortina desce, incorporando o que ela viu.

O carro preto está saindo da ponte, saindo da via expressa. Aqui? No coração da Foster City suburbana, pegando uma estrada com a indicação Fashion Island, deserta porque todos os seguidores da última moda estão na cama agora? O sinal à frente fecha. As luzes de freio do carro piscam três vezes numa sucessão rápida, como se o motorista estivesse lhe enviando uma mensagem. Então o carro entra roncando tão depressa no cruzamento, que ela percebe que o motorista andou brincando com ela esse tempo todo. O carro vira elegantemente à esquerda e some.

Ela avança o sinal, também, espantada de ver como é fácil seguir transgredindo regras uma vez que se começa. Espantada com a eletricidade que a empolgação lhe faz correr pelo corpo. Era essa sensação que Sonny tinha, e os amigos dele, quando...? Ela esquece a pergunta no meio porque está olhando para uma longa estrada de mão única sem ramificações nem veículos à sua frente.

Para onde poderia ter ido o carro preto?

Ela desce a estrada estreita. Não tem outra alternativa, não tem onde fazer o retorno. A pista é ladeada de prédios que parecem depósitos. Pelas janelas fechadas do carro, ela sente cheiro de sal, peixe e azeite rançoso. À frente, píeres projetam-se na água, guindastes erguem seus braços enferrujados como profetas que já deviam ter morrido. Mas não deveria haver nenhum porto ali, ela sabe que não. As luzes da rua são poucas e encasuladas dentro do nevoeiro. Ela aguarda que surjam do casulo e saiam voando. Entra numa doca e desliga o motor. A água bate com força nos postes, um barulho que pais irritados poderiam fazer. Ela pensa em como sua mãe (cuja cara vai ficando indistinta em sua mente) nunca se irritava com ela, nem quando ela fracassava. Terá fundamento aquela acusação de Sonny de que ela queria controlar a vida da mãe, a quem dava atenção, a quem amava? Ela encosta a cabeça no volante, fecha bem os olhos, esfrega-os apertando-os com os nós dos dedos. Talvez a dor traga as lágrimas que de outra maneira se recusam a lhe fazer o favor. Mas não vem nenhuma. Só estrelas cadentes, e a voz de sua mãe, muito clara, dizendo *Quero que você vire uma raposa.*

O dia lhe volta com todos os detalhes, instantâneo e inteiro e vibrante, embora esses anos todos ela o tivesse esquecido da forma como às vezes, com sorte, esquecemos acontecimentos que nos humilharam. Mas agora ela se vê: oito anos de idade, banguela, vestida com um corpete rosa e *jeans* desbotados, sentada ao lado da mãe no sofá. Seu cabelo está preso em duas tranças, seu corpete é bordado a máquina com flores azuis, cortesia do Kmart, onde sua mãe, desconhecendo as complexidades da alta-costura americana, freqüentemente faz compras. O corpete é um dos preferidos de Rakhi, embora depois desse dia ela vá escondê-lo embolado no fundo da gaveta até poder jogá-lo numa caçamba de lixo. Sua mãe vira-se para ela com um sorriso e diz as palavras com naturalidade, como se fosse apenas um jogo que elas estivessem fazendo. A menina sabe que não é nenhum jogo, mas não está preocupada nem nervosa, ainda, porque tem certeza de que pode apresentar o que quer que a mãe peça.

Quero que vire uma raposa, diz sua mãe, para poder aprender a sonhar o que as raposas sonham. É bom começar com raposas, porque elas são inteligentes e desconfiadas, então os sonhos delas não são diferentes dos nossos. Depois você pode aprender a sonhar como as aves, e as cobras, e os peixes, criaturas que são muito mais complexas do que somos levados a crer.

A menina espera instruções, mas a mãe não dá nenhuma. Observa a menina algum tempo, depois suspira. Olhe, diz. Vou demonstrar.

A menina pode ver a imobilidade que toma conta do corpo da mãe. Só a ponta do nariz treme quase imperceptivelmente. E seus olhos: ficaram úmidos e pontilhados de marrom. Na luz das janelas, brilham como bolas de gude iridescentes. A menina espera outras coisas: um cheiro de almíscar, o cabelo ficando vermelho. Elas não vêm. Mas não é preciso, porque dá para ela ver que a mãe está em outro lugar. A menina sabe que, embora a mãe esteja de olhos abertos, não piscaria se ela passasse a mão na frente da bela opacidade deles. A menina começa a chorar. Sente o pânico lhe contraindo os joelhos, as pontas dos dedos. Não é porque não sabe aonde a mãe foi nem porque teme que ela possa não voltar (essas coisas, ela sente também) mas porque ela, Rakhi, não consegue acompanhar. É a primeira vez que é apresentada ao fracasso, a primeira vez que se percebe como um ser independente, menor.

Mais tarde, ela terá uma lembrança desses movimentos, mas só esmaecida, como uma fotografia vista através de um vidro descorado: fazer a curva, subir a rua de mão única, seguir na contramão. (Ela nunca havia cometido tantas infrações quanto hoje.) A placa da via expressa surge de repente do nevoeiro como se ela estivesse num episódio antigo de *Além da Imaginação*. Se olhasse para trás, não haveria nada ali? Ela não olha. Segura a memória da raposa dentro dela enquanto atravessa a ponte para a casa de Fremont, o nevoeiro se dissipando a cada quilômetro. Os minutos passam pela janela do carro como pistas que ela não entendeu. Na porta de entrada, ela se atrapalha, deixando a chave cair no chão duas vezes porque a luz da varanda não está acesa do jeito que sua mãe deixava sempre que sabia que Rakhi ia chegar.

No fim do fracassado episódio da raposa, sua mãe pegara-a pelos ombros e dera-lhe um beijo de cada lado. *Tudo bem,* dissera. *Não tem importância.* Rakhi ficara irritada com a falta de sinceridade da mãe porque era claro que importava. Mas essa noite, ela vê o que sua mãe realmente estava dizendo. *Não importa porque amo você da mesma maneira.* Será que isso podia se aplicar a todas as outras maneiras pelas quais ela fracassara? Enquanto sobe no escuro a escada da casa dos pais (na ponta dos pés, para não acordar o pai), ela carrega esse entendimento no peito como um presente que acabara de ganhar e ainda não abrira.

Mais tarde, ela vai se perguntar: Foi por isso que o homem de branco lhe apareceu, para lhe levar algo antigo, algo novo, uma migalha de lembrança, uma lasca de entendimento? Bem pouco, quando comparado à bocarra aberta de sua perda. Mas importante.

(Mas seu pai *está* acordado. Ele não se levanta da cama, mas os brancos de seus olhos brilham no reflexo do luar quando ele gira a cabeça. Ouve-a andando no quarto de costura, tropeçando em coisas. Pode ouvi-la cair na cama que ela improvisou no chão, uma cama ascética, só um travesseiro no tapete, uma manta fina como coberta. Mas ela ainda não é ascética, ele sabe disso mesmo que ela não saiba, a filha dele com todos os tipos de vontades borbulhando dentro dela. Ele gostaria de ir a ela, tocar seu ombro para indicar que entende mais do que ela pensa, embora não tanto, talvez, quanto ela precisa. Ela está morta de cansaço, ele pode ver pelo seu jeito de se mexer, procurando uma posição confortável. Pelo seu jeito de não ouvir o barulhinho do papel que ele pôs embaixo de seu travesseiro, a tradução da entrada seguinte do diário que ele intitulou "A bela e a fera".)

21

DOS DIÁRIOS DOS SONHOS

Eu nunca pensei que fosse me casar. Eu sabia que não era permitido. A primeira pergunta que a porteira fez a nós, noviças, antes de sermos autorizadas a entrar nas grutas foi se estávamos dispostas a abrir mão de pensar em marido. E em amante também, acrescentou secamente. Algumas das meninas hesitaram e foram mandadas de volta para casa. Eu não tive nenhuma hesitação.

Quão pouco eu me conhecia, para achar que não desejaria amor humano. Para achar que meus desejos estariam sempre sob meu controle.

As intérpretes que vi não pareciam infelizes. Isso fazia sentido para mim. Pelo que eu vira, a vida de casada parecia uma vida de escrava – o dia inteiro à disposição de sogros e cunhados, do marido, dos filhos. As mulheres casadas trabalhavam sem parar e sem esperança de elogio, embora, se as coisas dessem errado, sempre houvesse muita censura. Da vida invisível das mulheres casadas, aquela passada no escuro em quartos fechados, eu pouco sabia. Pelo que as anciãs deixavam escapar de quando em quando, também era uma escravidão.

Agradeça o destino que escolheu, disseram as anciãs. Seu corpo será sempre seu. Ninguém vai invadi-lo a não ser seus espíritos de sonho – e ser invadida por eles é uma bênção.

Olhando para trás, questiono o que não questionei então. Como elas – mulheres sem homem – iriam saber das alegrias da carne, do dar que é também um presente recebido? Como conheceriam o desejo do corpo de ser invadido por outro corpo como ele?

Mas talvez soubessem. Talvez por isso falassem como falavam, sem parar, na esperança de evitar que nos perdêssemos.

Minha tia, minha primeira mestra em matéria de sonhos, contou-me isso: uma vida é muito curta para ser dividida entre o mundo exterior e o interior, o mundo da luz e o da sombra. Ela disse: Beijo de homem suga sua energia. Não sobrará nada para você oferecer ao deus do sonho. E se depois o deus, com raiva, abandoná-la, você passará o resto da vida privada de tudo.

Se você se afastar de seu marido para conservar seu dom, ele ficará ressentido com isso, pois saberá que não é o mais importante em sua vida. Os maridos não gostam de saber isso.

De uma forma ou de outra, disse ela, é um caminho que leva à amargura. De todo o coração, desejo que não enverede por ele. Mas ela disse isso com tristeza, pois a essa altura eu já tomara minha decisão.

Na primavera de meu último ano como aprendiz, com outras 24 que foram consideradas preparadas, fui levada a Calcutá.

Era uma viagem pela qual eu esperara o ano inteiro, sobre a qual eu cochichara no escuro de nosso dormitório depois de apagadas as lamparinas. Calcutá, cidade de 10 milhões de habitantes, lugar cheio de novidade, de notícias do mundo. Era o extremo oposto da calma sonolenta de nossas grutas, de nossa vida que parecia tão distante de tudo. E nós, não mais que meninas – queríamos mudança.

Era para ser uma viagem para aprimorar nossa educação. Calcutá era cheia de sonhos: não só os sonhados pelos habitantes atuais, mas os interrompidos que pairavam imóveis sobre o preguiçoso Ganges marrom e coloriam a noite com suas confusões. Deveríamos testar nossa capacidade de captar no ar esses sonhos incorpóreos e interpretá-los.

Os sonhos, diziam as anciãs, continuam afetando a vida desperta mesmo depois que os sonhadores desapareceram. Deveríamos examinar os padrões desses velhos sonhos e determinar seus efeitos no futuro da cidade.

Imagine isso: 24 jovens saltando do trem na Estação Howrah, com uma anciã na frente e outra atrás. Não usávamos uniforme porque as anciãs não acreditam em sinais exteriores. Mesmo assim, com certeza os espectadores deviam ter sabido que tínhamos alguma coisa que nos unia – um certo recolhimento, como se estivéssemos sempre procurando, e insatisfeitas.

Mas naquele dia não parecíamos recolhidas. Excitadíssimas, corríamos de um lado para o outro na estação e gritávamos umas para as outras espantadas: olhe aquilo, que tal isso, você acredita! Comemos o dulcíssimo cabelo-de-velha que os vendedores vendiam e ficamos surpresas com a expressão séria na cara dos habitantes da cidade. Como podiam ser tão tristes quando viviam cercados de tantas diversões? Uma das anciãs comprou um caleidoscópio, e nos alternamos olhando pelo tubo reluzente para os belos padrões que mudavam e não precisavam querer dizer nada.

Os anos passam, esqueço muita coisa. Mas lembro-me de nossa visita ao Memorial Vitória. Enorme anacronismo branco de mármore e metal e orgulho estrangeiro onde ninguém dormia havia muitos anos – quão deslocado numa cidade onde tanta gente se espremia num único quarto, numa única cama. Onde tanta gente dormia nas calçadas, tendo apenas o céu como coberta. Mas neste mundo diverso há lugar para tudo, até para a vaidade. Então o memorial ficava num enorme espaço verde rodeado de chafarizes, e o anjo negro em seu domo se equilibrava num dedo em ponta e olhava do alto com uma insensibilidade régia para uma cidade que uma vez governara. Entramos no maior salão, nossos passos ecoando e ocos, e olhamos. Tronos e cadeiras coloniais, coroas, mantos incrustados de ouro. Um globo com as palavras RULE BRITANNIA* gravadas na linha do Equador. Selos cor de crepúsculo colados em documentos que tomavam ou davam coisas que não cabiam ao signatário dar ou tomar. Numa alcova havia mosquetes, uniformes militares escarlates, botas. Balas de canhão colocadas sobre placas com os nomes das batalhas. Ali parada, eu não conseguia respirar. Uma fumaça apodrecia em volta da minha cabeça, eu sentia o cheiro de vozes de pesadelos antigos. Alguém pedia água. Alguém falava baixinho com voz rouca em traição, portões abertos por dentro. Alguém balbuciava uma oração a Shiva que foi cortada no meio de uma palavra. Alguém jazia numa poça de sangue e pensava numa floresta da infância, no verde-escuro das mangueiras e das árvores de *Shal*. Alguém pedia a alguém que o matasse depressa. As vozes me atordoaram. Pela primeira vez na vida, eu soube o que era ódio. Que tipo de gente, perguntei-me, preservaria um lu-

---

* Domínio Britânico. (N. da T.)

gar daqueles e o transformaria em atração? Eu teria arrasado aquilo há séculos.

Minha cara deve ter ficado diferente, pois uma das anciãs ficou me olhando. Depois fez um gesto para eu ir até um vestido de baile, metros e metros de franzido amarelado pelo tempo, um espartilho. Toque mentalmente nele, ela sinalizou, e toquei. Imediatamente, fui mergulhada num quarto, numa cama indistinta de quatro colunas com um mosquiteiro. Fiquei com medo, pois estava vivendo num país estranho, que eu nunca quis visitar. Eu ansiava pelas suaves colinas onduladas da minha terra, com a familiaridade de margaridas e narcisos, não essas trepadeiras superluxuriantes que se enroscavam em volta de minha casa como cobras. Eu não podia falar de meus medos com meu marido; ele já me dissera que esperava que eu fosse corajosa e nobre, como convinha a uma inglesa. Se eu não pudesse ter essas virtudes, ele me instruíra, devia fingi-las. Então eu jazia sob o peso dele à noite, que se tornara estrangeiro desde que chegara a esta terra, e fingia. Tentava não pensar na manhã, quando eu precisava encarar os empregados e lhes dar ordens e vê-los sorrir com empáfia enquanto falavam baixinho uns com os outros sobre mim em sua língua sibilante estranha. Quando finalmente adormeci, sonhei com cobras de línguas de fogo.

Mais tarde, a anciã murmurou: A história tem muitos lados, não? A maioria deles nunca é ouvida, a não ser por aqueles que sabem como recuperar sonhos.

Ela disse: Isso dificulta o julgamento, não?

Mentalmente, eu ouvia a jovem gritar quando homens de turbantes invadiram o complexo. Vi o sol brilhar em suas baionetas. Uma, duas, três vezes. Depois as imagens sumiram.

Eu não respondi à anciã. Estava irritada com ela por me ter dividido em tantas partes, todas conflitantes. Saí do palácio morto. As outras aprendizes estavam caladas também e algumas esfregavam os olhos com irritação.

Mas, lá fora, havia o fim de um belo entardecer, laranja contra o vulto das palmeiras. As luzes elétricas se acenderam coloridas, fazendo os chafarizes cintilarem como uma exposição mágica. Sorveteiros cantavam *pista kulfi chahiye, pista kulfi.* As outras aprendizes empurraram os sonhos para um canto da mente, para serem analisados depois. Elas se comprimiam em volta das anciãs, implorando para que as levassem ao cinema, a um restaurante chinês, às lojas do Mercado Novo que vendiam batom e pó perfumado.

Mas eu me neguei a largar minha agitação. Dei as costas para elas e entrei no jardim impregnado do cheiro de rosas cor-de-rosa, flores que as mulheres de uma terra distante plantaram com nostalgia. Eu queria odiar, mas as flores não me deixavam. Suas pétalas eram tão suaves, tão frágeis. Ajoelhei no meio delas e elas pareciam dedos suplicantes em meus braços.

Quando abri os olhos, ele me olhava. Estava sentado embaixo de uma árvore, encostado em seu tronco gigantesco, e havia uma descontração nele que me intrigou. Depois de já estar vivendo há três anos entre intérpretes de sonhos, eu me acostumara à intensidade.

Quando ele falou, espantei-me porque não estava habituada a que jovens se dirigissem a mim, e também o que ele disse era muito diferente.

Gostaria de ouvir uma música sobre flores?, perguntou.

Fiz que sim com a cabeça, e ele cantou. Não entendi muito bem a letra – era numa língua diferente da minha. Não me importei. Gostei da voz dele, quente e desinibida mesmo quando ele esqueceu a letra e cantarolou para preencher a lacuna. O que não entendi, imaginei, e assim a música virou uma canção de amor.

Quando acabou a música, percebi que eu tinha que ir embora sem falar. Olhando e ouvindo, eu já desobedecera. Agora eu infringia a terceira regra.

Cante outra música para mim, eu disse.

Dessa vez, ele cantou em bengali sobre uma mulher cujos olhos eram escuros como os das corças selvagens, e ele cantava me olhando no fundo dos olhos, e eu me senti como aquela mulher. Eu sabia que infringiria mais regras para continuar me sentindo assim.

As anciãs me acharam logo depois e me levaram embora, punindo-me o tempo todo. As outras noviças me olhavam com um misto de horror e admiração. Tive que ficar no quarto do hotel de castigo enquanto elas foram ao cinema. Uma das anciãs ficou para tomar conta de mim. Enquanto recitávamos juntas os 29 princípios cardeais, julguei ver piedade em seu rosto. Talvez, como muitas intérpretes experientes, ela tivesse o dom de ver o futuro.

Eu também via o futuro, embora não tivesse experiência. Eu sabia que amanhã, quando o grupo fosse ao templo de Kali, eu sairia de fininho e iria ao endereço que o homem me dera, ao quartinho que ele alugava numa cobertura. Esperaria ali até ele voltar do trabalho. Começaria uma tempestade, e faríamos amor no terraço à noite na chuva. Eu não temia isso. Estava preparada para segui-lo aonde quer que o destino dele nos levasse. Eu queria que o destino dele viesse a ser meu também.

Ah, mas havia coisas que eu não vi.

Elas me encontraram, claro – as anciãs tinham os seus métodos –, e no dia seguinte, quando ele estava no trabalho, elas me levaram à força para as grutas. Levaram-me primeiro para minha tia (mas seria ela minha tia mesmo? Eu começara a desconfiar que não) para ela poder me convencer.

Não é tarde demais, disse ela. Você ainda pode voltar para nós. Vou interceder junto ao conselho para levá-la de volta, embora você não seja mais virgem. Há cerimônias de purificação. É difícil, mas é possível. Volte, disse ela, ou você vai se arrepender para o resto da vida da decisão que tomou.

Mas *arrependimento* era apenas um som sem significado, zumbindo como uma mosca em meu ouvido. Eu estava louca de paixão, e disse isso a ela.

Como pode amar alguém que você não conhece?, perguntou ela horrorizada.

Afastei-me, e, embora sempre tivesse respeitado minha tia, por um momento, senti desprezo. O que uma velha murcha pode me ensinar sobre o amor, pensei, sobre essa excitação atordoante que percorre o nosso corpo feito eletricidade até pensarmos que vamos morrer de prazer?

Mas, sabendo o que sei agora, eu teria respondido à pergunta dela assim: Não é verdade que só se ama o que não se conhece?

22

Rakhi

Estamos encerrando nossas atividades hoje.

Ao acordar de manhã, cobri a cabeça com o lençol. Um gesto da infância, quando eu achava que se ficasse na cama, escondida, escaparia de quaisquer dissabores que pairassem sobre o dia. Minha mãe vinha puxar as cobertas de cima de mim. Minha avestruzinha, dizia.

A diferença entre ser criança e ser adulto: depois de algum tempo, jogo a coberta no chão por mim mesma. Enrolo minha roupa de cama e guardo-a no armário, não propriamente arrumada, mas também não desarrumada. É mais do que eu faria em minha casa, um reconhecimento de que é o espaço de minha mãe que estou habitando. No banheiro, fico me olhando no espelho, vendo rugas novas, uma mancha senil. Ouço meu pai zanzando pela cozinha lá embaixo. Ele tirou o gesso anteontem e está preparando o próprio café-da-manhã. Ótimo! Quanto mais cedo conseguir cuidar de si mesmo, mais cedo posso voltar para minha vida.

Meu pai grita lá de baixo. Pode fazer ovos mexidos para mim? Não, minto. Não estou com fome.

Os motivos verdadeiros:

1. Não confio nos ovos mexidos de meu pai. Em todos os anos que morei lá em casa, não me lembro de vê-lo preparando o café da manhã – nem qualquer outra refeição, aliás. Ele lavava, sim, a louça nas noites em que estava sóbrio, mas isso está longe de ser uma atividade culinária qualificada.

Como se para validar minha idéia, ouve-se um grande estrondo vindo da cozinha. Parece que ele deixou a panela cair no chão. Talvez não tenha mais tanta força na mão. Contenho um aperto no coração, a pressa de descer correndo e fazê-lo sentar e fazer os ovos para ele. Ele vai conseguir, digo a mim mesma. Se ele tiver deixado cair alguma coisa, vai lhe fazer bem abaixar-se e pegar seja o que for. Afinal de contas, é isso que terá que fazer quando eu não estiver mais com ele.

2. Não quero aceitar favor nenhum de meu pai. Fui obrigada a lhe pedir para traduzir os diários; não tive escolha aí. Mas quero manter minhas dívidas tão leves quanto possível.

3. Após ler a última entrada que ele traduziu para mim, temo não conseguir deixar de ficar procurando na cara dele as ruínas do jovem que minha mãe amara num momento de loucura. De perguntar com os olhos *O que aconteceu?*

Quando chego lá embaixo, vejo que ele pôs a mesa para dois. Os ovos mexidos, bem apresentados numa tigela, parecem bastante confiáveis. Ele também cortou umas fatias de melão – minha fruta preferida – e tirou uma bisnaga de pão. Se deixou cair alguma coisa, não há sinal dela no chão da cozinha.

– Coma alguma coisa – diz ele. – O dia vai ser longo.

Olho incisiva para ele. Eu não lhe contei sobre o fechamento da casa, não lhe contei sequer sobre como vão mal as nossas finanças. Penso em tornar a recusar, mas de repente sinto fome. E ele tem razão: provavelmente vai ser um dia longo e difícil. Pego várias fatias de melão, uma colherada prudente de ovos. Os ovos estão surpreendentemente gostosos. Ele nos serve suco de laranja, o braço machucado sustentado num ângulo esquisito.

– Como está o braço? – pergunto.

– Melhor – responde ele, dobrando-o timidamente.

– Os ovos estão bons.

– Ainda bem que você gostou. Posso lhe servir mais um pouco?

Este ainda é o único tipo de conversa que consigo ter com ele, e ele sabe disso. Deve reparar que, desde o acidente, não o chamei de *papai*. Uma vez ou outra, quando o pego desprevenido, já vi o canto de sua boca repuxado para baixo pelo peso de todas as coisas que ele quer dizer. Mas não estou pronta para aliviá-lo.

Digo-lhe que talvez volte tarde. Ele não deve ficar acordado me esperando.

Ele me acompanha até a porta e diz:

– Mas eu vou com você.

É aí que vejo que ele está vestido com uma calça de veludo e uma camisa social. Deve ter tomado banho cedo – tem o cabelo molhado, as marcas do pente bem visíveis.

– Não – digo. – Não quero que você vá. – Falo devagar, como se com uma criança, tentando conservar a paciência. O que o leva a achar que tem o direito de se meter assim na minha vida?

– Rakhi, vai ser difícil fechar seu café. Ter alguém ali que gosta de você vai ser bom.

– Como soube que íamos fechar? – Minha voz se eleva apesar de meus esforços para manter a calma. – Não me lembro de ter discutido isso com você.

– Ouvi você falando com Belle. Talvez eu possa ajudar...

Quando vejo, as palavras já saíram da minha boca.

– Você nunca me ajudou com nada em toda a minha vida. E agora começou a ouvir atrás da porta! O fato de eu ser obrigada a ficar aqui com você não lhe dá o direito de espionar minha vida assim.

Ele pestaneja como se as palavras o tivessem atingido. Por um momento, sua boca abre e fecha, mas não sai som nenhum. Então, ele diz, num tom irregular:

– Eu não tinha intenção de espionar. Talvez não devesse ter ouvido. Ouvi porque me preocupo com você. Sempre me preocupei. Mas, até agora, sua mãe estava aí para cuidar dos seus problemas. Era assim que ela queria, sem nenhuma interferência minha, então deixei. Talvez eu devesse ter insistido em fazer mais... Bem, é muito tarde para pensar no passado.

Fico surpresa, depois desconfiada. É fácil para ele dizer que os desejos de minha mãe o mantiveram afastado de mim. Ela não está exatamente aqui para negar isso, está?

– É tarde demais – digo. – E você está me atrasando mais agora. Então, se me dá licença...

Estou na porta quando ele diz:

– Rakhi, o que é mais importante? Provar que não precisa de mim ou não perder a coisa pela qual deu tanto duro esse tempo todo, o seu negócio, e talvez a sua filha?

Viro-me, perplexa. Como ele conhece os meus temores em relação a Jona? E o que mais sabe?

– Não posso garantir que eu vá ajudar em alguma coisa, mas, pelo menos, deixe que eu tente – diz.

Engulo o que eu estava prestes a dizer – *Se realmente quer ajudar, cuide de você para eu não precisar estar aqui* – e deixo-o entrar no carro comigo. O que ele disse bateu em mim como uma pedrada. Será que minhas prioridades estão mesmo erradas, como ele afirma?

Se minha mãe fosse viva, eu a teria consultado, e ela – sempre honesta nesses assuntos – me teria dito. Agora, preciso descobrir sozinha. Mordo a bochecha, pensando, enquanto seguimos para Berkeley calados.

Belle já está no café, vestida para um trabalho pesado. Está de macacão e camiseta sem manga, com o cabelo metido para dentro de uma bandana. Mas não está sozinha. Do outro lado do balcão em frente a ela está um jovem sique alto, de calça *jeans* e com um turbante tradicional. A princípio acho que é um cliente (uma ironia – já não temos nada para oferecer a clientes), mas aí vejo que eles estão discutindo. Ou, mais precisamente, Belle discorre enquanto o jovem escuta. Ela dá a meu pai e a mim um aceno distraído quando entramos mas não pára de falar.

– Eu já lhe disse que não quero nada disso. O que vou fazer com isso? Que diabo eles tinham na cabeça, me mandando essa coisa! Vai estragar tudo. Você vai ter que levar de volta.

Entre eles, em cima do balcão, há uma caixa grande cheia de pacotes e vidros. Também vejo produtos da fazenda: folhas de mostarda, rabanetes, abóbora-cabaça. Os pais dela devem ter mandado uma cesta de presente.

– Eu já falei – diz o jovem. – Acabo de chegar de Turlock, onde fui visitar meus pais. Não vou voltar lá antes do fim do mês. – O sotaque dele, nitidamente americano, não é o que eu esperara. Ele deve ter nascido aqui, como Belle e eu. Fico curiosa com o turbante – tantos rapazes siques optaram por dispensá-lo. Fica bem nele, lhe dá um ar rústico, aventureiro.

– Não quero saber. Leve isso embora. – Belle empurra a caixa para ele. – Não posso lidar com culpa vegetal hoje, ainda por cima.

Ele ergue uma sobrancelha educada e inquisitiva.

– Culpa vegetal?

– Isso mesmo. Não sei cozinhar nada disso, e minha mãe sabe. Não imagino por que ela mandou essas coisas, e logo agora, quando estou no maior sufoco. Veja essas especiarias todas: cominho, pimenta-malagueta, louro. Um vidro inteiro de farinha de ervilha. Nunca usei farinha de ervilha na vida. – Ela bate num pacote. – E isso, eu nem sei o que é.

– É *saunf* – diz o jovem. – Os estrangeiros chamam de funcho. Muito bom para a digestão. Gente mal-humorada em geral tem problemas digestivos. Talvez por isso a sua *biji* mandou para você.

– Obrigada pela lição – corta Belle. – Agora, quer fazer o favor de se retirar com a caixa daqui? Alguns de nós precisam trabalhar para viver, sabe?

O homem pega a caixa.

– Vou embora feliz, pode acreditar! Vou levar esses produtos e usar todos. Obviamente você não sabe apreciá-los! Ainda bem que seus pais não vão saber como você tratou o presente deles. Eles fizeram essa caixa com muito amor. Mas isso não deve querer dizer muita coisa para você... você é fria demais para dar importância a conceitos antiquados como respeito aos mais velhos.

Preparo-me para uma explosão, mas Belle parece que foi pega de surpresa. Só por um instante, porém. Depois, arranca a caixa da mão dele.

– Acha que esse turbante torna você melhor do que os outros e lhe dá o direito de julgar os outros? – diz. – Acha que sabe tudo a meu respeito? Bem, é melhor ir embora antes que eu o contamine com a minha impertinência. – Ela se vira para mim. – Precisamos começar o inventário. Já estamos atrasadas.

Belle entrou em contato com uma companhia que compra equipamento de empresas falidas. A companhia concordou em olhar nosso inventário e nos dar um preço. Se concordarmos, ela vai mandar a *van* daqui a uns dois dias para buscar tudo o que lhe interessa. Teremos que jogar fora o resto, imagino, ou talvez doar para a Goodwill.* E aí, adeus, Chai House.

Belle enumera os artigos, e eu os anoto. A máquina de expresso, as bandejas expositoras, as colheres com rosas em relevo no cabo. Lembro-me da compra de cada artigo. Minha mão dói. Vejo que estou apertando demais a caneta. Meu pai entrou na cozinha, nos fundos, onde ficam os fogões e os fornos, mas o jovem, surpreendentemente, continua por ali. Quando Belle sobe para ver o que há estocado no sótão, ele segura a escada para ela, embora ela o ignore ostensivamente. Fico angustiada quando acrescento as cadeiras de balanço à lista. Gostaria de levá-las, mas não posso. Logo precisarei me mudar para um apartamento menor. E começar a longa procura por outro emprego. Sinto um aperto no estômago ao pensar nisso.

Várias horas, e não fizemos quase nada. Quem diria que tínhamos tantas coisinhas: cortadores de biscoitos, colheres para melão, bules de chá com abafadores de seda para mantê-los quentinhos? Estou exausta, empoeirada, com fome. Belle sugere que uma de nós vá buscar alguma coisa rápida para comer. O rapaz, que anda nos ajudando a encher as caixas, oferece-se para fazer isso. Pego dinheiro na minha bolsa que míngua rapidamente, mas ele não aceita.

– É por minha conta – diz com um sorriso que o faz parecer mais jovem e menos severo.

---

* Rede de 207 organizações comunitárias autônomas que ajuda as pessoas a se integrarem no trabalho. (N. da T.)

– De jeito nenhum – diz Belle, empinando o queixo com obstinação. Vejo que vamos ter outra longa discussão, mas aí, da porta da cozinha, meu pai pigarreia.

– Eu podia fritar umas *pakoras* para vocês – sugere hesitante. – Fazer um chá, à moda indiana?

Chá, aquela palavra bengali de novo. Lembro de minha mãe usando-a, embora não me recorde bem quando. Estou quase recusando, mas Belle diz:

– Seria ótimo, Sr. Gupta. Temos todo esse Darjeeling do bom que andamos poupando...

– Sem falar no pacote inteiro de farinha de ervilha – acrescenta o rapaz – que vocês nunca usarão na vida...

Belle respira fundo preparando uma réplica adequada, mas meu pai, na nova pele de *chef* apaziguador, pede que o jovem leve a caixa para a cozinha. Ouvem-se murmúrios, a água corre, há o chiado das *pakoras* no óleo quente.

Belle senta-se numa das cadeiras de balanço e põe os pés para cima com um suspiro.

– Como vai a procura de emprego? – pergunto.

Ela faz uma careta.

– O mundo lá fora não tem alma, Rikki. Ninguém quer gente como nós, com nossa educação liberal enriquecedora e nada prática.

Fico balançando na cadeira. Ela tem razão – o que estou preparada para fazer? Talvez pudesse trabalhar como camareira num hotel, ou como garçonete no restaurante de outra pessoa. Acho que poderia ser faxineira, só que, se vissem a cara do meu apartamento, as pessoas nunca me contratariam.

– Ei – diz Belle de repente. – É seu pai cantando?

É. Está cantando uma daquelas suas músicas em híndi – deve ser uma conhecida, porque o rapaz faz coro. Eles fazem um bom dueto, embora, nitidamente, meu pai seja a primeira voz. Interessante como, quando canta, ele perde a insegurança e produz uma melodia quente e pura.

– Ele é bom! – diz Belle. – Como você não herdou os talentos nem do seu pai nem da sua mãe?

– Obrigada – digo. Foi a primeira vez que ela mencionou minha mãe sem a melancolia a ela correlacionada. Foi a primeira vez que não estremeci quando ela foi mencionada. Já é algum progresso.

– Aquele outro sujeito, ele também não é muito ruim – digo. – Queria saber como é o nome dele.

– Jespal.

– Então você já o conhecia?

– Já o vi em eventos da comunidade em Turlock. Meus pais vivem falando nele. Sucesso na carreira. Convive muito com a família. E é um sique fervoroso. O que mais uma moça pode querer?, como minha mãe gosta de dizer.

– E o que *você* diz, especialmente agora que ele apareceu na sua porta, trazendo presentes?

– É, farinha de ervilha e rabanetes.

– A partir daí, as coisas só podem melhorar! É óbvio que ele está interessado, para continuar aí depois da bronca que você lhe deu.

– Mesmo que esteja, não tenho ânimo de responder. Além do mais, isso não poderia dar em nada. Você me vê cobrindo a cabeça e indo com ele à *gurdwara* todos os fins de semana? E provavelmente ele desmaiaria de choque se eu o levasse à minha boate preferida.

Os homens trazem bandejas com pratos fumegantes. Chá, *pakoras,* um *chutney* para acompanhar as bolinhas picantes, que, meu pai nos informa, ele fez com espinafre, cebola e farinha de ervilha. (– Conhecidas como *besan* pelos iniciados – acrescenta Jespal, com um sorriso impudente e imprudente, a que Belle responde com um olhar cortante.)

É uma novidade gostosa ser servida em nossa própria Chai House, e por homens, também.

– Quanto de açúcar no seu chá? – pergunta papai.

Agora recordo quando ouvi essa palavra. Minha mãe dissera que nosso problema era não termos conseguido transformar o café numa verdadeira casa de chá. Fico toda perturbada de novo lembrando que ela achava que não éramos autênticas.

– Sr. Gupta! – diz Belle dando uma dentada numa *pakora*. – Como aprendeu a cozinhar tão bem?

Meu pai ri.

– Quando eu era garoto, meus pais eram muito pobres. Houve um tempo em que o dinheiro não dava para eu ir à escola a não ser que eu ganhasse o meu. Então fui ser ajudante num bar. Um dia, quando houver tempo, conto mais a vocês sobre isso.

– O chá está ótimo – diz Jespal. – O senhor pôs gengibre? É assim que minha mãe faz, também!

Dou um gole no meu chá. Está forte e encorpado e muito doce, com um leve efeito estimulante que deve ser do gengibre. Devo admitir que é muito superior à versão aguada com canela demais que eu tomara em outros cafés e depois servira no nosso.

Antes de sair, Jespal troca números de telefone com meu pai. Olha para Belle como se quisesse lhe perguntar algo, mas acaba não perguntando. Vejo meu pai servir outra xícara de chá para Belle, erguendo bem o bule com prática para deixar o jato âmbar cair espumando na xícara sem derramar uma gota. Toda a fraqueza de antes parece ter abandonado seu braço. Ele segura a xícara quase com ternura, e vejo que está gostando disso.

Sempre achei que minha mãe era a pessoa misteriosa lá em casa. Mas meu pai camaleão está se revelando cheio de surpresas, também.

– Meninas – diz ele agora. – Se posso chamá-las de meninas...? Posso sugerir que vocês deixem o inventário por hoje?

– Não podemos nos dar a esse luxo, pai – digo, a irritação substituindo o meu breve momento de bem-estar. Lá vai ele, se metendo na minha vida de novo. – A gente não tem clientes, nem dinheiro para pagar o aluguel. Vamos encarar a verdade... perdemos a luta com a concorrência.

Olho ameaçadoramente para o café do outro lado da rua. Há uma pessoa parada na frente, olhando para o nosso. Por alguma razão não a vejo com clareza. Embora esteja um dia lindo, há uma sombra na rua exatamente naquele lugar. Ou talvez seja uma sujeira em nossa janela, que andei muito desanimada para limpar esses dias. Mas não preciso ver para saber. É a gerente. Por que está parada na rua em vez de cuidar daquele seu (ou devo dizer nosso) chorrilho de clientes?

– Talvez eu tenha umas sugestões, alguma coisa para evitar que vocês percam a loja. É um espaço lindo... – Ele diz isso com tanta sinceridade que seguro minha resposta.

– Já examinamos todas as possibilidades – explica-lhe Belle com paciência. – Simplesmente não temos fundos para sobreviver.

Meu pai olha pela janela. Quero saber se está olhando para a gerente, e em que está pensando. Será que minha mãe lhe disse alguma coisa sobre o Java? Mas o que poderia ter-lhe contado? Eles não conversavam muito, e nunca discutiam o inexplicável. Ele sentia-se desconfortável com o que não podia ser verificado pela tecnologia.

Quando finalmente fala, não é nada que eu esteja esperando.

– Tenho algum dinheiro – diz meu pai. – Vocês considerariam aceitar um novo sócio no negócio?

No carro, conversamos sobre a oferta dele. (Mais tarde, vou me perguntar de onde veio o dinheiro, se era o seguro de vida de minha mãe. Mas certamente não, certamente ele não o teria recebido tão depressa.) Pergunto-lhe sobre as entradas do diário.

– É difícil para você ler tudo aquilo?

– Bem, é, sim. Passo um tempão lutando com a língua. Para algumas das palavras, não existem termos em inglês. Espero conseguir lhes fazer justiça.

– Eu não quis dizer isso. Você, hã, se incomoda de ler os cadernos? Às vezes tenho a sensação de estar invadindo, de que talvez devêssemos nos limitar a deixar os cadernos do jeito que estão, amarrados, no fundo do armário...

– Você não devia se sentir assim. Sua mãe era uma pessoa meticulosa. Você não encontrou esses diários por acaso. Ela os deixou para você. Talvez sejam a maneira dela de lhe dizer o que tinha na cabeça.

– Pelo que me lembre, ela nunca teve dificuldade em me dizer exatamente o que tinha na cabeça.

– Aquilo era só o superficial, o que ela precisava dizer para comandar sua rotina. Mas o importante, as coisas que vivem em armários escuros dentro de nós, acho que todo mundo tem dificuldade de falar nelas.

Eu não esperava ouvir sobre armários interiores por parte de meu pai – mas agora, pensando bem, a coisa fecha. Talvez fosse para lá que ele sumisse quando tomava seus porres.

– Talvez deixar os diários para trás tenha sido a maneira dela de nos reconfortar – diz meu pai. – Às vezes, quando estou lendo aquilo, é quase como se ela estivesse aqui, falando comigo. Mas algumas das coisas que ela escreveu me surpreendem. Ela recorda os acontecimentos de maneira muito diferente. Como nos conhecemos, por exemplo. – Lanço-lhe um olhar culpado, mas ele parece não notar. – Se fosse outra pessoa qualquer, eu diria que ela simplesmente inventou aquela história. Mas sua mãe... – Ele balança a cabeça, e entendo o que ele quer dizer. Minha mãe nunca foi de inventar coisas. Por que faria isso? O mundo em que ela vivia era mais fascinante do que qualquer fantasia.

– Às vezes – prossegue ele –, é como ler um romance escrito por um estranho... Não reconheço ninguém, especialmente a mim mesmo. E as partes sobre as grutas, e o... hã, talento dela... ora, parecem uma daquelas velhas lendas que eu ouvia em pequeno. Depois, ela tem todas aquelas entradas sobre clientes vindo lhe pedir ajuda. Não posso acreditar que tudo isso tenha acontecido bem na minha casa. – Ele suspira. – Mas deve ter acontecido. Pelo menos na cabeça dela. – Ele olha compungido, e sei que está lutando com a mesma dúvida que me perseguiu. *Será que ela só imaginou isso tudo?*

Mas não estou preparada para discutir o deslize – se é que foi deslize – de minha mãe para com ele. Embora já comece a gostar do homem que descubro ao descolar o rótulo antigo *pai,* não tenho dúvidas sobre onde minha fidelidade está. Ligo o rádio do carro para indicar que nossa conversa terminou, e, o resto do caminho, ouvimos Simon e Garfunkel na estação das músicas antigas, cantando sobre a escuridão, minha velha amiga.

23

Eles ficam até tarde sentados na mesa de jantar, pai e filha, fazendo listas, experimentando idéias. Na empolgação, mal se dão conta de que este é um acontecimento inaugural. Antes disso, todas as suas interações ocorreram na presença da mãe, *por intermédio* dela, por assim dizer. Ela era o fio condutor, a zona neutra, a tradutora dos dois. Aparava as arestas combativas de seus mundos e esclarecia suas perguntas, até para eles mesmos. *Vou cuidar disso,* murmurava sem palavras. *Não se preocupe.* Era como fazer ruídos debaixo d'água, pensa a filha. Suaves, redondos, bonitos, mas ineficazes. Agora aquele meio-mãe aquático se foi, levando todo o conforto com ele, e suas próprias palavras a surpreendem, passando como uma flecha com sua nova velocidade áspera.

Eles resolveram transformar a Chai House num bar indiano, um *chaer dokan,* como se chamaria em Calcutá. Vão usar como modelo a casa em que o pai trabalhou tantos anos atrás, com alguns toques sanitários americanos aqui e ali. Ele ensinará Belle e ela a prepararem chá e café da forma correta, e ele mesmo vai fazer os petiscos. Lista-os numa folha de papel: *pakora, singara, sandesh, jilebi, beguni, nimki, mihidana*. A filha olha a lista fascinada e apreensiva. Não reconhece metade dos nomes, provou os outros só uma vez ou outra. Será que seu pai pode mesmo se transformar num *chef* extraordinário e produzir esses artigos a partir da banalidade da farinha e da calda de açúcar, do chile, das berinjelas, do óleo de amendoim? Será ele suficientemente heróico para passar por tal metamorfose? Mas ela não quer perder esse breve momento de camaradagem, essa sensação de flutuar nas nuvens de seu sonho compartilhado. Então diz:

– Me conte sobre a casa em que você trabalhou. – E é mergulhada em sua primeira história indiana.

Eu só tinha 14 anos, diz ele, quando meu pai perdeu o emprego. Foi um grande golpe para nossa família, pois, embora o trabalho dele numa repartição do governo não fosse nada de especial, era a única renda que tínhamos. Além disso, havia o problema da tosse seca que meu pai desenvolvera – suspeitava-se que fosse tuberculose – e isso não o deixava encontrar uma nova colocação. Ele vivia cansado. O médico nos aconselhou a mudá-lo para um lugar de clima fresco e seco, talvez Deoghar, ou Hazaribagh.

Lembro-me daquele dia no consultório do médico, minha mãe, embaraçada, dizendo baixinho que não podíamos arcar com uma mudança tão cara. O médico, um jovem, foi compreensivo. Minha mãe era uma mulher linda. Eu logo ficaria sabendo que quase todos os homens eram compreensivos com ela. Ele lhe disse que lhe daria os medicamentos de graça. Mas meu pai precisava de mais: ar puro e repouso no leito e uma dieta contínua e cara de canja de galinha e frutas frescas – coisas a respeito das quais o médico não podia fazer muita coisa. Nem nós. Mal tínhamos dinheiro para uma refeição básica de arroz aguado e pimentas. Noite após noite durante um ano, minha mãe e eu fomos para a cama com fome para que meu pai pudesse comer mais. Não o deixamos saber disso, claro. Ele já achava que tinha falhado conosco, e o médico nos avisara para não perturbá-lo mais.

Minha mãe arranjou um emprego numa fábrica de roupas, onde passava 12 horas por dia fazendo camisas masculinas finas, lidando com raiom e dácron e seda sintética, tecidos que seu filho e seu marido jamais usariam. A princípio ela estava grata por arranjar o emprego, mas logo viu que tinha suas desvantagens. Era um trabalho estafante. As mulheres eram apinhadas num galpão quente de depósito com janelas pequenas e apenas dois ventiladores de teto barulhentos. Quando todas acionavam ao mesmo tempo as máquinas de costura, o barulho era ensurdecedor. Muitas mulheres perdiam a vista. Desenvolviam artrite ou dor na coluna crônica ou doenças pulmonares com a inalação da poeira dos tecidos. Algumas sofriam de tonteira, e outras contaram à minha mãe que, mesmo em casa, continuavam ouvindo o rugido das máquinas. Quando ficavam muito doentes para trabalhar, eram despedidas. Sempre havia mais mulheres para substituí-las.

Minha mãe observava tudo isso. O dinheiro que ela ganhava não era suficiente para tocar a casa e cuidar de meu pai. Muito a contragosto, ela me deixara trabalhar na casa de chá da nossa rua, e temia que meus estudos fossem prejudicados. Mesmo assim, mal conseguíamos pagar o aluguel. Ela sabia que em breve teríamos que nos mudar para uma casa menor, menos arejada e com menos luz, e meu pai iria morrer.

Então, quando o supervisor do turno dela lhe fez uma certa proposta, minha mãe aceitou. Começou a trabalhar menos horas e a trazer mais dinheiro para casa. O supervisor (fiquei sabendo a respeito dele anos depois) muitas vezes a presenteava com roupas (roubadas da fábrica) ou comida (ele tinha um irmão que era o supervisor de uma fábrica de conservas). Será que ela dava valor à generosidade dele? Será que essa generosidade a fez gostar dele? Não sei. Ela contou a meu pai que fora promovida. Fez com que eu diminuísse as horas na casa de chá para poder trabalhar apenas algumas horas pela manhã. Conseguia preparar refeições decentes para meu pai e ficar um tempo com ele. À noite, enquanto eu fazia os deveres de casa sentado à minha escrivaninha vestido com uma camisa nova da última coleção, eu os ouvia conversando. O murmúrio da conversa me deixava todo contente.

Um contentamento tão precário não podia durar, claro. Chegou a hora de o supervisor se aposentar e voltar para sua cidade natal. Ele queria levar minha mãe junto. Quando ela hesitou, ele ameaçou denunciá-la a meu pai. Minha mãe tinha três opções. (Ela contou-me isso muito mais tarde, quando eu estava em casa de férias da universidade.) Partir com o supervisor – mas disfarçar a partida para que meu pai, que a essa altura recobrara a saúde, pensasse que ela havia morrido. Assim ele continuaria a amá-la e a lembrar-se dela como uma mulher virtuosa. Ou desafiar o supervisor a contar a história dele, e esperar que meu pai entendesse que o que ela fez foi por amor à família. A terceira opção envolvia veneno misturado com uma bebida... Mas essa é outra história, e terá que esperar outro dia. Você me perguntou sobre a casa de chá, e já me afastei bastante do assunto.

A casa de chá era pequena – só uma barraca, na verdade – num cruzamento, não mais que algumas cadeiras e mesas de madeira colocadas na frente de dois braseiros de barro. No primeiro, Keshto, o proprietário-gerente-cozinheiro, fazia chá o dia inteiro numa grande chaleira de alumínio. No outro, fazia doces, mexendo os grânulos brancos do *sandesh* numa enorme *wok* de ferro até obter uma pasta macia, ou espremendo a massa dos *jilebis* através de um furo feito num pano para dentro do óleo fervente. Alguns dias, em vez disso, ele fritava *pakoras* de chile, cujo cheiro pungente chegava até o ponto do ônibus, fazendo os passageiros chegarem atrasados no trabalho porque ninguém resistia a parar para comprar as *pakoras* de Keshto.

Ela se inclina à frente, os olhos brilhando. Eis aí o tipo de história que ela esperou a vida inteira, implorou, seduziu, atazanou a mãe – em vão – para contar. E pensar que essa história estava esperando esse tempo todo dentro de seu pai, o bebedor, o cantor, o cético que nunca acreditava em sonhos. O pai que ela sempre rejeitava, embora com afeição, achando que ele não sabia nada que lhe pudesse ser de alguma utilidade.

As *pakoras* eram mágicas?, pergunta ela. Davam poderes especiais a quem as comia, ou produziam um certo efeito nas pessoas?

Não que eu saiba, diz seu pai. As pessoas brincavam que seu sabor singular decorria do fato de que Keshto nunca trocava o óleo de sua *wok* – nem a lavava.

Outros boatos, também, corriam pelo bar de Keshto. Como tarde da noite, quando a cidade dormia, as famílias criminosas importantes de Calcutá se encontravam nos fundos do estabelecimento para fazer pagamentos – ou receber. Havia sete famílias importantes, uma noite da semana reservada para cada uma delas. Enquanto Keshto, impassível como um buda de pedra, ficava sentado na frente de sua *wok* mexendo as *pantuas* até elas adquirirem aquele dourado perfeito, dentro da barraca, as famílias decidiam quais de seus inimigos deveriam viver e quais deveriam desaparecer.

E isso era verdade?, murmura ela, relutando em quebrar o encanto.

Ele encolhe os ombros, embora um olho seu brilhe. Quem sabe? As pessoas adoram mistérios. Se não houver mistério, elas logo inventam um. A sala interna era bem normal. A roupa de cama de Keshto era guardada ali, embora eu nunca o tivesse visto dormir, e uma mala de lata pintada contendo os poucos objetos que ele possuía. Ah, aquela mala! Havia histórias sobre ela, também! De qualquer maneira, a sala era pequena – não dava para mais de seis pessoas. Mas, em algumas manhãs, quando eu a varria, havia papéis rasgados, pedaços de nomes, alguns riscados de vermelho.

Só sei ao certo que, embora fosse brusco com a maioria das pessoas e um empresário cabeça-dura, por alguma razão que eu não conseguia imaginar, Keshto era bom para mim. Depois que eu acabava de fazer a limpeza de manhã, antes de eu ir para a escola, ele se certificava de que eu comesse bem. Não me deixava tomar chá – achava que impedia o crescimento –, mas me dava um copo inteiro de leite e uma seleção dos petiscos que eu quisesse. E quando eu voltava à tarde, ele me ensinava suas receitas especiais, iniciando-me em pequenos segredos que lhes davam seu sabor especial. Aprendi que para fazer *rasogollas* que ficassem macias e não se desmanchassem quando fervidas na calda era preciso misturar duas colheres de *sooji* à massa de *chhana.* E que meia xícara de óleo acrescentada à massa da *pakora* não deixava as bolinhas picantes absorverem mais óleo quando fritas.

Ela fecha os olhos para ouvir melhor, mas depois não tem certeza se o que ouve são as palavras dele ou o seu próprio desejo.

Aprendi a ralar minhas próprias especiarias num pedaço de pedra esburacada, a coalhar o leite com limão e a fazer *chhana* fresca exatamente na consistência certa. Os grânulos da minha *mihidana* eram laranja como o nascer do sol e viciavam como um caso amoroso. Minhas *singaras* de couve-flor eram tão crocantes que os clientes diziam baixinho que o novo ajudante havia superado até mesmo o próprio Keshto. Keshto já era conhecido antes, mas agora vinha gente de toda Calcutá ao nosso bar encomendar comida para casamentos e funerais, inaugurações de casas e cerimônias do fio sagrado.* Keshto e eu trabalhávamos noite adentro até tarde tentando atender às encomendas, mas mesmo assim tínhamos que recusar muitas.

Nessa época, minha mãe trazia muito dinheiro para casa. Ela me pediu para largar o emprego na casa de chá para me dedicar totalmente aos estudos para o exame de admissão à faculdade de engenharia. O sonho dela era que seu filho fosse engenheiro. Eu queria agradá-la, então, concordei. Mas não conseguia ficar longe de Keshto. Eu acordava antes de clarear e saía de casa de fininho, e, quando chegava ao bar, mesmo sem termos combinado nada na véspera, ele já tinha acendido os braseiros e separado os ingredientes. Trabalhávamos febrilmente, em silêncio senão pelas poucas instruções que ele resmungava de vez em quando. O tempo que passávamos juntos era curto, uma vez que eu precisava estar de volta a meu quarto quando minha mãe batesse à minha porta para se certificar de que eu estava acordado para a escola. Naqueles dias, Keshto me ensinou os pratos mais difíceis que ele conhecia. Fazíamos *rabri*, em que o leite é fervido e engrossado, esfriado e despejado, lentamente, às camadas. Fazíamos *rasogollar payesh*, que são dois doces em um, as bolinhas brancas fofas boiando num delicioso creme grosso. Fazíamos *dhakai parota*, em que a massa é cortada e enrolada de modo a formar finas camadas como folhas que

* Cerimônia de iniciação hindu que marca a passagem para a maturidade dos meninos das três castas superiores. Em geral acontece entre as idades de cinco e 12 anos. (N. da T.)

derretem na boca. Uma semana antes de eu ir embora para a faculdade, ele me ensinou sua receita especial de *sandesh*, o doce de leite pelo qual Calcutá é famosa, mas não me deixou escrevê-la. Insistiu para que eu a decorasse, como ele o fizera.

Antes de ir embora, eu queria lhe dizer o quanto ele era importante para mim, que eu nunca iria esquecê-lo. Em alguns aspectos, eu gostava mais dele que de meu próprio pai. Mas nunca fui bom com as palavras, e o bengali é uma língua em que *obrigado* é uma palavra esquisita. Então, fui embora para a universidade sem nada dizer e passei um ano fora, e, quando voltei, a loja de Keshto já não existia, e, em seu lugar, surgira um salão de cabeleireiro. Indaguei pela vizinhança, mas parece que ninguém sabia o que fora feito dele.

A história paira entre eles na noite. É muito tarde, e, se fossem até a janela, pai ou filha veriam a Suttara, a estrela da manhã, próximo ao horizonte no céu. Mas eles continuam sentados à mesa, cada qual pensando na história à sua maneira, como sempre devem fazer o contador e o ouvinte. Na mente de cada um, um turbilhão de imagens diferentes surge e desaparece, e cada qual se aferra a uma parte diferente da história, considerando-a a mais importante. E se fossem falar de seu significado, cada um diria coisas tão diferentes que não se saberia que era da mesma história que falavam.

Mas o compartilhamento da história já criara entre eles algo que estica, tremendo como o fio mais fino de uma teia de aranha. E é isso que faz a filha contar ao pai (sem olhar para ele enquanto rabisca no bloco onde ele escreveu o novo cardápio da casa de chá) sobre sua aventura noturna. Descreve o carro preto que seguiu até aquelas docas enferrujadas e hopperianas, conta da água batendo escura no píer, da solidão daquele barulho. Hesita antes de mencionar a placa do carro, seu desaparecimento incrível. Mas aí, pensa na história que seu pai lhe contou, que é incrível à sua maneira, e escreve as letras da traseira do carro no bloco. *Ohnos od Opmet*. São palavras em uma língua hindu, pergunta? Um nome que ele reconhece? Um mantra, talvez, ou parte de um. Ele faz que não com a cabeça, olhando fixo, girando o bloco algumas vezes.

Tem certeza de que não era Omesh?, diz ele. Omesh é um nome indiano. Tem certeza de que é o nome que aquela senhora da exposição anotou?

Já não tenho mais certeza de nada, diz ela. Deve ser esse o meu problema.

Quem sabe, diz ele. Pode ser o começo de uma solução.

Preste atenção. Era isso que estava escrito na placa do carro que minha mãe seguiu?

Sinto muito, não me lembro. Talvez seja um nome médio-oriental. Turco, talvez?

Eles se debruçam juntos sobre o bloco, as cabeças quase se tocando, relutantes em desistir dessa pista única e insatisfatória. Ele brinca com as letras, escrevendo-as numa ordem aleatória, misturando-as, deixando de usar algumas e mantendo outras. É quando desiste que eles enxergam, em sincronia. É tão simples que eles se perguntam como ficaram tanto tempo sem ver. De trás para a frente, as letras formavam Tempo do Sonho.

Na cama, ela fica pensando nessas palavras, que mensagem encerram para ela, se é que encerram alguma. Será que ela está dando muita importância a um capricho, a uma brincadeira de alguém? Enquanto vai adormecendo, seus pensamentos se instalam na história do pai, nas cores vibrantes e violentas das ruas e da fábrica. A casa de chá a um tempo caindo aos pedaços e resplandecente. A linhagem de doces. Agora, finalmente, ela tem uma forma de trazer tudo isso para sua vida americana. Ressuscitará a Chai House com os gostos e os aromas do país antigo, com os sussurros das histórias aprendidas de cor. Algo mais está sendo ressuscitado – entre ela e o pai, embora ela não saiba ao certo que forma acabará tomando.

Esta é a primeira noite desde a morte de sua mãe em que a dor já não tem preeminência em sua mente. Bem na hora em que ela reconhece isso, o travesseiro embaixo de sua cabeça solta o perfume do cabelo de sua mãe, e ela é mergulhada de novo na perda.

24

DOS DIÁRIOS
DOS SONHOS

Quando ficou claro que eu estava determinada a me casar e me mudar para a América do outro lado do oceano com o homem que conhecera no Memorial Victoria, foi o caos nas grutas. Nenhuma intérprete de sonhos jamais fizera uma coisa dessas – pelas lembranças das anciãs – e o choque da notícia provocou uma cisão na irmandade. As anciãs mais velhas afirmavam que eu deveria ser destituída de meus poderes e expulsa. Era evidente que eu havia traído minha arte e meu dom (e isso, também, por um simples homem). Uma cerimônia fúnebre deveria ser realizada por mim, como determinava o *Bribat Swapna Sarita*, pois para eles eu estava mais que morta. O outro grupo, que incluía minha tia, achava que eu deveria ser mantida na ordem para que o saber curandeiro que eu aprendera não fosse desperdiçado. Elas recorreram a outro texto antigo, o *Swapna Purana*, para ver o que poderia ser feito para me salvar de mim mesma. As duas facções brigaram furiosamente até a anciã chefe decretar que, enquanto meu destino não fosse decidido, elas não deveriam se falar. A amargura e o silêncio tomaram conta das grutas onde antes só existia amizade.

Sentindo-me triste e culpada, pensei em fugir, achando que a minha partida restauraria a paz, mas minha tia adivinhou meus pensamentos e me implorou para ficar até que o conselho chegasse a uma decisão. Assenti, pois ela foi minha primeira mestra, e eu lhe devia isso. Porém, mais tarde, pensei se não teria sido melhor eu ter recusado.

A reunião do conselho (eu pensava naquilo como um julgamento) levou dias – ou talvez tenham sido semanas? Assisti a algumas sessões; a outras, não tive acesso. Às vezes, pediam-me que falasse, às vezes, mandavam-me permanecer calada enquanto eram construídas argumentações a meu favor e contra mim. Mas talvez tudo isso tenha se dado numa tarde, pois o tempo passa de forma diferente nas grutas, e quando parti para ir ao encontro de meu futuro marido, menos de uma semana se passara desde a primeira vez que nos vimos ao lado das rosas.

Mandaram-me esperar em meu quarto enquanto o conselho deliberava, e quando fui levada de volta ao salão da assembléia, só a anciã chefe e minha tia estavam presentes. Elas me disseram que eu tinha três opções. A primeira era permanecer nas grutas com as anciãs pelo resto da vida, e ser mestra. Fazendo isso, eu não sofreria. Esta mesma noite, com a minha permissão, a anciã entraria em sonho em minha memória e retiraria dali a imagem do homem, de modo que, ao acordar, eu já não me lembraria dele. Esta era a mais segura e a mais feliz das três opções, disseram-me elas, pois era claro que eu tinha uma mente imprevisível e o mundo externo haveria de me oferecer tentações irresistíveis.

Minha segunda opção era abrir mão de meu talento e viver minha vida como a mais comum das mulheres, a esposa. Mais uma vez, a anciã iria ajustar minha memória para que eu esquecesse as grutas e tudo o que aprendera ali. Eu iria para meu marido como uma folha em branco na qual ele escreveria, e seria feliz, pois (diziam elas) todos os homens desejam construir sem interferência a história da vida de suas esposas. Esta também era uma opção segura, se não feliz.

A terceira opção, de que me falaram com relutância, e só quando rejeitei as duas primeiras, era esta: ser-me-ia permitido conservar meus poderes, os menores, a fim de que eu pudesse ajudar os outros no mundo. Em troca, embora eu pudesse viver com um homem caso optasse por isso, tinha que prometer não me casar com ele. Aos olhos do Grande Poder, então, minha essência espiritual não se uniria à dele. A porta para meu regresso à irmandade, assim, não se fecharia completamente se eu visse (como elas esperavam) a loucura de minha escolha e desejasse voltar. Mas esta era uma opção perigosa, pois podia dar errado de várias maneiras.

Foi essa terceira que escolhi, embora não de bom grado, pois suas muitas condições me tolhiam. Depois, quando minha tia tentava me aconselhar a ter precaução, afastei-me dela irritada. Nada daria errado, insisti.

Eu não sabia que minha opção me deixaria em suspenso pelo resto de meus dias entre um mundo de forças inexplicáveis e o amor de um homem que insistia em que tal mundo não existia.

Na noite da véspera de minha partida para Calcutá, minha tia me trouxe um presente. Era uma bolsinha de pano do tamanho de um punho. Quando abri o cordão, havia outra bolsa ali dentro, e depois outra. Meti a mão e tirei uma pitada do pó vermelho que havia lá dentro. Por um momento, fiquei confusa. Seria *sindur*? Um gesto de conciliação de parte de minha tia, um voto de felicidade para mim na vida de casada? Mas quando encostei a ponta da língua no pó, percebi que não era o pó que as noivas usam na testa. Não. Minha tia me dera um punhado de terra.

É do caminho em frente às grutas, disse-me ela, chão em que séculos de intérpretes de sonhos pisaram. Vai precisar disso aonde você vai.

Não lhe perguntei o que ela queria dizer. Ainda estava zangada com ela, e desapontada com o que ela escolhera me dar na minha despedida. Só muito depois, quando me vi na Califórnia com toda a capacidade de sonhar perdida, é que dei importância ao presente.

No início, não fiquei preocupada. Precisava de tempo para me assentar, eu disse a mim mesma. Precisava me acostumar com minha nova vida. Havia muita coisa nela que eu achava nova e encantadora: como administrar uma casa, como agradar a um marido. (Era importante para mim agradar-lhe porque eu lhe desagradava profundamente insistindo numa cerimônia civil em vez de uma religiosa. Ele reclamava que isso lhe dava a sensação de que não estávamos realmente casados.) Havia pratos para experimentar, salas para decorar. Os lábios dele seguindo as linhas de minhas clavículas à noite. Minhas mãos sentindo os nós de sua espinha, a maciez de suas coxas. Mas chegou um dia em que isso não conseguiu prender minha atenção e em que, ao me olhar no espelho para aplicar o *sindur* na testa, minha cara estava transparente, como um vidro oval que estivesse se esvaziando.

Os sonhos não vinham a mim na Califórnia porque esse era um lugar muito novo. Seu povo se instalara havia só algumas centenas de anos, e seu ar e sua terra, os elementos de que mais tiramos sustento, ainda não estavam lastreados com sonhos. Sim, houvera habitantes mais antigos, mas foram expulsos da terra, e, ao partir, levaram com eles, junto com suas esperanças, seus modos de sonhar. Só haviam deixado lágrimas para trás, e maldições que manchavam o ar.

A princípio, eu não sabia o que fazer com a terra da bolsa. Espargi um pouco em meu jardim, mas, embora ela tenha feito minhas dálias e meus jasmins-do-cabo florirem, não me ajudou a sonhar. Misturei um pouco no arroz com lentilhas, mas, além de me provocar cólicas, não surtiu nenhum efeito. Finalmente, botei a bolsa embaixo do travesseiro.

Nessa noite, meu sono foi invadido pelas cores e pelos aromas da minha terra – coisas que nunca me faziam falta quando eu estava lá. Acordei com o coração apertado. Mas os sonhos de que eu precisava, sonhos que iam além da minha vidinha – dava para sentir sua presença, mas eles não vinham a mim. Meu marido acordou com dor de cabeça e reclamando que sonhara o tempo todo com imagens terríveis, sangue e escombros e bichos morrendo.

Vi então o que eu precisava fazer. Na noite seguinte, quando ele adormeceu, levei meu travesseiro para a sala e deitei no tapete áspero. Pouco antes que eu fechasse os olhos, baixou um sonho em mim. Falou comigo na voz de um corvo, dando instruções. Contou-me de quem era o sonho que eu estava sonhando e onde eu devia encontrar a pessoa no dia seguinte para ajudá-la. Senti o poder do sonho fluir para mim até meus ossos ficarem fosforescentes e meu sangue zumbir como se eu estivesse bêbada. Acordei chorando. Eu sabia o quanto significava minha ligação com os espíritos do sonho. Não podia abrir mão disso. Chorei, também, porque percebi o preço que teria que pagar – nunca mais gastar a noite com meu marido. *Gastar.* Pela primeira vez me dei conta da precisão pesada do verbo, pois as intérpretes de sonho não podem desperdiçar suas noites como fazem as mulheres comuns. Nunca ter a curva quente do seu traseiro colada em mim enquanto os dois éramos arrastados para o esquecimento. Nunca acordar e vê-lo ainda dormindo, despenteado como um menino, a comissura de seus lábios repuxada, sorrindo para o que eu só podia imaginar. As pequenas intimidades de puxar a colcha para cobri-lo numa noite fria, de esfregar seus ombros quando ele gemia durante um pesadelo.

Eu sabia que ele ficaria zangado quando lhe contasse a minha decisão. Eu compensaria isso, prometi a mim mesma. Eu lhe agradaria na cama, deixaria o quarto dele (eu já pensava no quarto como não sendo meu) todo estrelado antes de sair todas as noites. Eu não sabia que isso não seria suficiente.

Quando levantei o travesseiro e peguei a bolsa de terra, ela estava mais leve. Abri-a com dedos trêmulos. Havia menos pó ali dentro. Foi como se o meu sonhar tivesse consumido uma parte daquilo. Meu coração batia descompassado enquanto eu via o que sobrava. Quantas noites antes de acabar tudo? E o que eu faria então?

25

Rakhi

Vamos reabrir a casa amanhã, uma quarta-feira. Não é a melhor escolha, diz Belle, mas também não é a pior. Quarta-feira é o dia da semana batizado em homenagem a Budh, a divindade planetária da inteligência. Quinta-feira, Brihaspati, seria mais auspicioso – ele é o planeta sábio, o mestre dos deuses.

– Desde quando virou especialista em astrologia? – pergunto, entre divertida e espantada.

– Jespal olhou na enciclopédia para mim.

– Ah, Jespal! – Ele anda aparecendo por lá à noite para ajudar na nossa reforma. Agora parece que não é só isso que ele anda fazendo. – Será que estou detectando um rubor de rosa naquela cara escura?

– Não implique. É importante ter os planetas do nosso lado, especialmente quando estão lutando contra as forças obscuras. Mas ainda bem que não é sábado. Shani pode ser um agente muito destrutivo.

– Forças obscuras! Agente destrutivo! Você é muito inteligente para acreditar numa bobagem dessas – diz meu pai.

Belle fica de queixo caído, indignada. Preparo-me para o ataque, mas ela se controla.

– Sr. Gupta – diz com uma paciência quase de santa –, o senhor sabe que isso não é verdade.

Ela deve estar começando a gostar do meu pai para lhe fazer essas concessões. Percebo que eu também estou.

– O que não é verdade, que isso é bobagem ou que você é inteligente?

Tapo o sorriso com a mão, mas Belle não se deixa desviar por um humor barato.

– Como poderia não saber, vivendo esses anos todos com a Sra. Gupta?

– Ah, minha cara, viver com a Sra. Gupta foi a experiência mais incrível e maravilhosa. Eu não abriria mão dela por nada na vida, mas talvez tão tenha sido bem o que você imagina.

Ambas paramos nossos serviços – Belle lustrando os balcões, eu misturando tinta vermelha (a casa vai ter um nome novo; Jespal já raspou o velho da vidraça). De todas as histórias dele, essa é a que mais queremos ouvir.

Meu pai anda nos contando histórias a semana toda, enquanto nos faz experimentar petiscos e doces. Estou enferrujado, afirma. Tenho que entrar em forma. Mas desconfio que ele simplesmente adora nos dar de comer. Gosto dos petiscos, mas é das histórias que estou realmente ávida. Ele já nos contou sobre o início de seu tempo de estudante na América, sobre os biscates que fez para ganhar dinheiro – zelador de um hospital, técnico de caça-níqueis num cassino. Sobre as pessoas que conheceu nesses lugares. Eu nunca teria imaginado que havia um contador de histórias tão bom aguardando todos esses anos dentro de meu pai. Ele prolonga o suspense até quase começarmos a sacudi-lo; nos faz cair na gargalhada com piadas inesperadas. Minhas histórias preferidas são sobre sua vida na Índia. Mas, até agora, ele não nos contou nenhuma história envolvendo minha mãe, embora a mencione – com amor e com tristeza – de passagem.

De vez em quando, meu pai trabalha cantando, principalmente músicas de filmes, embora às vezes uma melodia insistente muito mais velha volteie pela casa como fumaça de lenha. Elas me deixam nervosa, essas melodias, como se houvesse algo dentro do meu peito que quisesse escapar. Sinto um formigamento nos dedos, preciso pintar – algo que não consigo fazer desde a morte de minha mãe.

Quando pergunto, ele me diz que são músicas folclóricas que os trabalhadores do campo cantam em Bengala. Ele as aprendeu nas férias escolares quando visitava o tio, que era o vice-superintendente da propriedade da família real de Nataal. Sinto uma história aqui. Não, histórias metidas nos envelopes de outras histórias, o equivalente a uma agência de correios cheia de histórias, deixando-me tonta de impaciência.

Mas hoje, meu pai nos conta que não há tempo para andar à toa, ouvindo histórias bobas. Amanhã é um grande dia. Folhetos foram distribuídos por intermédio de Marco e seus amigos, anúncios foram colocados no *East Bay Express* e no *India West.* Cedi e deixei meu pai usar Sonny como nosso agente publicitário, e ele andou fazendo a propaganda de nosso novo conceito na boate. Temos que estar prontos, insiste meu pai. Ele precisa fazer mais um lote de *gawja*, aqueles losangos crocantes de massa frita cobertos de açúcar. Não ficou satisfeito com a consistência do açúcar derretido da última vez. Asseguramos-lhe que as *gawjas* estavam deliciosas, mas ele balança a cabeça. Nada menos que a perfeição servirá para nossa grande reinauguração, como ele chama. Ele encarrega Belle de escrever nosso cardápio no quadro. Ela pergunta se deve oferecer breves descrições dos itens, mas ele diz que não. Nada de apelação para turistas aqui, acrescenta severo. Esta é uma legítima casa de chá. Se as pessoas perguntarem, você pode explicar. Mas ficará surpresa de ver o quanto elas já sabem – e o quanto podem aprender sozinhas. Jespal, que acabou de entrar, foi encarregado de tirar o pó dos móveis. Quanto a mim, ele me expulsa lá para fora para pintar. O nome novo tem que estar pronto quando abrirmos amanhã. Concordo, meio surpresa com seu jeito alvoroçado de administrador. Será que as personalidades que se escondem na pele de meu pai são infinitas? Não faça um serviço matado, ele recomenda entrando na cozinha.

Risco as letras, depois começo a preenchê-las. *Kurma House.* Meu pai é o autor desse nome. Ele gosta da piada,* da idéia de uma palavra escondida por baixo de outra, a ser revelada quando o vento muda, ou quando o espectador aperta os olhos. Mostrei a ele que *kurma* é um prato, algo que não planejamos servir. Ele dá de ombros. Somos artistas, Rakhi, diz com desdém. Será que devemos nos prender ao sentido literal?

Sentir o pincel na minha mão, pesado de tinta, é muito bom. Embora isso não seja a mesma coisa que fazer a composição de um quadro, há semelhanças. O movimento do pulso quando bato com ele na beira da lata, a curva do braço quando risco o topo do *K.* Eu não havia percebido a falta que meu corpo sentia desses movimentos.

Enquanto pinto, meus olhos vagueiam para dentro do bar. Jespal limpou muito bem a vidraça – é quase como se não houvesse vidro. Ele dita os itens da lista que meu pai

---

* A autora joga com a polissemia da palavra *kurma* que, como substantivo próprio, é o nome tanto de uma divindade hindu quanto de um dos principais defensores da cozinha vegetariana pura e natural, Kurma Dasa, de nacionalidade australiana. Como substantivo comum, designa um prato à base de vegetais. (N. da T.)

preparou e Belle os copia no quadro. De vez em quando, seus olhos se cruzam e eles sorriem timidamente. De repente, ocorre-me que, em um ano, eles estarão casados. (Será isso profecia, intuição ou apenas uma suposição? Até onde posso confiar nisso, eu que não sou minha mãe?) Vendo-os, sinto-me a um tempo feliz e sozinha. Não é a solidão de não ter um companheiro, mas algo mais primitivo. Como se eu fosse o único ser que sobrou deste lado da vidraça, enquanto o resto do mundo – feliz, insensível – vivesse a sua vida do outro lado. O resto do mundo se dá conta da minha presença, até acena para mim de vez em quando, como Belle estava fazendo, mas não sabe como é a sensação de estar olhando para dentro, acenando de volta, sem conseguir passar para o outro lado.

Será que foi assim que minha mãe se sentiu quando deixou sua comunidade de intérpretes e perdeu a capacidade de sonhar?

Após sua lentidão inicial, meu pai fez grandes progressos na tradução dos diários. Conta-me que entrou num ritmo, acostumou-se ao estilo de minha mãe. Acho que se viciou neles tanto quanto eu. Que os procura com a mesma avidez. Chegamos a um acordo tácito de não os discutir. Receio que isso o deixe constrangido, na defensiva, agora que muitas das entradas são sobre a vida conjugal deles. Mas, às vezes, não consigo deixar de observá-lo disfarçadamente, tentando vê-lo com os olhos de minha mãe.

Estou na metade da pintura quando torno a sentir aquele formigamento estranho na nuca. Qual a razão disso? As pessoas andam me observando desde que comecei o letreiro. Marco veio me perguntar o que eu estava fazendo, o Sr. Jamison da loja de arte veio tentar descobrir o que íamos vender agora, estranhos que esperavam no ponto de ônibus olhavam, tentando adivinhar as palavras antes de terminadas. Mas isso é diferente – há uma maldade nesse olhar que me vara as roupas, a pele e me entra na coluna como uma agulha de gelo.

Olho cautelosamente na vidraça, mas já sei. É a gerente, parada na frente do Java, dando uma fumadinha. Ela não está olhando para cá, mas sinto a intensidade de sua atenção. Há um peso em meus ombros. Meu braço dói do esforço de mantê-lo erguido. Minha mão treme, e, quando tento continuar, borro tanto o *O* que não dá para consertar.

– Como está indo? – pergunta meu pai da porta, fazendo-me pular e borrar o *H* também.

– Olhe o que você me fez fazer! – digo, disfarçando o medo com a irritação. Isso não é bem verdade, e ele sabe, mas nada diz para se defender. Traz uma caixa de trapos e os mergulha em solvente e me ajuda a limpar as letras estragadas. Enquanto as refaço, ele fica ao meu lado, os braços cruzados. Penso em dizer: *Não olhe, está me deixando nervosa,* mas aí percebo uma coisa. Sua presença me dá uma sensação de calma, de proteção, como se ele fosse um escudo. Sinto a força maligna bater nele e ricochetear, sem conseguir atravessar. A força forma uma onda e torna a bater nele, com força. Observo-o com cuidado na vidraça, mas não há sinal de que ele sente alguma coisa.

– Papai – digo –, não olhe agora, mas está vendo aquela mulher na frente do café?

Ele se vira para olhar. Meu coração palpita e eu agarro o braço dele e puxo-o para trás.

– Não acabei de lhe dizer para não olhar! – sibilo.

Não lhe falo da idéia que me passou pela cabeça como um raio – se seus olhos encontrassem os dela, ela o transformaria em pedra, como Medusa, ou o encantaria, como Circe. Que bobagem, afirmaria ele – e não estaria certo?

Ele abaixa a cabeça numa atitude conspiratória, olhando-me no vidro. Seja qual for o jogo que você esteja fazendo, diz sua expressão bem-humorada, estou disposto a jogar também.

– Sua concorrente, hã? – diz ele com um sorriso. – Mas agora não é mais. Estamos prestes a fazer algo completamente diferente, algo com que ela não pode se igualar. Olhe só, *beti*! – Ele aperta meus ombros. – Devo informá-la, sem nenhuma modéstia, que me superei com a *gawja.* Entre e prove algumas. Vocês vão ficar fascinadas, como vocês meninas gostam de dizer.

Ele abre a porta e fica segurando. Entro. Atrás de mim, tentáculos de maldade tentam me agarrar uma última vez, escorregam em mim. Mordisco as *gawjas*, que estão deliciosas como meu pai prometeu, e tento organizar minhas confusões.

É a isso que chego. Não é nada satisfatório.

1. Se há um outro nível de existência, meu pai não tem consciência dele.

2. Sua falta de sensibilidade para esse nível protege-o dele de alguma forma.

3. Ou sua cegueira o coloca mais em perigo?

4. Poder-se-á chamar a esse nível tempo do sonho?

5. O homem de branco pertencerá ao tempo do sonho, assim como, de uma forma diferente, mais sinistra, a gerente pertence? Será este o mundo a que minha mãe tinha acesso por causa de seu dom?

6. Nada disso é verdade; a única verdade é que estou pirando.

– Rikki! – exclama Belle vindo da cozinha com uma pilha enorme de pratos de papel. – Não acredito! Você comeu a bandeja inteira de *gawjas!* Ali deve ter umas 40 mil calorias, garota! Agora você vai passar a noite inteira com dor de barriga e vomitando e a gente não vai conseguir fazer a inauguração amanhã!

Olho horrorizada para a bandeja vazia. Ela tem razão. Já me sinto estufar. Provavelmente também vou ter uma irupção.

– Meninas! Meninas! – diz meu pai. Sorri todo orgulhoso dessa prova de seu sucesso, não importa que sua filha se sinta como um dirigível superinflado. – Minhas *gawjas* não podem lhe fazer mal! Lembra-se daquela música que você vivia cantando na época da faculdade, enlouquecendo a gente? *Don't Worry, be Happy* [Não se preocupe, seja feliz]. – Ele canta o refrão, com a voz misteriosamente igual à de Bobby McFerrin. – Tudo vai estar perfeito amanhã.

Amanhã chega antes do que penso. Eu esperara ficar rolando na cama sem conseguir dormir de ansiedade e preocupação, mas meu sono é doce e imediato e refrescante, como um gole de calda de *rasogolla.* Acordo e me deparo com uma manhã fresca e límpida, um céu feito espirradeiras brancas. Quando saio para pegar o carro, há um pássaro no pé de bordo, um que eu nunca vira nesta parte do estado. É grande e cinzento, com olhos inteligentes de *mihidana.* Observa-me compenetrado, sem nenhum sinal de medo. Vou lá dentro correndo chamar meu pai, mas, quando voltamos, o pássaro já foi embora.

Poderia ser um presságio?, pergunto.

O que é presságio?, retruca ele.

Suspiro. Não quero discussão nenhuma entre nós hoje, mas sei isso: o universo nos manda mensagens, sim. O problema é que a maioria de nós não as sabe ler.

É nessas horas que sinto mais falta de minha mãe.

Quando chegamos ao bar, a primeira coisa que vejo é uma grande faixa em cima da porta do Java. COMEMORAÇÃO DE

ANIVERSÁRIO, grita em letras coloridas cintilantes. SORTEIO DE PRÊMIOS! COMIDA GRÁTIS!

Viro-me para meu pai, chocada.

– Que mentira! Eles só têm poucos meses de funcionamento. – Mas parece que ninguém mais notou. Ou vai ver que as pessoas não estão nem aí. Em frente à entrada do Java, há um chorrilho de gente chegando como carneiros. Da gerente, não há sinal. Ela está no caixa, sem dúvida, exultando ao recolher um dinheiro que deveria vir para nós.

Lá dentro, Belle está largada, encostada no balcão, muito desesperada para ficar indignada.

– Mais uma vez, ela foi mais esperta que nós – sussurra. – O que vamos fazer com todos os suprimentos que compramos? E aqueles doces que o senhor fez ontem à noite, Sr. Gupta? Vão ser todos desperdiçados. Todas as suas economias indo por água abaixo, todo o seu trabalho, só porque tentou nos ajudar.

Meu pai também parece meio abalado, mas lhe dá tapinhas no ombro.

– Anime-se, Miss B! – diz. – Um dos seus heróis americanos não disse: Enquanto não acabar, não acabou? – Ele entra na cozinha. Ouvimos as panelas batendo, e, pouco depois, um apito.

Belle me empurra.

– Vá lá dentro detê-lo. Vai ser um horror se ele fizer mais daquelas coisas maravilhosas e não tiver ninguém para comer.

Mas, quando entro lá, esqueço o que fui dizer, porque ali, num pequeno cubículo ao lado do enorme fogão a gás, está uma foto em preto-e-branco de uma jovem. Acho que é minha mãe – mas é uma foto antiga, de uma época em que eu nem era nascida, então não sei ao certo.

Onde meu pai a escondeu esses anos todos?

Na foto, minha mãe, se essa for ela, olha preocupada para um lado da câmera. Examino de perto, esperando captar um vislumbre das cavernas de sonho de que ela falou no diário, mas o terreno ao redor dela é aberto e plano. Que lugar é esse? Não há relva, não há árvores, só asfalto sob os pés dela e uma silhueta cinza-metálico borrada em segundo plano. Então me ocorre. Ela está num campo de aviação, preparando-se para embarcar no avião que vai trazê-la para os Estados Unidos. Não admira que pareça nervosa. Está prestes a deixar tudo o que conhece para acompanhar um homem que só viu algumas vezes – uma decisão que todo mundo próximo a ela considera um enorme erro. Talvez ela esteja se perguntando se atravessar o oceano vai mesmo fazê-la perder seus talentos, como lhe avisaram. Porém, há mais alguma coisa em seu olhar – uma determinação, uma alegria estranha. Percebo que estou vendo algo que nunca vi na vida. Minha mãe apaixonada.

Fecho os olhos, tentando evocar a expressão de minha mãe com que estou familiarizada. Como era normalmente? Divertida com minhas loucuras? Solidária e reservada? Mas só consigo ver a cara na fotografia. Irritada, balanço a cabeça tentando acender uma luz nela. Mas a foto me controla. De agora em diante, é assim que serei obrigada a imaginar minha mãe, como uma estrangeira mais jovem que eu, e mais esperançosa.

Se minha mãe pôde arriscar tanto para ir atrás de seus sonhos, então, como sua filha, não posso assumir esse pequeno risco que hoje tenho diante de mim? Ela teve que empreender sua viagem sozinha – eu tenho a sorte de ter uma amiga e um pai comigo.

Não digo a meu pai para parar. Em vez disso, observo-o preparar uma imensa tigela de massa de *pakoras*, acrescentando cebola picada, espinafre, uma combinação de especiarias. Que linda a maneira como suas mãos juntam a farinha de *besan,* vertem a água quente.

– Não fique só aí parada – diz-me ele. – Corte os chiles verdes e jogue-os aqui dentro. – Ele testa o óleo e começa a fritar a primeira leva de bolas. Aí, a campainha da porta toca.

Nosso primeiro cliente!

– Bem na hora – diz meu pai.

Vou correndo para a frente e vejo Sonny entrando na casa. Logo Sonny! Quando estávamos casados, nada menor que um desastre natural o obrigaria a sair da cama antes do meio-dia. Quando começou nossa guarda compartilhada, ele teve que contratar uma mulher para levar Jona para a escola, porque não conseguia levantar na hora.

– Ah, é você – digo. – Achei que fosse um cliente de verdade.

– Você não devia mesmo ficar tão entusiasmada assim quando me vê – diz. – Faz mal para o seu coração, agora que você está ficando mais velha. – Vira-se para Belle. – Achei que eu devia vir para ver como estavam as coisas. O que foi que houve? Eu tinha certeza que haveria mais gente aqui.

Belle aponta com tristeza para a vidraça com a faixa COMEMORAÇÃO. Sonny ergue a sobrancelha, o que significa que está pensando. Pouco depois, diz:

– Bem, então vou fazer vocês darem a partida aqui. – Pede um prato de *pakoras* e uma caixa de *sandesh* para viagem, e dá um pulo na cozinha para conversar com meu pai.

– Será que devemos cobrar dele? – sussurra Belle para mim. – Afinal de contas, ele é meio da família.

Hesito, sem saber direito qual é a etiqueta em relação a ex-marido. Foi mesmo decente da parte dele ter vindo, especialmente depois daquela briga do jantar, que foi mais minha culpa do que dele. Decidimos lhe oferecer as *pakoras* de graça mas cobrar o *sandesh*.

Ele sai da cozinha mastigando um prato cheio de *pakoras* que meu pai deve ter-lhe entregado.

– Estão ótimas! Eu não sabia que o pai tinha esses dotes ocultos. Quer uma?

Ele não é seu pai, digo-lhe mentalmente. Ele sorri como se soubesse exatamente o que estou pensando e me dá os parabéns pela pintura. Brinca com meu pai sobre o nome novo e lhe diz que espera comer uma *kurma* de verdade da próxima vez que vier.

– Claro, *beta* – diz meu pai. – Vou fazer especialmente para você. Basta me avisar com uma hora de antecedência.

Ele não é seu beta, digo mentalmente a meu pai.

Antes de sair, Sonny vai até Belle.

– Você está ainda mais bonita do que já é – diz. – O que está havendo? Está apaixonada? – Quando ela enrubesce, ele ri, uma risada encantada, contagiante. Ficamos olhando enquanto ele desce a rua, o pacote de *sandesh* balançando na mão esquerda, o telefone celular na direita, ainda sorrindo.

– Entendo por que você casou com ele – diz Belle. – Ele consegue mesmo ligar aquele charme.

– E desligar – digo com azedume vendo-o falar animadamente ao telefone. – Deve estar falando com a namorada – acrescento. – É a vez dela de se aquecer em cinco minutos com o charme de Sonny.

Belle me olha apertando os olhos.

– E por que você haveria de se importar se ele estiver falando com a namorada? Riks, você ainda...

– Não – corto. – E não me chame de Riks. – Vou até as mesas e limpo-as mais uma vez, embora elas já estejam imaculadas.

Mas fiz mau juízo de Sonny. No correr do dia, vários amigos dele – músicos e colegas DJs – entram no bar. Eu não os via desde que saí de casa. Sinto-me constrangida recebendo-os na Kurma House, mas parece que aceitaram nosso rompimento quase sem pestanejar. No mundo deles, essas coisas devem acontecer todos os dias. Sonny deve ter ligado e pedido que eles aparecessem. Muitos manifestam interesse em conhecer o novo *chef*, então ele deve ter contado a eles sobre meu pai, também. Meu pai vem da cozinha fazendo uma entrada teatral, carregando no alto uma tigela verde-esmeralda de *chutney*, e os impressiona declamando a história de vários pratos. O pudim de arroz, diz, é uma das sobremesas mais antigas da Índia, mencionado até no *Ramayan*. Foi o que os deuses mandaram para as rainhas estéreis do Rei Dasharath para torná-las férteis. Ele aponta para o *laddus* e informa aos amigos de Sonny que são feitos pela mesma receita que o cozinheiro de Duryodhan usou no *Mahabharat* para atrair e envenenar seu primo Bheem – sem o veneno, obviamente. Olho desconfiada para ele, mas os amigos de Sonny adoram aquilo. Pedem quantidades substanciais, deixam gorjetas gordas na mesa. Jespal traz um grupo de colegas de trabalho para almoçar, e promete voltar depois do expediente com mais gente. Há meses nossa casa não vê tanto movimento, mas não estou feliz. Não podemos tocar um negócio baseado no apoio dos amigos. Estranhos – como os que se acotovelam para entrar no Java – é do que precisamos.

Mas como atraí-los?

Depois da hora do almoço, a casa esvazia. Belle fica zanzando pela cozinha. Refaço o prato de *laddus* e olho pela janela de quando em quando para ver se ainda há muita gente em frente ao Java. Há. O prato de *laddus* só ficou um pouco desfalcado, e algumas das outras sobremesas ainda estão intocadas. Se um número bem maior de clientes não aparecer até o fim do dia, vamos ser obrigadas a fazer o que Belle previu – jogar tudo fora.

Meu pai também parece preocupado. Diz que precisa de ar puro e puxa uma cadeira para a rua. Quando saio para pegar o carro e buscar Jona na escola, ouço-o cantando baixinho enquanto massageia o braço que quebrou. A letra não é conhecida, mas a corrente de melancolia ecoa dentro de mim mesmo depois que já não posso mais ouvi-lo.

No cruzamento, olho para trás e vejo com surpresa que ele está conversando com um homem que não conheço. O estranho tem mais ou menos a idade de meu pai e, como ele, é indiano. Sei deste detalhe não pela cara dele (ele está de costas para mim), nem pelas roupas (está de *jeans* e camiseta), mas sim por seus gestos. Meu pai, também, faz os mesmos movimentos de braço curvos e insistentes, os mesmos dramáticos acenos de cabeça, para cima e para baixo. Não são gestos que Belle nem eu – nem mesmo Jespal, apesar do zeloso hábito do turbante – usamos. Os ritmos do corpo... como separam as pessoas!

O sinal abre, o mar de gente avança e eu acompanho, todos nós com aquele passo americano idêntico e apressado.

Chego à escola e encontro Jona aos prantos. Ela não encontra a merendeira. É uma nova, diz-me, vermelha e preta, com um dragão aplicado em cima. É especial. Procuramos na sala de aula e depois nos pátios, mas não há sinal dela.

Finalmente, desistimos e entramos no carro. Estou cansada e frustrada, e Jona continua chorando. Eu já devia estar de volta no bar há uma hora para revezar com meu pai e ele poder descansar um pouco na cozinha.

– A gente devia ter procurado mais – diz Jona. – Agora meu dragão vai voar e nunca mais vai voltar.

Não quero cortá-la, passamos tão pouco tempo juntas ultimamente, mas, quando vi, já tinha falado.

– Não seja boba. Não é um dragão de verdade. Mas você devia ter tomado mais cuidado com a merendeira.

– Você vive brigando comigo – diz. – Eu queria que o Sonny tivesse vindo me buscar em vez de você. Ele ia procurar mais. Não ia me chamar de boba.

Agarro o volante com força para não virar para trás e lhe dar um tapa. Como os filhos conhecem o procedimento exato pelo qual um pai ou uma mãe comedido pode se transformar num louco furioso?

Respiro fundo até poder controlar a voz. Então, digo:

– Eu queria que seu pai não lhe desse todas essas coisas extravagantes que são uma tentação para as pessoas roubarem.

– Você não sabe se ela foi roubada – diz Jona. – Não pode culpar ninguém sem prova.

Onde eles aprendem a falar assim?

– Podia estar embaixo de um dos pés de bordo do outro lado do pátio – acrescenta. – Você não me deixou ir lá. E, além do mais, o Sonny não me deu a merendeira.

– Então quem deu?

– A Eliana.

Encosto o carro no meio-fio e desligo o motor. Viro para trás e olho para Jona. As lágrimas deixaram riscos escuros em seu rosto, e, por um momento, fico tentada a não falar mais no assunto. Mas não, isso já foi longe demais. Não posso mais deixá-la confundir realidade e fantasia.

– Jonaki – digo com firmeza. – Não existe nenhuma Eliana. Quero que você me diga quem lhe deu de verdade aquela merendeira. Senão... – Minha voz treme agora, e não apenas de raiva – ... será que acabamos de passar uma hora e meia procurando uma merendeira que nem existe?

Ela olha pela janela.

– Jonaki, estou falando com você! – Fico chocada com o tom duro e alto dessa voz que me sai da boca. Nunca falei assim com minha filha. Mas não consigo parar. – Responda! Já!

Jona se encolhe no banco.

– É como a Eliana disse – sussurra. – Ela disse para eu não falar dela com você. Disse que você não ia acreditar em mim e ia ficar danada.

Sua voz baixinha, meio entrecortada, me atravessa como uma faca. Fecho os olhos bem apertados. Que diabo estou fazendo?

Quando abro os olhos, vejo Jona me olhando de trás de uma treliça de dedos, os olhos arregalados de medo.

– Sinto muito, neném – digo-lhe. – De verdade. As coisas foram complicadas hoje lá no bar, mas isso não é motivo para eu descontar em você. Eu compro outra merendeira para você se não acharmos essa. – Terei que acompanhar as perguntas que voam em volta de mim como mosquitos, aguardando uma oportunidade para picar. Tais como: Quando e onde Eliana (se é que existe uma Eliana) deu a merendeira a Jona? E, se não, o que está se passando dentro da cabeça de minha filha?

Talvez Sonny tenha alguma das respostas. Terei que pegá-lo sozinho, para poder lhe perguntar.

– Você me desculpa? – digo a Jona, com o melhor sorriso que consigo. Ela faz que sim com a cabeça, mas não pega a mão que ofereço, e, quando a deixo na Kurma House antes de estacionar o carro, ela entra correndo sem olhar para trás.

O homem entra no bar quando a tarde cai, e, depois de um momento de confusão, vejo que é o estrangeiro com quem meu pai estava conversando mais cedo.

Estamos nos preparando para fechar. Pingaram algumas pessoas durante a tarde, mas não o suficiente, e há uma quantidade enorme de comida dentro da vitrine, aguardando ir para o lixo. O batom de Belle está comido, o cabelo, escorrido com o peso do fracasso. Meu pai tem os ombros caídos, e, antes de ele entrar na cozinha, vejo que está mancando, como mancava logo depois do acidente. Quanto a mim, estou sobretudo anestesiada. Dou de comer a Jona e ajudo-a com o dever de casa (tenho muito tempo, afinal de contas), e ela me ajuda a limpar o vidro onde escrevi nosso nome novo apenas 24 horas atrás. Vejo os doces – preparados e empilhados com tanto carinho – refletidos ali e tenho vontade de chorar.

O homem pergunta por meu pai e, quando ele aparece, fala com ele numa língua indiana corrida que não conheço. Meu pai responde-lhe, embora com mais hesitação. Ambos pontuam seu discurso com aqueles enfáticos gestos de mão codificados que eu já havia notado mais cedo. A língua não é bengali, isso eu posso dizer. Lanço um olhar interrogativo para Belle, mas ela balança negativamente a cabeça. Seus pais insistiram para que ela aprendesse híndi e punjabi na adolescência, mas, depois que saiu de casa, ela envidou esforços, de maneira geral, com bom êxito, para esquecer as duas.

Quando os homens terminam a conversa, o estranho faz para meu pai um *salaam* surpreendentemente elegante e sai. Meu pai o acompanha com o olhar.

– O que é, vovô? – pergunta Jona. – O que ele queria?

– É a coisa mais incrível – diz ele. – Ele me ouviu cantando hoje à tarde... cantarolando, na verdade... e parou para ouvir. Perguntou se eu sabia alguma outra canção híndi. Respondi que sabia algumas. Ele não disse nada na hora, mas agora veio perguntar se eu estaria disposto a cantar para os amigos dele se eles viessem aqui. Todos eles adoram músicas de filmes, especialmente dos antigos, e não há nenhum lugar onde possam ouvi-las ao vivo. Eu disse que cantaria com prazer. Ele falou que ia buscar os amigos. Então, senhoras, podemos ficar abertos mais um pouquinho?

Concordamos. O que temos a perder, no ponto em que estamos? Uma hora se passa. Jona cochila. Começo a desconfiar que meu pai não entendeu bem o homem. Então, ouve-se um barulho à porta, e um grupo mais ou menos da idade de meu pai entra. Uns vestem roupas ocidentais, outros calça e *kurta*, mas o que mais reparo é nas caras deles. Enrugadas, sem vergonha de mostrar a idade, elas fazem alusão a acontecimentos passados vividos em lugares muito diferentes deste aqui, a dificuldades e vitórias que nem imagino muito bem. A palavra *estrangeiro* me ocorre de novo, embora eu saiba que é irônica. Eles são meus conterrâneos. Temos a mesma cor de pele. Olho da cara deles para a de meu pai. Será que a dele tem a mesma expressão? Mas estou muito perto dele para dizer.

Os homens pedem modestamente: chá e *jilebis*. Dão alguns golinhos, uma mordidinha ou outra. Com uma cortesia constrangida – talvez não estejam acostumados a falar com desconhecidas –, dizem a Belle e a mim que tudo está *bahut achha*. Mas sua atenção não está na comida. Tão logo meu pai puxa uma cadeira, eles começam a interrogá-lo. Sabe as músicas de *Anand*? De *Guide*? Dava para ele cantar *Gaata Rahe Mera Dil*?

E meu pai, que só cantou para si mesmo até agora (nós fomos meramente panos de fundo para sua vocalização), se lança na melodia, a voz tornada mais verdadeira pelas esperanças dos estranhos. Os homens balançam a cabeça no ritmo – obviamente, sabem a letra, também, mas submetem-se ao talento de meu pai. Pouco depois, um deles saca do bolso uma gaita, enquanto outro tira de uma bolsa que eu nem vira um tambor revestido nas duas extremidades. Quando meu pai começa a cantar outra música (– Cante para nós uma gana de *Sholay*, Bhaisaheb!), eles o acompanham, enchendo nosso bar de alegria, fazendo Jona sentar-se direito com um sorriso sonolento. Eles esqueceram a nossa presença – até meu pai. A música continua durante as duas horas seguintes, canção após canção, sem intervalo. Quando a melodia é particularmente conhecida, dois ou três dos homens levantam-se e dançam, os passos sem pressa, sem constrangimento, os lenços coloridos que surgem em suas mãos como lenços de mágico subindo e descendo em câmera lenta.

Quando meu pai finalmente pára, sem fôlego, os homens não aplaudem. Para eles, o que aconteceu nesta casa não foi uma apresentação mas sim uma cerimônia, algo de que participaram. Belle e Jona e eu aplaudimos, porém. Nossos aplausos ecoam atrás de nós enchendo a sala, e, quando me viro, vejo outras pessoas. Será que elas viram os músicos e vieram saber o que estava acontecendo? Sonny também está ali, para levar Jona para casa. Dá um assobio fino e grita algo que não entendo. Os homens abrem um sorriso.

– Última chamada para a comida – grita Sonny quando o povo começa a se dispersar. – Esta é a sua oportunidade de provar petiscos bengalis feitos por um dos maiores *chefs* de Calcutá! – Acho que não vai funcionar, mas algumas pessoas vão até os balcões de vidro. Acabamos vendendo mais do que esperávamos. Ainda temos que dar comida para Marco, mas, quando fechamos a casa, é com uma curiosa sensação de realização.

– Bem, pai – diz Sonny saindo atrás de nós, carregando Jona –, talvez você esteja na bica de alguma coisa.

Meu pai faz um movimento de ombros cauteloso, mas está sorrindo.

Todas as noites os homens voltam para fazer música. Se meu pai não sabe a canção que pedem, eles simpaticamente solicitam outra. (Mas meu pai está aprendendo, também. Sonny lhe trouxe mais fitas e até um aparelho de caraoquê para ele poder estudar em casa.) As notícias de nossos serões se espalharam, pois, um dia, um afro-americano entra com um tambor alto e entalhado, e um flautista que parece ser da América do Sul. Uma semana depois, aparece um *hippie* com uma trança e um pandeiro. Os homens olham com curiosidade a lustrosa cabeça raspada do afro-americano. Alguns fitam a sereia tatuada no bíceps do *hippie*. Mas se mexem e dão lugar para eles, e balançam a cabeça em sinal de aprovação quando ouvem como os novos instrumentos dão mais timbre às canções. Uma platéia pequena mas regular se reúne para ouvi-los. É gente que gosta de música, não de comer muito, mas nosso negócio começa a deslanchar.

– Eu nunca imaginei que houvesse gente interessada em ouvir músicas indianas antigas – diz-me Belle. – Ora, a maioria não entende uma palavra do que está ouvindo.

Ela tem razão. Há alguns sul-asiáticos aqui, mas nossa platéia é sobretudo uma mistura de várias raças.

– Acho que a boa música atravessa todas as fronteiras, como a boa comida – digo.

Mas desconfio que os ouvintes continuam voltando porque são atraídos, como eu, pelos velhos. Há um enigma envolvendo-os – de onde vêm, por que deixaram aqueles lugares distantes. De que precisaram abrir mão para sobreviver na América. Observá-los nos tira da familiaridade acanhada de nossas vidas e nos coloca dentro de uma possibilidade maior, *era uma vez, numa terra muito, muito distante.*

Foi por isso que briguei com minha mãe, enquanto ela insistia que a única magia está no *agora.*

Porém, o que mais impressiona quando eles fazem música é sua alegria de descobrir, como um oásis inesperado confinado no meio de uma árida extensão de dunas, algo que nunca imaginavam encontrar aqui na América. É um prazer assistir ao prazer deles.

Com o negócio se estabilizando, tornamos a contratar Ping para tratar do mais fácil turno da manhã. Meu pai, sustentado por seu sucesso duplo como *chef* e astro cantor, começa a vir de carro para o bar. Volto para meu apartamento. Jona volta a repartir seu tempo entre a mãe e o pai.

Eu esperara ficar felicíssima de voltar para casa, mas me admiro de ver que me sinto sozinha. Apesar de toda minha irritação com ele, sinto saudades de meu pai e de nossas breves conversas à noite. Ele anda muito ocupado para avançar mais nos diários, e isso, também, me deixa impaciente. E embora eu esteja encantada de ter Jona comigo, admito com culpa que perdi o hábito de organizar meu dia em torno das exigências criadas pela presença de uma criança. Estar com ela me deixa agitada. Tenho saudades de minha mãe quando ela está por perto. Quando ela faz uma cena ou fica me olhando com uma teimosia diferente, tenho vontade de chamar minha mãe para pedir conselhos. Começo a sentir sem querer um respeito por Sonny, por todos aqueles dias em que ele cuidou de Jona sem se gabar nem reclamar.

Minha pintura estacionou. Até mesmo Jona com suas cenas fogosas está indo melhor que eu. Foram vendidos mais dois quadros na Atelier, mas não sinto a empolgação que achei que sentiria. Sinto-me desligada da obra que produzi antes – como se ela tivesse sido pintada por outra pessoa, por quem eu não tinha nenhuma admiração especial. Há um clima estático, particularmente, em meus quadros sobre a Índia. Como diria minha mãe, eles não são autênticos.

Quero criar algo novo, algo diferente e mágico, só que não sei o que seria. Não posso replicar a paisagem de árvores com o homem de branco, sei disso. Em arte, algumas coisas que se alcançam só acontecem uma vez.

Dê tempo ao tempo, diz Belle. Você passou por muita coisa recentemente.

Como posso lhe explicar que, em cada dia que passa sem que eu pinte, há um vazio, uma sensação de desperdício?

Estou sonhando todas as noites, mas não me lembro de nada. É como se houvesse uma parede dentro de mim, construída (mas por quem?) para me proteger de algo muito doloroso para suportar. Meus sonhos acontecem do outro lado dessa parede. Acordo de manhã com uma vaga lembrança de cores, risadas sussurradas, cheiro de comida ou de praia, uma sensação de perda. Estou convencida de que as duas coisas estão ligadas, o fato de eu não pintar e o de não sonhar. Mas não sei como quebrar a divisória, e, na verdade, tenho medo.

Preocupo-me com essas coisas só aos arrancos. Em geral, estou ocupada e grata com a reviravolta inesperada na sorte da Kurma House. Nossa platéia continua crescendo. Uma mulher asiática juntou-se aos músicos. Usa uma capa preta e toca *samisen*. Ainda não tive tempo de me perguntar como nossa concorrente em frente se sente em relação ao nosso sucesso. Talvez meu pai tenha razão: eu não devia pensar mais nela como uma concorrente. Na Kurma House, estamos fazendo algo único que ela jamais poderia imitar. Ela tem o espaço dela, eu, o meu.

Tarde da noite, apagamos as luzes, trancamos o bar e vamos até o estacionamento. Às vezes, Jespal está conosco. Ou Sonny, se for uma de suas noites de folga. Mas em geral vou caminhando entre meu pai e Belle, carregando uma Jona adormecida. Sinto uma dor gostosa nos músculos. As ruas estão vazias a essa hora, pois a Kurma House fica aberta até mais tarde que os outros estabelecimentos comerciais da redondeza. Às vezes meus olhos são atraídos para o quadrado apagado da janela do Java. Será mais escuro que qualquer outro lugar, um escuro de tinta de lula, escorrendo para nos tocar? Estou sendo fantasiosa. Se eu esfregasse os olhos e tornasse a olhar, seria uma janela como outra qualquer. Além do mais, por que eu deveria ter medo? Entro no carro e dou até-logo para meu pai e minha melhor amiga. Sinto-me expansiva, cumulada de bênçãos. Envio um pensamento simpático para a gerente loura, onde quer que ela possa estar, e parto com minha filha para casa.

26

Ela acorda no meio da noite, já envolvida no sonho, fios de sílabas destacadas, retalhos de cor desbotada. Acorda com a campainha do telefone e sente as batidas surdas de seu coração com o peso do *déjà-vu* do medo. Quer se afundar na cama, fingir que não ouve o telefone até ele parar de tocar, mas se lembra de como uma relutância daquelas já a levara à tragédia uma vez. Se não tivesse desligado o telefone naquela noite, será que teria conseguido encontrar a mãe ainda com vida?

Tais são as perguntas que lhe ocorrem no escuro. Para calá-las, ela atende o telefone.

É Sonny. Isso não a surpreende. Surpreende-se, porém, que não esteja irritada. Outra hora qualquer, precisará pensar sobre o significado disso. Agora, ele lhe conta que Jona está com febre.

– Dei Tylenol a ela e muita água, e a temperatura baixou um pouco, mas ela está chorando e chamando você. – Ele termina a frase num tom crescente, como se fosse uma pergunta, o que na realidade é.

Em resposta a essa pergunta tácita, ela entra no carro. Atravessando as ruas de madrugada, repete o nome da filha,

Jona, Jona, Jona, como um feitiço. Criança sempre tem febre, ela sabe disso. Mas, depois da perda, ela passou a ter outro tipo de medo. Sua velha companheira, a voz interior, atropela. *Você não estava com ela quando ela precisava de você – que mãe é essa?*

Mas por baixo de tudo isso há outra mulher procurando um carro preto. O que fará se ele aparecer? Conseguirá prosseguir na rota que o dever traçou para ela? Há uma atração estranha na idéia de dar uma guinada para desviar de todos os papéis problemáticos de sua vida (mãe insegura, amiga carente, pintora bloqueada, empresária insegura, sonhadora cega, filha ressentida, ex-mulher possessiva) e entrar numa vaga desconhecida, um ser imprevisto. Mas o universo, que só dá quando quer, escolhe não tentá-la essa noite.

Mais uma vez na casa da agonia. Ele deixou a porta destrancada, um hábito que causava briga entre eles quando eles brigavam por causa de coisas, antes que ela optasse por ir embora porque sua vida era curta para que a desperdiçasse tentando fazê-lo ser como ela. Sim, era por causa disso que eles realmente brigavam, ela vê de repente, como a chama de um fósforo. Pela primeira vez, vê o absurdo desse fato. *Eu não gostaria se ele quisesse me transformar à imagem dele, gostaria?*

– Cheguei – grita ao entrar, sobretudo para se lembrar de que essa casa não é o lugar dela, que sua chegada deve ser anunciada e monitorada. Segue a resposta abafada dele até o dormitório principal. É difícil para ela passar o limiar de um espaço onde (ela sabe disso como sabem as mulheres que já foram casadas) Sonny já trouxe outras mulheres. Então, vê Jona encolhida na cama, afogueada e tremendo debaixo de uma colcha, e esquece as coisas menores.

Horas se passaram, tigelas de água fria foram trazidas, compressas molhadas aplicadas na testa da menina. A menina sua e tirita alternadamente, dá um abraço na mãe de doer as costelas, afasta-a, manhosa. Pede um copo d'água, mas, quando o trazem, esbarra nele com o braço mandando-o pelos ares. O Tylenol funciona por algum tempo, a febre cai, depois sobe perigosamente. Os pais (fundidos nesse papel pela preocupação) discutem a possibilidade de levá-la para o hospital, mas, diante disso, a menina chora tanto, as bochechas manchadas de pânico, que eles abandonam o plano. Finalmente, a mãe enche a banheira de água fria e entra no banho. Só quando suas roupas ficam encharcadas ela percebe que ainda está vestida. O pai lhe entrega a criança, o corpinho quente e mole e inerte. A menina dá um grito de protesto, depois se aconchega na familiaridade das curvas da mãe. A mãe abraça-a e embala-a, cantando baixinho. Formam um estranho quadro, essa madona e menina encharcadas, a pele franzindo com o passar dos minutos, os dedos murchando como uvas. Finalmente, o corpo da criança arrefece o suficiente para que o pai a enrole numa toalha e a leve de volta para a cama. A mãe se levanta sem sentir os pés, agarrando-se à beira da banheira com dedos duros. Tira as roupas molhadas e se seca como pode na toalha de mão pendurada no cabide. Lembra-se dessa toalha – pertence a um conjunto que ela comprou numa liquidação na época da faculdade. Lembra-se da felicidade que sentiu ao voltar para casa, mostrando-as para que ele as inspecionasse e elogiasse. A toalha já está velha, puída na ourela, soltando os fios bordô que recendem à loção após barba dele. Ela se pergunta por que ele não a substituiu. Não deve ter reparado naquilo. Os homens são assim, os olhos sempre focados em outra coisa, nunca no que têm na frente.

Ela procura atrás da porta, onde o roupão dele está pendurado no cabide de sempre. O cabide também tem uma história: seus dedos recordam o puxar da fita protetora, o cheiro do adesivo, o dia alegre com... mas chega de recordações! Ela está ali porque sua filha precisa dela, só por isso, e não vai deixar a nostalgia noturna levá-la a acreditar em outra coisa. Mesmo assim, quando veste o roupão (um quimono de seda fina que já lhe escorrega dos ombros, totalmente inadequado para as noites frias da Área da Baía, e quem o comprou para ele, ela gostaria de saber), não consegue impedir que fragmentos de imagens pisquem em sua cabeça. Aquela festa desastrosa, o copo de bebida em sua mão, os vários copos, a mulher vestida de garçonete empurrando caviar (havia alguma coisa nesse caviar) para cima dela, braços puxando-a para baixo, bocas que ela não reconhecia, ela gritando o nome de Sonny, uma mancha roxa mais tarde em sua coxa, a sensação de cair para cima, saindo do corpo. Mais uma vez, ela se sente assistindo a um filme projetado num ritmo corrido.

Ela tentou conversar com Sonny sobre isso uma semana depois. Foi quando finalmente conseguiu mencionar o que acontecera sem desmoronar. Mesmo então foi difícil; ficou com falta de ar, a boca seca e a cara quente como se ela é que tivesse feito algo vergonhoso. Ele franziu o cenho e disse:

– Mas tem certeza? Não posso acreditar que ninguém ali tentasse atacá-la. Talvez você tenha se confundido – acha que pode ter tomado alguma coisa...? Talvez sem saber...?

O fato de ele desconsiderar essa coisa terrível que acontecera com ela como se fosse uma experiência ruim de uma pessoa drogada deixou-a furiosa. Tiveram uma briga, ele saiu como um furacão, e ela nunca conseguiu chegar ao que realmente andara tentando dizer. Que a pior parte da noite não fora o ataque, mas sim o fato de ele não estar lá para socorrê-la. Ela lhe pedira socorro, e ele falhara com ela.

Ela nunca mais tocou no assunto. Pouco depois, saiu de casa.

Mas agora, com a incerteza que sente desde a morte da mãe, se pergunta: O que aconteceu de fato naquela noite? Será que poderia mesmo estar confundindo as coisas? Podem os fatos e os acontecimentos – na verdade, a própria história, que ela sempre considerou algo concreto e digno de confiança – não passar de lava derretida? Será a reconstrução de uma história uma iniciativa desde o início fadada ao fracasso?

Tudo isso lhe passa pela cabeça quando ela vai se deitar. E, no entanto, ele não devia ter desacreditado nela. Devia ter dado mais apoio, devia ter investigado, questionado, punido quem quer que fosse o responsável. Devia ter sido o protetor que ela esperara que um marido fosse ou, já que não fora, devia ter sido solidário com seu sofrimento. Mas ele não fora. Voltou para aquela boate dele e fez uma música linda como se ela nunca tivesse falado.

– Mãe – diz Jona com uma voz rouca de fumante. – Quero que você venha deitar comigo. Deite no meu travesseiro. – Os olhos da menina estão um pouco mais desanuviados, e, em agradecimento, a mulher obedece, embora uma vez tivesse prometido a si mesma nunca mais tornar a deitar naquela cama. A cama estala com seu peso. O barulho parece uma risada enferrujada, a casa que ela abandonara rindo para ver seu orgulho humilhado pela maternidade.

– Agora você – a menina dá ordem ao pai. – Vem deitar do outro lado. Aqui. Deita a cabeça no meu travesseiro. – Quando ele faz isso, ela pega a mão de cada um deles e junta-as no peito. Dá um suspiro tão fundo que eles sentem o ar entrando. A mulher fica ali constrangida e calada, mas não se atrevendo a soltar a mão porque finalmente a menina parece estar descansando. Evita cuidadosamente o olhar do homem. Com todos os nervos do corpo, tem consciência do entrelaçamento de seus dedos. Os dois não se tocaram a não ser por acaso desde a noite em que ela saiu de casa. O que ele está sentindo? O que ela está sentindo?

A pulsação da criança já está menos agitada, ela respira melhor. Sim, está dormindo, embora seja um sono nervoso, olhos movendo-se como flechas sob as pálpebras. Talvez isso seja contagioso, talvez o alívio faça os pais relaxarem – ou talvez eles estejam apenas cansados depois da aflição da noite. Seja como for, seus olhos fecham, e eles, também, adormecem.

Ela está sonhando. Mas sabe que não é o sonho dela. Desde quando era pequena não tem um sonho com essas cores vivas de pintura a dedo. É o sonho de Jona, e ela o está sonhando porque a cabeça de cada um deles se mexeu durante o sono, e agora, as três se tocam. (Sonny estará tendo esse sonho, também? Mas não, aquele homem não tem sonhos dentro dele, só uma cacofonia de sons.)

No sonho, uma mulher e uma criança estão numa encosta. Ela imagina que sejam mãe e filha. Não tem certeza se está vendo Jona e a si mesma – estão de costas, as silhuetas indistintas à luz do amanhecer. É uma bela cena. Há flores silvestres no chão, papoulas e lupinos querendo desabrochar. O sol desponta – elas vêem o clarão, o contorno do morro se iluminando. Aguardam o astro com ansiedade, de mãos dadas. Mas quando ele surge, sua luz é muito dura, um raio químico branco. A mulher percebe tarde demais que há algo errado. Mal tem tempo de empurrar a criança morro abaixo antes de a luz bater em seu cabelo. Então desaparece – de repente – evapora. A menina fica ajoelhada, sozinha e chorando.

A mãe grita no sonho, tentando alertar a menina, mas só consegue emitir um som estrangulado, sem sentido. A luz vai bater na menina a qualquer momento. Mas não, parece que o sol parou de subir, e, em vez disso, do outro lado do morro, aparece outra mulher. Iluminada por trás e linda, com longos cabelos castanhos, caminha na direção da criança, e, quando a alcança, estende a mão. A mãe que está sonhando franze o cenho – a mulher tem alguma coisa conhecida, a saia esvoaçante, as flores entrelaçadas no cabelo. A criança olha, insegura, esquecendo as lágrimas por ora. E aí a mãe sabe que a mulher é má – não, má, não, esta é uma palavra muito simplista. Mas levará a criança e a transformará em algo que sua própria mãe não tencionava que ela fosse, e isso é uma violação, não? Ela faz um último esforço supremo e grita, empurrando a raiva da garganta e, com esse grito, acorda. O grito ainda ecoa no ar, porém, angustiado e prolongado. Aí ela percebe que é Jona gritando.

– Não, não, não – grita sua filha, ainda de olhos fechados, debatendo-se de um lado para o outro. – Socorro! Eles precisam de ajuda!

O pai, acordando sobressaltado com os gritos, fica olhando atordoado. Então a mãe precisa deixar de lado a própria agitação (é estranho como, depois de tantas noites em branco, aquele sonho a abalou tão profundamente. É estranho como ela se lembra vivamente de cada detalhe, depois de tanto esquecer).

– Tudo bem, neném – precisa dizer, apertando a filha junto ao peito, tirando-a do sono aos beijos para essa vida desperta. – É só um sonho – precisa dizer, mesmo sabendo que não é verdade. É só um sonho se não se conhece a ligação entre a lua e o sol, entre a água e o ar, entre a plenitude e a aniquilação.

Dias depois, a menina dirá:

– Foi horrível, mãe. Eles estavam sofrendo tanto. Estavam tão apavorados. Eu queria muito ajudar eles.

– Sei que queria, meu amor – retruca a mãe. – Eu também.

A menina olhará para ela com uma expressão interrogativa.

– Tive o mesmo sonho que você – explicará a mãe.

– As pessoas podem sonhar o mesmo sonho?

– Nem sempre. Talvez tenha sido pelo fato de você estar tão mal, e eu, tão preocupada. Criou-se uma ligação especial entre nós naquela noite, imagino, quando deitei a cabeça no seu travesseiro. Foi muito triste para aquela criança ficar sozinha. Eu realmente fiquei com pena dela. Acho que estava imaginando você no lugar dela...

– Mas, mãe...

A mãe desabafa, impelida pelo peso do que quer dizer a alguém há anos.

– Você acordou tão perturbada que sua temperatura começou a subir de novo. Fiquei apavorada. Queria comprar esse sonho de você, como minha mãe fez comigo. Até peguei as moedas na bolsa. Alguma vez lhe contei que eu costumava ter sempre o mesmo pesadelo até sua avó comprá-lo de mim?

– Eu também, mãe! Tive exatamente o mesmo sonho antes de ficar doente, só que não foi tão nítido. Mas...

– Então me lembrei do que aconteceu quando ela comprou o sonho. De algum jeito, isso fez com que eu não sonhasse mais. Todos os anos da minha adolescência. E pensei: não posso fazer isso com você. Mesmo que eles sejam dolorosos, tenho que deixar você ter seus sonhos. Esse pesadelo tornou a voltar depois disso?

A menina faz que sim com a cabeça, o rosto pálido.

– Ainda volta, de tempos em tempos. Mas mãe, não tem nenhuma menina no meu sonho. Tem um prédio pegando fogo, com gente presa lá dentro, mas são só adultos.

É assim que a mãe sabe que o sonho que teve não foi com o medo da filha. Foi com o dela mesma.

27

DOS DIÁRIOS DOS SONHOS

Na manhã seguinte ao dia em que fomos admitidas nas grutas como noviças, recebemos a primeira aula. Foi ministrada pela Anciã Samyukta. Depois perceberíamos que isso foi de propósito. Ela era uma das mestras de sonho mais afáveis, menos intimidante que a Anciã Simhika, com aquela sua cabeleira prateada agressiva, ou a Anciã Samahita, que tinha o hábito de parar as recém-chegadas nos corredores mal iluminados das grutas e examiná-las com aqueles olhos azul-metálicos.

Vestida com seu sári de algodão simples, Samyukta não parecia muito diferente das mães que muitas de nós (mas não eu) havíamos deixado para trás. Ela nos pôs à vontade perguntando se havíamos dormido bem e se havíamos ficado satisfeitas com a refeição da manhã. Mas quando começou a falar, sua voz ficou cavernosa, e ela nos olhou como se visse coisas que não sabíamos sobre nós mesmas. Vimos então que viver lá, nessas grutas que estavam no mundo mas não eram bem do mundo, nos transformaria, deixando-nos irreconhecíveis. E algumas de nós – incluindo eu – ficamos com medo e nos concentramos totalmente em conter as lágrimas. Assim, mais tarde, quando finalmente me dei conta de como essa primeira aula fora vital, eu só conseguia lembrar de partes do discurso de Samyukta. Vou anotá-las como puder.

Todas vocês, disse ela, são abençoadas porque possuem o dom de sonhar, mas a não ser que saibam o que é o sonho, de onde ele vem e qual pode ser seu propósito, o dom é inútil.

Apaguem da idéia todas as noções que possuem sobre sonhos. Elas só atrapalharão o caminho de vocês.

É verdade que às vezes um sonho é alinhavado a partir de idéias vomitadas por uma mente agitada, preocupações que vêm à tona quando o corpo está parado. Mas aqueles são os sonhos dos seres normais e vocês não precisam se preocupar com eles, embora haverão de passar quase a vida toda explicando-os.

Às vezes, vocês receberão um alerta num sonho, que precisarão transmitir à pessoa a quem ele se destina, uma pessoa cuja mente é muito grossa para o espírito do sonho perfurar. Essa é uma tarefa mais difícil – pois muitas vezes a pessoa não vai querer ouvir o que vocês têm a dizer, mas ainda não é seu objetivo principal.

Os sonhos que são mais importantes vêm de outra realidade – podem chamar de outro *tempo*, na falta de um termo melhor em sua fala limitada. É o *tempo* dos espíritos do sonho. Não tenho capacidade para descrevê-lo. Tudo o que posso dizer é que mesmo um instante passado nesse tempo transformará vocês, assim como a pedra filosofal transforma o metal ordinário em ouro. Mas estou me precipitando.

À medida que progredir neste caminho, cada uma de vocês perceberá que tem um espírito da guarda. Se tiverem sorte e forem cuidadosas, o amor entre vocês e esse espírito crescerá e se transformará numa coisa maravilhosa. Por meio dos sonhos, o espírito lhes dirá quem vocês realmente são, embora talvez ele precise falar muitas vezes antes de vocês aprenderem a ouvir. Se não levarem uma vida altruísta cultivando as seis virtudes valorizadas, talvez nunca adquiram essa habilidade. Mas quando – não, se – finalmente ouvirem, verão a intrincada teia de amor que une a existência, e jamais precisarão de outra coisa para serem felizes. As mais afortunadas de vocês, abençoadas pelo sonho, terão vida longa no mundo depois, e ajudarão muita gente. Mas para outras, a mensagem chegará na hora da morte, e dela será inseparável. Para aquelas que precisarem de orientação extra, aparecerá um mensageiro na hora. Não o percam – será sua última chance de captar a verdade do tempo do sonho.

Muitos anos se passaram desde o discurso de Samyukta, e desde que deixei as grutas em desgraça. Penso nas palavras dela de quando em quando (os fragmentos que guardei) e fico deprimida. Tentei levar uma vida virtuosa, mas sem sucesso, presa como estou entre dois mundos que possuem definições opostas de virtude. Já fui impaciente, irritada e nervosa muitas vezes. Já me arrependi de opções que fiz e culpei os outros. Pior de tudo, não amei plenamente ninguém, nem meu marido nem minha filha, nem as almas sofredoras que me procuraram para pedir ajuda. Por mais que tente, o fundo do meu coração permanece mofado e deserto. Nem mesmo os espíritos do sonho conseguem enchê-lo. Minha única esperança é o mensageiro – será que virá algum dia?

28

Rakhi

A febre passou, mas Jona ainda está muito fraca para ir à escola. Sonny quer que ela fique na casa dele, e, embora uma parte de mim se irrite com ele (Sonny-o-controlador), tenho que reconhecer que é mais prático. Assim, quando ele sair de manhã para fazer o que quer que um DJ faça quando não está trabalhando, posso ir até lá e fazer companhia a Jona. Quando eu tiver que ir para a Kurma House, Sonny já terá voltado.

Na manhã seguinte à febre, faço uma higiene em Jona e troco suas roupas duras de suor. Passo-lhe talco, como lhe passava quando ela era pequena. Quando me abaixo para lhe dar um beijo na testa, ela pergunta se vou me mudar para lá até ela já estar boa para voltar à escola, *por favor, mãe.*

É duro recusar quando ela esteve tão doente. Fico com ódio de mim por isso. Mas, se eu enfraquecer e ceder, o resultado será desastroso. Estar nessa casa na ausência de Sonny já é bem difícil. Estar ali com ele por perto trará um excesso de lembranças dolorosas – mesmo que ele me queira ali, o que duvido.

Mas, principalmente, não quero dar falsas esperanças a Jona sobre um reatamento nosso.

Digo não, preparando-me para as lágrimas, mas Jona não insiste. Vira de lado e fecha os olhos como se não esperasse mesmo que eu dissesse sim. Há tanta resignação na curva de suas costas que fico angustiada.

Estarei cometendo um erro? Acho que só saberei mais tarde. De perto, é impossível ler os ângulos deformados dos atos de alguém – quais são os movimentos certos, quais conduzirão ao sofrimento.

Será que minha mãe escolheu a opção errada ao decidir vir para a América com meu pai? Lendo seus diários, começo a ver o que escondeu de nós tão astuciosamente: seu arrependimento, seu desejo de comunhão, seu medo de perder o dom. É uma ironia ela não ter perdido a habilidade de contar sonhos; foi o amor que perdeu – o amor pelo qual atravessara o oceano proibido. Sempre vi minha mãe como uma pessoa serena. Agora constato que isso era só porque ela negava a tristeza, que considerava uma emoção inútil. Sobreviveu tentando se convencer de que solidão era força. Começo a entender por que manteve a cara resolutamente voltada para o futuro. Era muito doloroso pensar no passado. A não ser nos diários, ela amputou do coração essa sua parte.

Lendo, sinto uma pena enorme subindo em mim – dela e de nós. Porque existir dessa maneira teve um preço. Seu descontentamento foi se introduzindo em nosso corpo, instalando-se ali despercebido como uma infecção leve. No caso de meu pai, ele se manifestaria de quando em quando em seus porres. Minha doença era mais sutil, mais crônica. Manifestava-se nos movimentos que eu não parava de fazer para conhecê-la, como se por meio desse conhecimento eu pudesse torná-la minha.

Minha vida não é tão dramática como a dela, nem minhas escolhas tão importantes. Mas sei isso na medida em que se pode saber alguma coisa neste mundo instável e sombrio: se eu voltasse com Sonny por causa de Jona, cedo ou tarde iria culpá-la por isso. E seria muito pior do que a decepção que ela está sentindo agora.

Essa sexta-feira Jona já se restabeleceu o suficiente para voltar à escola, mas decido deixá-la em casa mais um dia. Um dia para nós, mãe e filha, para nos abstrairmos das preocupações e do cansaço e nos divertirmos. Quando pergunto-lhe o que devíamos fazer, ela diz que quer que pintemos juntas.

Instalando-a na mesa com suas aquarelas, sinto um aperto no coração como se estivessem me empurrando para a beira de um despenhadeiro. Cogito em dizer-lhe que estou sem material de pintura. Mas ela vai me pegar nessa mentira: sabe que sempre tenho um cavalete portátil e uma tela na mala do carro. Busco-os com relutância, e começamos. Ou antes, fico parada diante do meu cavalete e assisto à minha filha pintando, os olhos apertados, a cabeça de lado, tão entretida que se esquece da minha presença. Invejo-a quando ela mistura vermelhos e laranjas e pretos, quando aplica as pinceladas com ousadia e firmeza. À medida que os objetos tomam forma no papel, vejo o que ela está pintando – de novo – um incêndio. Assisto inquieta. O que é essa obsessão por fogo? Mas logo me distraio com o progresso que ela fez. Ela deve ter pintado muito nesses últimos meses confusos. Com a avó morta e a mãe perturbada, a pintura deve ter lhe dado estabilidade. Uma forma de expressar suas emoções. Vejo o cuidado com que ela delineia os detalhes. As janelas do prédio alto brilham com o clarão das chamas. Estão cheias de gente, mãos espalmadas no vidro, bocas abertas num grito mudo. O céu também está em chamas. Tenho dificuldade em tirar os olhos do magnetismo estranho da pintura.

Minha tela continua em branco. Mesmo depois do sonho vívido que tive na cama de Sonny, não consigo pintar. Deus sabe que tentei, ficando acordada até tarde, mesmo depois de voltar moída de cansaço da Kurma House. Passei horas na frente do cavalete, tentando encontrar um tema. Mas tudo o que eu gostava de pintar antes – uma estação de trem de Calcutá, pescadores no Ganges, o Belur Math quando nasce o sol – parecia cansado. Ou talvez eu é que estivesse cansada deles. Eu precisava de uma fase nova, um estilo novo – só não sabia o quê.

Talvez eu também devesse pintar meu sonho. Desenho o contorno do morro, as duas figuras paradas de costas para mim. Misturo branco e amarelo para um céu de alvorada, um amarelo mais escuro onde o sol estaria despontando daqui a pouco. Não adianta. Mesmo quando uso minhas melhores técnicas, parece que não consigo pôr vida no quadro. A mãe e a criança estão duras como pedaços de pau; as flores silvestres estão alinhadas em fileiras rígidas. A angústia que senti no sonho, a sensação de perda e medo – simplesmente não sei como passar isso, por mais pinceladas que aplique ou camadas de tinta que sobreponha. Finalmente, pego um pano molhado de terebintina e limpo a tela.

Sonny chega assobiando na porta, trazendo um saco de compras, mas, quando vê o que estou fazendo, estanca. Oferece-se para levar meus suprimentos de arte para o carro. Não, obrigada, digo, mas ele me segue mesmo assim.

– Sinto muito que o quadro não esteja indo bem – diz.

Quero lhe dizer que ele não tem nada com isso. Mas deixo escapar:

– E se eu nunca mais tornar a pintar? E se meu talento tiver me abandonado com a morte da minha mãe?

Ele estende a mão como se para me tocar, e a deixa cair. Há compreensão em seus olhos, e tristeza.

– Às vezes eu me sinto assim também. Dá vontade de morrer, não? Mas vai passar. Você tem muito talento, Riks. Eu sei.

Não acredito nele, mas quero me aferrar ao pequeno conforto de suas palavras. Quando ele me convida a ficar para almoçar, não recuso.

Jona decide que vamos ter panquecas para o almoço. (– Sonny e eu vamos fazer, mãe. Você só olha.) Eles vestem aventais. Jona pega os ingredientes e Sonny os mede, parecendo decididamente doméstico. *Isso é só encenação*, sussurra minha voz. *No fundo, ele é ainda o Sonny-barulhento.* Mesmo assim, estou impressionada. A equipe pai e filha faz as panquecas acompanhada de muita risada. (*Bagunçando a cozinha no processo,* ressalta minha voz afetadamente. Não é minha cozinha, retruco. Não preciso limpá-la.)

Comemos nossas panquecas cobertas com morangos frescos e creme – é o que há no saco de compras. (Minha voz contrai a boca. *Muito inadequado.*) Jona serve suco de laranja. Seu nariz está sujo de farinha; o prazer enrubesce seu rosto quando lhe digo como a comida estava deliciosa. O sol inunda a cozinha, soltando meus músculos. Sinto-me aquecida e confusa e agradavelmente saciada. Eu poderia me comprometer a fazer isso de vez em quando. Mesmo se não pudermos ser uma família 24-7* feliz, podemos ser aos pedacinhos.

Então Sonny diz:

– Estou empolgadíssimo com a música nova em que estou trabalhando. Eu adoraria que você fosse lá na boate ouvir.

* America 24/7 – Projeto fotográfico que pretendeu retratar o americano do início do século XX após o 11/9, a guerra ao terror, os escândalos das grandes corporações, questionando se a América ainda era a terra da oportunidade. (N. da T.)

– É, mãe – acrescenta Jona. – Você devia ir. É um barato.

Minha serenidade desmorona.

– Como sabe? – Olho com raiva para ela, depois para Sonny. – Você anda levando a menina à boate?

Sonny faz uma cara ofendida. Jona revira os olhos.

– Mãe! Ele traz os CDs dele para mim aqui em casa. Os novos, sabe, os que ele anda gravando. – Ela enche o peito. – Sou a primeira pessoa a ouvir. São muito bons.

Olho para Sonny surpresa.

– Você não me contou que estava gravando – digo, sentindo-me irracionalmente magoada. Ele dá de ombros e sorri, mas não se desculpa. Por que deveria? Não o mantenho informado de cada pequeno detalhe de minha vida.

– Seria ótimo se você fosse – ele torna a dizer. Seu sorriso é uma seda. Mas eu, que conheço esse homem melhor que qualquer mulher conhece (ah, o ego, o ego da ex-mulher), localizo uma pulsação reveladora em sua têmpora. Está lhe custando me fazer esse convite.

No entanto, não consigo dizer sim. Sempre que essas imagens vêm caindo em cima de mim – fumaça e suor, braços me agarrando, mãos segurando minha cabeça, me abrindo a boca à força – há sempre a música de Sonny no fundo, com uma vibração de cumplicidade. Poderei tornar a ouvi-la sem preconceito? Toda aquela raiva e aquela mágoa que estou me esforçando tanto para esquecer, não posso correr o risco de deixá-las voltar.

– Agora não vai dar – digo, fingindo displicência. – Muita coisa acontecendo. Quem sabe mais tarde...

Jona me fuzila com os olhos. Posso ler seus pensamentos. Chata. Estávamos nos divertindo tanto e você teve que estragar tudo.

– Não tem problema – diz Sonny, num tom tão displicente quanto o meu. Será que ele adivinha minha verdadeira razão, ou acha que não considero sua música digna do meu tempo? Seja como for, ele está zangado. Vejo pela maneira como seus olhos mudam de cor, escurecendo. Eu gostaria de poder passar o braço em volta dele e explicar minha recusa, mas sou uma pessoa muito irritadiça para isso. Dou o meu até-logo para Sonny e para uma Jona que espia da janela com um olhar glacial.

29

Rakhi

Os negócios vão bem na Kurma House. Nosso horário de maior movimento é à noite, antes de começar a música, com uma enxurrada de pedidos de comida para viagem depois, mas temos uma quantidade decente de gente na hora do almoço também. A cozinha está ficando cansativa demais para meu pai. Embora ele adore fazer isso, às vezes eu o pego massageando o braço quebrado. Belle e eu ajudamos o máximo possível, mas precisamos ficar no balcão, para atender os clientes. Se os negócios continuarem assim mais um mês, diz Belle, vamos contratar um ajudante de *chef*. Jespal, que está aqui quase todas as noites, brinca que vai se candidatar ao emprego.

– É mais divertido que meus projetos de engenharia, e adoro os privilégios – diz.

– Tais como? – pergunta Belle.

– Comida de graça, ótima música ao vivo e a companhia de duas moças lindas que são vocês.

Disfarço o sorriso. É bastante óbvio qual das duas moças lindas ele vem ver. Muitas vezes, depois que a casa fecha, os dois saem de carro para a noite – uma evolução, receio, que os pais ortodoxos de Belle não tinham bem em mente.

Esta noite, quando entro, a Kurma House está em silêncio. A clientela do almoço já foi embora. Ping já fez a limpeza, então a deixo ir embora. Ouço meu pai nos fundos, mas Belle ainda não chegou. Isso me espanta. Ela chega sempre antes de mim.

– Não precisa chegar tão cedo – eu lhe disse uma vez. – Ping pode dar conta da hora do almoço. De todo jeito, você sempre fica até a casa fechar.

Belle franziu a testa.

– Fico mais confortável quando estou por aqui.

– Sinceramente, Belle, você está ficando igual àquelas mães neuróticas que acham que vai acontecer um acidente com o filho na hora que ela olhar para o lado. Se não fosse por Jespal, provavelmente você se mudaria para cá!

Ela deixa essa passar.

A casa recende a *singaras*. Dou uma espiada na cozinha e vejo que meu pai já fez o recheio de couve-flor e batata e o espalhou num tabuleiro grande para esfriar. O óleo está esquentando em nossa maior *wok* na boca de gás grande. Agora ele está abrindo com o rolo a massa fina que vai compor a casca.

– Oi, pai – digo. – O que aconteceu para você enfrentar toda essa trabalheira de fazer *singaras*... e essa quantidade toda, também? É alguma ocasião especial?

– Às vezes, a gente só deve fazer coisas especiais, não? – retruca ele. – Quem sabe se estaremos aí quando finalmente chegar uma ocasião especial.

Ele olha para a foto no cubículo, e, de repente, desejo que minha mãe nos pudesse ter visto assim, ajudando um ao outro. Pouca coisa a surpreendia – mas ver meu pai enfiado num avental maior que ele a teria surpreendido. Talvez a fizesse rir.

Tento me lembrar como ela ria, mas não consigo. Tudo a respeito dela está se esvaindo na bruma.

Meu pai suspira, depois recomeça a abrir a massa com o rolo. Ele deve sentir a falta dela mais ainda que eu. Tomo a decisão de passar na casa dele com Jona no próximo fim de semana. Talvez eu consiga fazê-lo nos contar mais algumas histórias da Índia.

Ocorre-me que ele não toma um daqueles seus porres desde que minha mãe morreu.

– Quanto à quantidade que estou fazendo, não sei. Tive um pressentimento hoje de manhã. Sempre posso congelar o excedente.

– Ajudo você a rechear – digo-lhe.

Ele me olha em dúvida.

– Não se preocupe! Já fiz isso com mamãe. E não tente tirar aquela *wok* pesada do fogo sozinho, sim?

Ele franze o cenho.

– Eu consigo. – Ele é tão teimoso quanto eu.

Corto uma rodela ao meio, como minha mãe fazia, faço um cone com cada meia-lua, encho-o com o recheio, molho a parte de cima e aperto para fechar. É uma manobra delicada. Ponho cada cone num tabuleiro enfarinhado e espero. Uma *singara* bem recheada, ela me disse uma vez, não vira. É gratificante para mim ver que as minhas não se mexem. Dou-lhe um sorriso triunfante. Ele retribui o sorriso.

A porta tilinta.

– Desculpe o atraso – grita Belle entrando correndo, esbaforida. – Rikki, preciso falar com você! Sr. Gupta, por favor, dá licença um minutinho.

Deixo as *singaras*, intrigada. Belle não é do tipo misterioso. Na verdade, ela é de uma franqueza constrangedora na frente de meu pai, a quem já começa a tratar como um tio predileto.

Ela me puxa para um canto, com uma cara ao mesmo tempo empolada e nervosa.

– Riks, o que é que eu vou fazer?

– Poderia começar me contando o que está havendo.

Ela respira fundo.

– Jespal me pediu em casamento.

Dou-lhe um abraço.

– Que maravilha! Parabéns! – Vendo a cara dela, acrescento: – Não me diga que não estava esperando! Talvez o pedido tenha vindo um pouco antes do que imaginei, mas dava para ver com certeza que viria. Não está feliz com ele?

– Não tenho certeza – diz Belle. – Sou louca por ele, e sei que ele tem atração por mim. Mas não pensei que ele fosse sério, desse jeito.

– Por quê? Ele me dá a impressão de ser um tipo sério. Material para marido, ao contrário dos rapazes de má fama em torno dos quais você tende a gravitar.

– Talvez seja esse o problema. Às vezes, acho que somos muito diferentes. Ele é muito tradicional. Feito aquele turbante. Sabia que ele tem cabelo grande por baixo? Vai até o meio das costas, como o homem no *Paciente Inglês,* lembra? A primeira vez que vi, tive um ataque. Embora agora devo dizer que chega a ser *sexy.*

– Bem, então qual é o problema? Você acha que o turbante dele é *sexy.* Ele deve achar a mesma coisa do seu *piercing* de umbigo e do seu cabelo cor-de-rosa...

– O nome dessa cor é Borgonha Lustrado, eu gostaria que soubesse. Mas, falando sério, não dá para construir um casamento baseado no que é *sexy.*

– Ah, filha, estou encantada de ver que finalmente bebeste da fonte da sabedoria. Essa não é bem a melodia que cantavas ainda dois meses atrás.

– Seu problema é esse, Rikki, falta de seriedade nas horas erradas. Numa relação séria, as pessoas têm que pensar igual. Ele acredita em viver segundo o Granth Sahib: pureza física, disciplina, colocar a família em primeiro lugar, ser um membro respeitável da comunidade, freqüentador da *gurdwara.* Regras que meus pais me enfiaram goela abaixo todos os dias da minha vida até eu fugir para a faculdade!

– Ele não parece ser o tipo do cara que vai lhe enfiar alguma coisa goela abaixo...

– Provavelmente não vai. Mas esses valores são tudo para ele. Ele não se limitou a aceitá-los porque cresceu com eles. Refletiu sobre eles e os questionou, mas finalmente se convenceu de que eram mais adequados para ele do que os costumes ocidentais. E eu... bem, você me conhece! A gente vai discordar em tudo... e, depois de algum tempo, vamos nos cansar de ceder. É disso que tenho medo. Não quero que a gente termine se odiando.

– Então, o que você disse a ele?

– Eu disse que lhe daria uma resposta amanhã. Por isso preciso do seu conselho, uma vez que você já foi casada e tudo o mais.

Dou uma risada seca.

– Belle, eu não sou exatamente a melhor pessoa para dar conselho. Veja como meu casamento terminou!

– E por que terminou dessa maneira? Você nunca me contou. Foi alguma coisa que Sonny fez? Ou foi por causa disso que estou falando: diferenças irreconciliáveis?

Penso naquela noite da festa, no terror indistinto, na procura por socorro num vazio. Isso foi o começo, ou o fim? Esses anos todos andei apaixonada por ele, Sonny-meu-salvador. Só que a coisa pela qual eu estava apaixonada era uma imagem que eu havia pintado em cima dos olhos para não ter que ver.

– É complicado – digo. – Acho que você não vai ter os mesmos tipos de problemas. Mas, já que tem essas dúvidas todas, por que não pede a Jespal para esperar um pouco?

Belle suspira.

– Ele não quer. Está louco para sossegar, formar uma família dentro de uns dois anos. Os pais dele estão ficando velhos e querem ver um neto antes de morrer. Ele me ama, mas se eu não levar nossa relação a sério, ele acha que não faz sentido continuar.

– Uau! Isso é um ultimato e tanto! Não consigo imaginar você com... qual é sua palavra preferida? Pimpolhos? Um monte de fedelhos ranhentos? Sem falar no parentesco afim! Dá para você encarar isso?

Ela faz uma careta.

– Não sei. Acho uma perspectiva terrível. Mas diante da idéia de terminar com ele, toda a independência do mundo não vale nada.

– Belle, não sei o que...

O sino da porta toca. Quando vejo quem está entrando, esqueço o que eu ia dizer e fico de queixo caído. É a gerente do Java. Mas não está de uniforme. Talvez seja seu dia de folga. Em vez do uniforme, ela está usando um vestido furta-cor colado no corpo que parece feito para o *set* de *Jornada nas Estrelas*. Revela seus músculos definidos favorecendo-a e realça as luzes de seu cabelo, que parece hoje prateado. Os dentes brilham quando ela nos dá um sorriso.

– Espero não ter interrompido alguma coisa. Pensei em retribuir a visita de vocês.

Belle se refaz antes.

– É um prazer ter você aqui! Sente, por favor. Gostaria de alguma coisa para beber? Talvez queira provar um doce indiano? – Aponta para a vitrine.

– De graça, claro – recomponho-me para acrescentar.

A gerente caminha majestosamente para uma banqueta de canto ao lado da vitrine. Lança-me um olhar de avaliação e senta-se, cruzando as pernas de maneira estudada. Seu vestido curto sobe revelando coxas que parecem nunca ter ouvido falar em celulite. Ela olha para a vitrine, torce o nariz com elegância.

– Não sou uma pessoa de doces. Prefiro comida um pouquinho estimulante. Sinto o cheiro de alguma coisa no fogo lá dentro. Talvez eu prove um pouco daquilo... se me disserem do que é feito. Sou exigente assim. Melhor ainda, quem sabe eu podia falar com o *chef*?

Não sei dizer qual é o plano dela, mas sei que não quero que ela conheça meu pai.

– Sinto muito – digo. – O *chef* está ocupado. – Considero acrescentar que nossos ingredientes são um segredo cultural, e, por mim, está bem se ela não quiser nada. Mas ela é uma convidada em nossa casa. Então digo: – É uma mistura de legumes envolvida numa massa e frita. Vem com um molho...

– Acho que daria para encarar isso. Espero que não tenham se importado com a minha pergunta, mas os estrangeiros às vezes usam ingredientes estranhos na comida. E, ah, sim, eu gostaria de tomar uma xícara de um bom chá americano, se tiverem.

– Acho que acabamos de ser ofendidas – sussurra Belle. – Só que é muito engraçado para ser ofensivo. Será que ela disse mesmo "um bom chá americano"?

– Ainda bem que uma de nós acha graça nisso – digo. Vou até a cozinha, onde meu pai já começou a fritar uma leva de *singaras*. Ele faz uma cara interrogativa.

– Depois eu conto – digo. Ponho uma *singara* num prato e vou até a geladeira onde são guardados nossos *chutneys*. O de tamarindo vem em três versões: quente, mais quente e incendiário. Coloco uma colherada do último tipo no prato. Isso deve lhe dar estímulo suficiente.

Quando levo o prato, a gerente faz um gesto com a mão. Suas unhas também são prateadas.

– Sente-se – diz. – Você não parece muito ocupada agora.

– Sempre tem o trabalho – digo na defensiva.

– Ah, sim, sempre o trabalho, de uma maneira ou de outra – diz ela. – Comigo é a mesma coisa. Mas, agora, seu movimento maior é à noite, não?

Não é uma pergunta. Ela anda nos espionando.

– Vocês recebem uma gente estranha aqui – acrescenta.

Faço um esforço para me controlar.

– Acho que tudo depende do que você considera estranho.

– Acho que sim – concorda ela com um sorriso ingênuo. – E a música... se é que se pode chamar isso de música. É realmente... alta.

É disso que se trata? Ela veio reclamar do barulho?

– Não vejo como poderia ser tão alta – digo. – São só algumas pessoas cantando e tocando instrumentos. Nem temos microfone.

– Ah, mas não sabem como se ouve do outro lado, sabem? – retruca com um sorriso simpático. – Esse é o problema. Qualquer dia, isso ainda pode lhes causar um monte de problemas.

Ela está ameaçando dar queixa?

– Vamos tratar do problema quando ele se apresentar – respondo. Mas, apesar da minha bravata, estou preocupada. Haverá uma postura municipal contra músicos em cafés? Preciso averiguar isso.

– Tenho que fazer umas coisas – anuncio. – Belle vai trazer o seu chá.

– Diga para ela não se incomodar – diz. – Já estou satisfeita.

Estou tentando pensar numa réplica inteligente quando o telefone toca. É Ping.

– Esqueci de falar – diz ela. – Tem um pacote. Acho que é para você. Botei na cozinha, numa das prateleiras.

– Quem trouxe? E como assim, você acha que é para mim?

– Não sei bem quem trouxe. Encontrei em cima de uma das cadeiras quando estava fazendo a limpeza. Não tinha nome, mas escreveram ali "Para você". Abri, tinha umas gravuras dentro. Achei que deviam ser para você. Mas não sei por que alguém iria só deixar o embrulho em cima de uma cadeira...

Quero ir correndo para a cozinha, mas primeiro pergunto:

– Quem estava naquela mesa?

– Deixe eu ver, duas ou três pessoas entraram em horas diferentes. É a mesa perto da janela, sabe, uma das nossas populares. Tinha uma mulher e dois homens, tenho quase certeza.

– Você se lembra da cara deles?

– A mulher era bem bonita. Usava um vestido de algodão solto. Os homens eram normais, nada de especial. Todos pediram café...

– A mulher tinha cabelo comprido e cacheado?

– Caído nos ombros... não vi o comprimento.

– E os homens... – engulo em seco e continuo. – Algum deles estava de branco?

– Acho que o que chegou por último estava de calça branca. Mas qualquer um deles pode ter deixado aquele pacote em cima da cadeira. Foi só porque puxei as cadeiras para tirar o pó que vi...

Isso não quer dizer nada. Berkeley está cheia de mulheres de cabelo comprido e roupas soltas e homens de branco.

Enquanto lhe agradeço, ouço um estrondo vindo lá de dentro – caiu alguma coisa de ferro – e um grito de meu pai.

– Rakhi – grita –, depressa, traga o extintor de incêndio!

Largo o telefone. No pânico, não consigo me lembrar onde guardamos o extintor sobressalente; então, localizo-o num canto, coberto de teias de aranha. Belle já foi correndo para a cozinha. Vou atrás.

É uma cena caótica. A *wok* está no chão, no meio de uma rodela escura de óleo derramado. O óleo deve ter respingado na boca de gás e pegado fogo. As labaredas estão lambendo tudo, algumas indo até o teto. Meu pai tenta em vão apagá-las com o extintor que mantemos ao lado do fogão. Pelejo com o meu extintor, tentando descobrir como fazê-lo funcionar. É de tamanho industrial, grande e volumoso e difícil de manejar, mas, finalmente, ainda bem, começa a funcionar. Alio-me a meu pai na pulverização, embora não pareça fazer muita diferença. As labaredas me lambem a cara avidamente, mais quentes do que imaginei que seriam. Terá sido com isso que Jona sonhou? Nós encurralados aqui, morrendo queimados? As labaredas agora estão mais quentes, uma cortina delas chamejando para nos pegar. O sonho terá sido enviado a ela para me alertar? Belle encheu uma panela com água. Despeja-a em cima de nós, mas a água evapora da minha pele quase na mesma hora. Ela enche outra, torna a despejar. Estou tossindo com a fumaça. Será que minha filha é uma intérprete de sonhos, então? Grito para meu pai: *Desista! Corra!* Mas ele se nega a ouvir. Continua pulverizando, embora com uma pontaria incerta devido ao cansaço.

Quando eu já quase perdera a esperança, o fogo começa a perder força. Pulverizamos com um energia renovada, Belle joga mais água e alguns minutos depois, restam-nos prateleiras carbonizadas, teto e paredes pretos, um grude imundo de óleo e espuma e água no chão.

Vamos tremendo para a sala da frente, que está vazia agora. Quando a gerente foi embora? Minha cara arde como se tivesse sido esbofeteada, a fumaça me queima a garganta e minhas pernas estão prestes a desabar. Mas, antes que eu tenha a chance de me sentar, ouvem-se as sirenes na rua. Um grupo de bombeiros irrompe bar adentro, arrastando uma mangueira. Nós os encaminhamos para a cozinha. Os homens pulverizam um pouco mais para garantir que o fogo esteja completamente apagado, mas não há muita coisa para eles fazerem. Uma ambulância já chegou, e os paramédicos tratam das queimaduras e dos cortes leves que meu pai e eu sofremos. O bombeiro chefe preenche um relatório e nos diz para entrar em contato com nossa companhia de seguro. Repreende-nos severamente por não termos abandonado imediatamente o prédio. Foi tolice e perigoso. Sorte sua aquela cozinha ser quase toda de alvenaria e não de madeira, diz. Senão, vocês agora teriam virado torresmo. Até a parte dos fundos ter sido consertada e ter passado por uma vistoria de segurança, diz, não podemos cozinhar ali. Antes de sair, ele torna a nos lembrar, com severidade, da sorte que tivemos.

Desabamos a uma mesa, Belle e meu pai e eu, um trio em frangalhos. Não me sinto com sorte, e, a julgar pela cara dos dois, nem eles. Estou chocada com a velocidade com que um desastre pode acontecer – embora eu já devesse saber disso, não? Considero contar-lhes sobre o sonho de Jona, os incêndios que ela anda pintando. Acho que não posso encarar as respostas deles nesse momento.

– Obrigada por ligar para os bombeiros – digo a Belle. – Foi presença de espírito.

Belle franze o cenho.

– Mas eu não liguei! Devia ter ligado, mas acho que entrei em pânico. Não se lembra?, eu estava com vocês o tempo todo, jogando água em vocês, tentando evitar que pegassem fogo? Não que meu trabalho tenha sido grande coisa. – Ela toca de leve em meu rosto, que dá a sensação de estar empolado. – Suas sobrancelhas estão chamuscadas – diz.

– Quem poderia tê-los chamado, então? Lá dentro não tem janela. Nenhum dos vizinhos poderia ter visto... – Paro, como se tivesse me ocorrido uma idéia. Poderia ter sido a gerente do Java? Certamente não. Ela ficaria louca de alegria se a Kurma House fosse destruída por um incêndio conosco lá dentro. Mas não consigo pensar em nenhuma outra possibilidade.

Um cliente entra pedindo um café, e Belle tem que lhe dizer que não estamos abertos. Assistimos enquanto ele atravessa a rua e entra no Java.

– É melhor botar o aviso de Fechado – diz Belle. Obedeço, sentindo-me derrotada.

Passamos o resto do dia limpando a cozinha. Com um aperto no coração, jogo no lixo o tabuleiro de *singaras* estragadas. Quando escurece, já removemos a maior parte dos escombros. Mas precisaremos de ajuda profissional para consertar o resto. Tremo só de pensar quanto vai custar.

Procurei o retrato de minha mãe entre os cacos de vidro, mas não encontrei. Fico nervosa com essa fotografia desaparecida. Mas não pergunto por ela. Perguntar seria tornar sua perda – e o azar ligado a essa perda – real.

Quando terminamos, faço a meu pai a pergunta que andei segurando porque não confiava no meu gênio.

– O que aconteceu?

– Não tenho certeza. Eu estava tirando a *wok* do fogo, eu sei, eu sei, devia ter chamado você para ajudar, mas você estava falando com uma cliente, e não é que eu não tenha feito isso antes. Mas dessa vez, de repente, a frigideira virou. Foi a coisa mais estranha! Meu pulso deve ter vacilado. – Ele suspira. – Não posso lhe dizer o quanto sinto.

Devo estar muito cansada para me zangar, porque tudo o que sinto é depressão. Que azar isso acontecer justo quando estávamos finalmente indo para a frente. Aparte os custos dos reparos, forçosamente, nosso seguro vai subir. Perdemos um monte de suprimentos ali, também. E, se fecharmos, ainda que por poucos dias, o entusiasmo das reuniões noturnas vai se perder. As pessoas vão encontrar outra coisa para fazer e nunca mais vão querer voltar.

Belle me chama do canto onde a gerente estava sentada.

– Veja isso – diz.

É a *singara* que dei à mulher, agora toda amassada. Com o chutney vermelho por cima, parece um bichinho atropelado. É óbvio que ela não comeu nenhum pedaço. Comparada com a destruição da cozinha, essa é menor, mas arrepia. Há muita maldade por trás desse pequeno ato de desperdício.

Será que ela poderia ter alguma coisa a ver com nosso incêndio? Será que poderia ter rogado praga para que acontecesse?

Sacudo minha cabeça para clarear as idéias. Estou procurando culpar outra pessoa porque não quero perder a intimidade precária que meu pai e eu conseguimos pela primeira vez na vida.

– Jogue isso fora – digo a Belle – até o prato. – Mas ela já está jogando. Minha cabeça lateja. Só penso na minha cama, onde vou cair assim que tomar uma dose dupla de aspirina.

Quando estou quase fechando o bar, meu pai diz:

– É melhor irmos todos para sua casa, Rakhi. É a que fica mais perto.

Olho para ele, atônita.

– Para quê?

– Para tomar um banho, claro. – Por baixo das manchas de fuligem, sua cara é decidida. – No seu prédio tem mesmo máquina de lavar e secar? Belle pode pegar uma roupa sua emprestada, mas esta é a única que tenho comigo.

– Do que você está falando?

– A gente tem que voltar para reabrir o bar antes que os músicos cheguem.

– Está maluco?

Meu pai pisca para mim. Sua expressão indica que ele se considera bastante equilibrado.

– Não ouviu o bombeiro? – grito. – Vamos ter que fechar até ser feita a vistoria de segurança.

– Não escutei ele dizer isso. – Meu pai endireita os ombros. – Ele disse que não podemos cozinhar lá atrás. E não vamos fazer isso. Você tem máquinas de fazer chá e café aqui, e eu botei uma quantidade de petiscos na geladeira hoje de manhã que dá para esta noite.

– Pai, você não sabe quando desistir?

– Vamos deixar o exaustor ligado... isso deve limpar o ar. Amanhã, faço umas coisas fáceis em casa e trago para cá. A gente vai partir daí, *beti.*

– Você *é* doido – digo. Viro-me para Belle. – Diga a ele que ele é doido. Não podemos abrir hoje à noite, no meio dessa bagunça. Nem hoje, nem amanhã, nem nunca. Pelo que me toca, estamos liquidados.

Belle olha insegura de mim para ele.

– Talvez o Sr. Gupta tenha razão – diz. – Podíamos tentar o plano dele, só por hoje à noite...

– Eu me recuso a participar dessa farsa. O que vamos contar aos clientes? Supondo, aliás, que eles fiquem bastante tempo na casa para ouvir o que temos a dizer.

– Vamos contar a verdade... que houve um acidente – responde meu pai. – Eles já tiveram acidentes. Vão entender.

– Não quero que eles compreendam – digo. Estou vendo estrelas de dor. – Quero um punhado de aspirinas e um pouco de calma e sossego. Vocês dois podem fazer o que quiserem. Só não me envolvam. De agora em diante, estou fora dessa sociedade.

Jogo as chaves para Belle e me afasto, deixando-os olhando para mim.

30

DOS DIÁRIOS
DOS SONHOS

Desde pequena, Rakhi era fascinada por mim. Ela suportava as tentativas do pai para diverti-la, mas era para mim que sua cara se iluminava, e, depois de algum tempo, ele parou de tentar. Será que todas as meninas passam por uma fase dessas de adoração pela mãe? Não tendo tido mãe, eu não sabia. Só que para ela, não era uma fase.

Do cercado, Rakhi passava horas seguidas me observando. Diferentemente das outras crianças, ela não pedia colo, nem que brincassem com ela. Ficava feliz só de observar. Ficava me olhando enquanto eu cozinhava ou fazia limpeza, enquanto eu ficava sentada de olhos fechados, peneirando os sonhos que disputavam minha atenção. Quando eu falava ao telefone com os clientes, ela ouvia, a cabeça de lado, os olhos negros sem pestanejar, como se entendesse tudo o que eu dizia. Isso me constrangia. Comecei a ir para o quarto para dar meus telefonemas, embora encarar a cama onde eu já não dormia me provocasse outro tipo de constrangimento.

Ela cresceu. Em pouco tempo, eu sabia, ela começaria a fazer perguntas. Preparei o discurso. Quando lhe contei o que eu fazia, tentei dar a impressão de que era uma coisa normal. Mas ela já havia decidido que era o trabalho mais glamoroso do mundo. Por associação, eu era a pessoa mais glamorosa.

Preocupava-me ver minha filha me idolatrando dessa maneira. Havia tanta coisa que ela não sabia a meu respeito, que eu não podia lhe contar. Meus erros, minhas traições, minhas covardias. Cedo ou tarde, ela iria descobrir essas coisas, e se sentiria traída, também. Eu queria impedir que isso acontecesse, mas como? Eu que aconselhava tanta gente com seus problemas não tinha idéia de como resolver o meu.

Rakhi ficou tão transtornada que não comia. Não falava comigo. Achou que eu não lhe ensinava a interpretar sonhos porque queria guardar egoisticamente meu dom só para mim. (Ela era mais precisa do que imaginava. Eu *era* egoísta, só que de outra maneira.) Até o pai dela, que raramente comentava assuntos domésticos, perguntou o que estava havendo. Eu deveria ter contado a ela então o que eu desconfiara a partir dos exercícios para iniciantes: ela não tinha talento. Mas isso parecia muito cruel. Com a visão limitada pelo amor, concluí que devia estar enganada. Tentar mais uma vez não poderia fazer mal. Então, naquela noite, apesar do que eu achava, convidei-a a dormir comigo no quarto de costura.

Fiz Rakhi deitar no meu travesseiro para que nossas cabeças se tocassem. Mandei-a fechar os olhos. Essa parte, eu me lembrava do que minha tia fizera quando aparecera como um raio na monotonia da minha vida. A seguir, ela chegara dentro de mim e tocara em algo que estava adormecido. Mas eu não sabia fazer isso. Era uma coisa que as intérpretes de sonhos aprendiam no último mês dos estudos, e eu fora embora antes disso.

Na favela onde eu me criei, as pessoas tinham medo de mim porque eu parecia conhecer segredos a respeito delas, seus pensamentos ocultos. Isso me garantia proteção naquele lugar onde os órfãos eram cruelmente explorados. Eu me sentia grata por minha habilidade, mas não dava muita atenção a ela. Agora vejo que eu devia ler os sonhos da vizinhança.

Quando Rakhi era pequena, eu fazia uma brincadeira com ela. Você consegue adivinhar em que estou pensando?, eu lhe perguntava de manhã depois que tinha um sonho importante. Eu a punha no colo, olhava nos olhos dela, guardava o sonho na cabeça e esperava que ela se ligasse nele. Ela tocava meu rosto, brincava com meu cabelo. Finalmente, ficava irrequieta e saía do meu colo, e eu ficava com um misto de desapontamento e alívio.

Eu devia ter levado em consideração essas tentativas fracassadas. Em vez disso, enquanto estávamos deitadas no chão, nossos cabelos embaraçados, decidi tentar mais do que nunca romper a barreira entre nossas mentes. Fechei os olhos. Eu estava vivamente consciente do meu marido no quarto ao lado, escovando os dentes, preparando-se para dormir. Será que ele se perguntava o que estávamos fazendo? Ouvi seus passos se encaminhando para esse quarto e fiquei rija, mas os passos pararam e voltaram como sempre. Rakhi já estava dormindo, a respiração curta e ofegante, como quando se sobe uma escada íngreme. Por hábito, sondei sua mente, mas não havia nenhum sonho. Ela não sonhava desde aquela manhã em que eu comprara dela o pesadelo. Afastei-me desse pensamento, dessa tentativa malograda de cura. Enfrentar noite após noite a praga do vazio durante o sono! Mas, talvez, se eu tivesse sucesso nesse projeto, se eu pudesse passar um pouco da minha habilidade para ela, ela me perdoasse.

Isolei-me de todos os barulhos externos. Foquei a atenção em minha consciência, esse poder que me permite receber os sonhos dos outros. Depois de algum tempo, isso apareceu como um pontinho de luz no meio do meu peito. Concentrei-me mais um pouco, e senti que o pontinho começava a se mexer. Com esforço, dirigi-o para onde minha testa encostava na de Rakhi. Visualizei sua consciência como um ponto semelhante e gritei para ele. Eu jamais havia feito algo parecido. A princípio, não senti nada; depois, senti um calor encostado no crânio. Num instante, algo começou a se infiltrar em mim. Agora eu via, essa coisa fraca e saltitante, para cima e para baixo ao meu lado. Convidei-a a entrar. As duas luzes começaram a passar para dentro do meu peito. Flutuavam num corredor comprido. Seria uma artéria? Mas talvez elas tenham entrado numa paisagem interior que nada tinha a ver com meu corpo físico. À medida que penetravam mais fundo, cenas passavam de seus dois lados como numa tela de cinema.

Há mulheres vestidas com sáris esfarrapados engarrafando uma trilha. Estão esperando para se abastecer de água na bica da rua. Há empurra-empurra porque a água já vai ser fechada. Uma moringa vazia significa não ter água para cozinhar, nada para as crianças beberem. A mulher mais forte vai empurrando até chegar à frente da fila. Uma dá um safanão numa menina magra para tirá-la da frente. A menina perde o equilíbrio, cai. Sua moringa de barro cai no chão e quebra em pedacinhos. Ela fica olhando para aquilo, horrorizada. Vai lhe render uma surra da família que a mantém, a contragosto, desde o desaparecimento de sua mãe. Ela vira a cabeça e me encara, e a força de seu medo e de sua raiva me atinge como uma explosão...

No escuro, uma menina mais velha segue uma mulher vestida de branco. Só as estrelas as iluminam um pouquinho. Sombras em forma de bichos espreitam à beira do caminho desconhecido. A menina está usando um sári branco, também – roupa a que não está habituada. Ela tropeça às vezes enquanto corre para não ficar para trás, mas tem medo de pedir à mulher para ir mais devagar. E se a mulher mudar de idéia, disser à menina que cometeu um erro, disser-lhe para voltar? Elas continuam, a noite não acaba, nem o caminho. A menina imagina as grutas para onde estão indo. Em seu coração, as grutas são cor de névoa, misteriosas e belas. Um farfalhar súbito no sub-bosque. Ela se vira sobressaltada e vê que é a mesma menina. Sua cara está toda entusiasmada. Mas já há sombras em seus olhos, porque a realidade nunca pode corresponder às imagens que temos na cabeça...

As cores e as formas caem como no interior de um caleidoscópio. O ponto de luz ao meu lado treme como uma lâmpada ao vento. À nossa frente, há outra cena: um apartamento de um cômodo, uma mesa bamba com um fogareiro a querosene em cima encostada num sofá velho. Há pilhas de discos, um toca-discos velho. Dessa vez, também é noite, mas uma noite urbana. A luz de um poste passa pela janelinha gradeada. Vai desaparecendo antes de alcançar o colchão no canto, onde há uma jovem deitada. Um homem – só vejo a parte de trás de sua cabeça – a está beijando. Chegamos mais perto. Gotículas de suor pontilham a curva de suas costas nuas. A mulher estende a mão para detê-lo, mas ele murmura algo e a mão desaparece. Ele tira seu sári branco e beija seus seios. Ela fecha os olhos num êxtase chocado que não é diferente da dor. Suas emoções estalam em mim como uma descarga elétrica, e me dou conta do que preferi não ver até agora: ela sou eu. Estes são momentos da minha vida que bani da memória. Mas, como muita coisa que é banida, eles não foram embora. Entraram na clandestinidade. E agora, de alguma forma, minha filha sonha com eles.

Coisas que escondi dela com tanto cuidado esses anos todos. Coisas que ela não deve saber.

Jogo-me entre ela e as cenas enfileiradas no corredor, empurro-a para ela voltar. Mas algo mais forte que eu nos suga mais para dentro. Que força nos segura? Imagens piscam diante de nós, enormes e hipnóticas. Misturam passado e presente, história e esperança, verdade e desejo. Nas grutas, interpreto tão bem um sonho, que as outras noviças se põem de pé admiradas. Sigo a melodia de uma flauta que sai de um velho palácio e entra num jardim, e encontro um homem que mudará meu futuro. Observo minha expressão na noite em que decido fugir das grutas. Minha cara na noite em que decidi fugir, de novo – dessa vez, de...

Não! Ela não deve ver isso.

Reúno todos os meus poderes para fazer Rakhi voltar para seu corpo – mas não consigo achar a luzinha que é sua consciência. Onde se meteu? Por qual corredor de minha consciência está vagando? E se eu não puder encontrá-la e mandá-la de volta antes que seu corpo acorde? Imagino sua expressão vazia, suas pernas inertes seguindo-me pelo resto de sua vida. E eu, levando-a dentro de mim sempre, uma gravidez interminável...

Mas essas idéias loucas preparam o terreno para o desastre. Forço-me a ficar calada para poder sentir a presença dela. Pulsação após pulsação – a única medida de tempo nesse espaço – passa. Nada. Talvez seja impossível a pessoa se diferenciar do próprio sangue.

Por quanto tempo vago pelas curvas de meus becos internos, procurando? Será que ouço meu marido batendo à porta, *Vocês duas estão bem aí dentro?* Não posso falar, dizer-lhe que ele não pode se meter. Será que alguém põe minha cabeça no colo, passa a mão fria em minha testa? Mas preciso focar o interior, onde a escuridão é um breu. Finalmente, quando desisti de me mexer e de ter esperança, tenho a mais ínfima sensação de alteridade. Entro deslizando atrás dela num túnel submarino. As lembranças são difusas aqui, velhas como os grãos de pólen que caem de uma flor moribunda. Mãos segurando uma criança num seio, cheiro do cabelo perfumado de uma mulher, uma voz chamando por ela. Seus pés vacilam quando ela se vira para olhar para sua filhinha? Eu sou essa criança? Ou essa mulher? A luz que é Rakhi ziguezagueia embriagadamente. Talvez ela, que sempre esteve impaciente para saber de mim, soube mais do que pode digerir. Subimos à tona, a solidez do osso. Com minhas últimas forças, empurro-a para dentro do seu corpo.

De manhã, será como se nada disso jamais tivesse acontecido. Só que me levantarei com enxaqueca e passarei o dia vomitando no banheiro de baixo. Meu marido se refugiará numa garrafa. E, de vez em quando, no meio de uma de suas atividades corriqueiras – enquanto faz o dever de casa, conversa com uma amiga ao telefone –, Rakhi parará e olhará para mim intrigada, tentando lembrar-se de algo importante, algo que já esqueceu.

31

Rakhi

Eles não me deixam em paz, claro. Belle leva meu pai de carro para minha casa. Estão esperando na porta quando estaciono o carro e subo as escadas me arrastando.

Antes de eu ter tempo de explodir, Belle diz:

– Não vamos fazer nada que você não queira, Rikki. Não vamos nem falar no bar. Vamos só relaxar e tomar um chá, sim? Todos nós tivemos um dia difícil.

– Vou fazer um chá especial – acrescenta meu pai. – Vá buscar a aspirina, tome uma chuveirada, se quiser.

Olho desconfiada para eles. Parece que ensaiaram isso. Retribuem o meu olhar com uma cara inocente, encardida. Tenho que confessar que a idéia de um dos chás especiais de meu pai é boa.

Quando volto, tendo lavado a cabeça, a casa está impregnada de um perfume de menta. Meu pai me dá uma xícara, e tomo um gole, agradecida. É uma mistura diferente de ervas e especiarias, leve e energizante.

– Chá *kashmiri* – diz meu pai. Ele não explica onde o conseguiu.

Ponho meus pés doloridos para cima e tomo mais uma xícara. Então vejo como ele está vestido.

– Pai! O que você está fazendo vestido com o meu roupão velho?

– Belle achou isso para mim. Ela foi ao porão botar minhas roupas na máquina de lavar. Essa garota é uma jóia, posso lhe dizer.

– Então vocês vão levar avante o plano maluco de vocês – digo.

– Não é tão maluco. Eu só não quero desistir tão cedo. É isso o que a gerente quer, não?

Fico olhando para ele. Será que ele também acha que ela teve algo a ver com o acidente?

Belle entra correndo.

– Só temos uma hora, Sr. Gupta. Rikki, me empresta uma roupa sua? E dá para você ir lá embaixo daqui a vinte minutos botar as roupas do seu pai na secadora? – Ela já entrou no chuveiro antes de eu poder responder.

– Não temos nada a perder – diz meu pai.

– Vamos parecer ridículos. As pessoas vão virar as costas e ir embora.

– Acho que não. De qualquer maneira, estou disposto a parecer ridículo. Pode evitar que a gente encerre as nossas atividades.

– Não quero que nossos clientes fiquem por pena de nós.

– Solidariedade não é uma coisa ruim. Mas não vou tentar fazê-la mudar de idéia. Faça o que quiser.

Faça o que quiser. Era isso o que minha mãe costumava dizer quando eu ia lhe pedir um conselho. Ela me dizia o que achava, depois, acrescentava essa frase. Aquele ligeiro recuo, aquela indicação de que, em última instância, sua vida era independente da minha. Sempre me dava vontade de fazer o que ela sugeria, como se, ao seguir seu conselho, eu a ligasse a mim.

Será que meu pai, o matreiro Ananzi, sabe disso?

– Ah, tudo bem – resmungo. – Acho que vou com vocês para ajudar. – Suspiro alto para me certificar de que ele perceba o enorme sacrifício que estou fazendo. Mas, no íntimo, estou alegre. Não estamos desistindo, e isso, em si, é uma pequena vitória. Quem sabe, talvez o maluco do meu pai tenha razão. Talvez possamos contornar esse desastre em vez de bater com o nosso barco nele e nos afogar.

– Obrigado, *beti* – diz ele formalmente. Então abre um sorriso triunfante. – É melhor se vestir, não temos muito tempo.

Uma vez ouvi minha mãe dizer: Uma calamidade acontece para que possamos entender o que é afeto. As calamidades em minha vida foram *causadas* por falta de afeto, eu achava. Mas, depois do incêndio em nosso bar, começo a vislumbrar, muito de leve, o que ela pode ter querido dizer.

Vou arrastando os pés para a loja atrás de Belle e de meu pai. Já antes de chegarmos, minha alegria desapareceu e minhas dúvidas voltaram com força total. É inútil, esse esforço todo que estamos fazendo. Seria mais inteligente deixar tudo por isso mesmo e começar de novo com uma atividade diferente – de preferência num lugar longe do Java e daquela bruxa da sua gerente. Só os ombros de meu pai, caídos embaixo da camisa ainda úmida, me impedem de virar as costas e fugir.

Trinco os dentes quando Belle abre a porta do bar. Uso toda a minha força de vontade para entrar no cheiro de fumaça e desastre que não vai embora por mais *Summer Rain* que pulverizemos no ambiente. Ligo a máquina de café, ocupo-me com atividades de rotina, fico em segundo plano, onde não tenho que responder a nenhuma pergunta. Mesmo assim, tremo cada vez que chega um cliente e torce a cara ao sentir o cheiro, e meu pai começa outra explicação, outra desculpa pelo magro suprimento de petiscos.

Eu esperaria irritação por parte dos clientes, na melhor das hipóteses, um brusco movimento de ombros sugerindo que tolerariam o inconveniente – mas só por hoje. Alguns respondem assim mesmo – e várias pessoas vão embora –, mas a maioria é solidária. Alguns dividem conosco suas histórias de desgraça. Fase ruim é igual a visita de parente afim, diz um homem. Parece que nunca vai embora, mas vai – e é certo vir depois uma fase boa! Alguém recita um *ghazal* urdu sobre perda e dor de amor, e como os amigos e as boas recordações podem nos ajudar a enfrentar essas coisas. Outra pessoa traduz as palavras para Belle e para mim. (A essa altura, a profundidade de nossas deficiências lingüísticas já foi avaliada.) Esses clientes fazem pedidos generosos de nosso cardápio desfalcado, de modo que no final da noite, fizemos uma féria decente.

– Mas o mais importante – diz meu pai quando trancamos o bar – é que não desistimos e fechamos as portas. Isso é o que a maioria das pessoas teria feito.

Lanço-lhe um olhar agudo para ver se "a maioria das pessoas" significa quem acho que significa, mas ele não está dando uma indireta para mim. Há um sorriso largo em seu rosto cansado. Lembro-me de como minha mãe, em seu diário, referia-se a ele como uma boa alma.

Nos dias que se seguem, nossos clientes nos ajudam a tomar pé da situação. O que precisamos consertar com mais urgência? Eles se consultam para ver se alguém tem alguma habilidade que possa nos ajudar. No fim das contas, há dois operários de construção no grupo. Eles se oferecem para fazer os reparos cobrando uma quantia mínima em seus dias de folga. Posso refazer a pintura. Jespal diz que é bom em colocar prateleiras. Um de nossos clientes que trabalha na Home Depot diz que comprará suprimentos para nós com desconto. O primo de alguém tem uma companhia de vistoria domiciliar. Ele virá quando os reparos estiverem concluídos para nos dar um *ok*.

Fico surpresa e satisfeita, e depois abatida. Mesmo se eles fizerem tudo o que prometeram, levaremos meses para consertar os problemas. Será que podemos funcionar precariamente esse tempo todo?

Nossos clientes são mais otimistas. Não se preocupe, dizem. (O desastre os deixou menos hesitantes quanto a se dirigir a mim.) Quando você for ver, o bar estará novo. Enquanto isso, vamos continuar vindo. Seja qual for a comida que vocês consigam fazer, nós compraremos. E cantaremos e tocaremos e manteremos o seu astral... e o nosso... lá em cima. Somos todos irmãos e irmãs aqui, afinal, *bhai-bahen*.

Mesmo os que não são indianos acenam positivamente a cabeça ao ouvir isso.

Agradeço esses sentimentos, mas não acredito muito neles.

Este é meu defeito fatal, como minha mãe me informava sempre: sou desconfiada e pessimista, pronta para pensar o pior das pessoas.

– Não que tenha motivo para ser assim – dizia ela.

Eu ficava irritada cada vez que ela dizia isso. Lembrava-lhe que eu tinha toda uma lista de motivos, encabeçada por Sonny-a-cruz-que-tenho-que-carregar. O que eu não a fazia ver era que nem sempre eu fora assim. (Ela devia saber disso, sendo minha mãe. Saberia, se não estivesse sempre com a atenção voltada para outra coisa. Até a festa, eu só via o lado bom das pessoas, particularmente do meu marido. Não foi desconfiança, mas sim confiança que me destruiu naquela noite.)

Agora que ela já se foi, posso ver as coisas de sua perspectiva, também. Quando penso nas pessoas que ela ajudou, tenho que admitir que meus problemas são irrelevantes. Seus diários me deram vislumbres: doença, assassinato, depressão suicida, esquizofrenia. Às vezes, à noite, preocupo-me com seus clientes de sonho, se conseguiram encontrar uma nova intérprete. Depois de enviar bons fluidos para Jona, envio para ela também.

Mesmo morta, minha mãe provou ter razão. Nossos clientes começam a nos ajudar, como prometeram. É terrivelmente lento – eles só podem vir em suas horas de folga –, mas está nos custando muito menos do que temíamos. Tivemos que discutir com eles antes que aceitassem algum pagamento. Os resultados não são cinco estrelas, mas dão para o gasto, e são feitos com afeto. Como meu pai me lembra, para início de conversa, não é como se isso aqui fosse um estabelecimento cinco estrelas. Enquanto isso, o negócio continua. Perdemos alguns de nossos clientes mais cheios de nove horas, mas isso não é suficiente para nos derrubar.

Depois do incêndio, ocorrem outras mudanças. Uma noite, algumas pessoas perguntam se podem montar um pequeno palco para os músicos. Ajudaria a alguns deles se pudessem sentar-se de pernas cruzadas. Ainda manteríamos cadeiras para o guitarrista e os percussionistas. O palco podia ser desmontado após a apresentação noturna, se quiséssemos.

Após uma consulta apressada na cozinha (eu resistindo, como sempre), concordamos em fazer uma experiência.

Logo dois tablados, revestidos com uma colcha de retalhos, são montados num canto. Almofadões compridos, que a esposa de algum deles forrara de seda, são dispostos sobre eles. (Eu não pensara nos músicos como tendo família. Eles pareciam muito independentes enquanto faziam sua música. Mas, ultimamente, vejo crianças correndo pela sala, adolescentes assumindo os instrumentos enquanto seus pais param para tomar chá.) Alguém põe em cima do balcão uma caixa esmaltada contendo massala, que refresca o hálito. E como se isso fosse um sinal, as pessoas começam a trazer outras coisas – um sino tibetano, um tapetinho persa em cores ricas, uma máscara, uma talha do Afeganistão, uma figura de jade, um espelho amassado que parece russo, com portas de metal entalhadas que abrem e fecham. Não consigo imaginar o valor dessas coisas, mas é óbvio que são preciosas para seus donos, que as trouxeram de suas vidas passadas até este país.

Ninguém jamais fala comigo a respeito desses objetos. Encontro-os amontoados atrás do palco quando faço a limpeza antes de fechar. (Não desmontamos mais o palco à noite. Não vale a pena, especialmente uma vez que virou uma área onde nossos clientes diurnos gostam de sentar.) Sou ambivalente em relação aos presentes. Às vezes, fico profundamente honrada, outras, exaspero-me por ter que encontrar lugar para eles no bar. Temo que as pessoas continuem trazendo coisas até a casa ficar esmagada debaixo de seu peso. Já tive que retirar vários objetos decorativos meus para acomodar novas peças – até meu quadro dos elefantes tomando banho (embora ultimamente meu apreço por ele tenha se reduzido um pouco). Minha Kurma House (mas terá sido minha algum dia?) está sofrendo uma grande modificação, tornando-se algo muito diferente daquilo que imaginei. Sinto-me como se estivesse perdendo o controle. Mas, quando me acalmo, vejo que até gosto da criatura que esse *nautilus* de muitas cabines virou. Um dia, pego meu pincel e acrescento uma palavra na janela: *Internacional.* Logo depois disso, por algum consenso tácito, nossos clientes decidem que a Kurma House não precisa de mais nada. Daí em diante, não encontro mais presentes.

– Não gosto de nossa maneira de fazer negócio – diz meu pai –, cobrando de nossos clientes por cada coisinha que eles pedem, tomando nota de cada insignificante *pakora* ou *jilebi.* Será que não podemos cobrar uma consumação mínima que dê direito a comer o que quiserem? Como um bufê?

Faço mil objeções. São homens corpulentos, muitos deles, com o apetite saudável de trabalhadores braçais. E se tomarem "Tudo o que conseguir comer" como um desafio, uma questão de machismo? Poderíamos ir à falência, brinco com Belle.

– Vou arrumar a comida em bandejas aquecidas e colocar uma grande tigela no balcão para o pagamento – diz meu pai. – As pessoas podem pagar no início da noite e se servir quando quiserem.

Sinto minhas rugas de preocupação se cristalizarem num traço permanente de minha fisionomia.

– Então você nem se certifica de que elas estão pagando?

– Sistema de honra – diz meu pai. – Faz as pessoas sentirem que confiam nelas, e não perturba os músicos.

Franzo o cenho.

É assim que trabalhava na casa de chá na Índia?

Ele cai na gargalhada.

– Está brincando! Os clientes ali teriam roubado tudo o que tínhamos.

– Então como...?

Ele encolhe os ombros.

– Mas agora estamos num país diferente, com um povo diferente. Não dá para simplesmente seguir os hábitos antigos. Temos que ser flexíveis, não? Isso me parece correto.

A mim, não parece correto. Temo que nossos clientes que são imigrantes não entendam o sistema de honra. Sinto que não se pode confiar nos outros. Mas, no fim da primeira noite, descubro, com algum constrangimento, que faturamos mais ou menos a mesma coisa que faturávamos normalmente, e consumimos a mesma quantidade de comida. Nos dias seguintes, observo cuidadosamente e verifico que, se querem se servir várias vezes, as pessoas põem mais dinheiro na tigela do que o preço que cobramos. Fazem isso caladas, sem fazer disso um bicho-de-sete-cabeças.

– Mas por quê? – pergunto a meu pai uma noite quando estamos indo para o estacionamento.

– Pode ser que a Kurma House Internacional tenha se tornado para eles mais do que apenas um lugar para se pegar alguma coisa para comer. Talvez, por terem ajudado a reconstruí-la, sintam que a casa é deles. Não querem perdê-la. Então estão fazendo a parte deles para garantir nossa permanência no negócio.

Terá sido isso que minha mãe deixou transparecer quando falou de uma atração singular? Será que, por acaso, conseguimos criar o que ela queria?

– Estou envergonhadíssima – confesso. – No início, não confiei muito neles.

– Você tem dificuldade de confiar nos outros, não? – diz ele.

Seu tom é incrivelmente parecido com o de minha mãe. Sobressaltada, olho para ele. Mas seus olhos são os dele: meigos e felizes e um pouco cansados. Por um momento, fico tentada a lhe contar da festa que me transformou. Mas deixo escapar a oportunidade.

– O sistema de honra foi uma boa idéia, ainda que seja eu que o diga – acrescenta com uma risadinha, depois faz um gesto para a janela escura do Java. – Mas os clientes *deles* não se sentem da mesma maneira em relação a eles.

– Acho que não – respondo. Rio também para lhe fazer companhia, mas, por dentro, sinto um desconforto, como se eu estivesse deixando passar algo importante.

32

A casa está em silêncio e às escuras. A mulher sai do chuveiro, as extremidades molhadas, o cabelo crespo pingando no tecido fino do roupão. Acende uma lâmpada e senta-se junto ao clarão oval de luz amarela com o pacote no colo. Na verdade, é um envelope grande de papel pardo, manchado e encardido do incêndio, esquecido por esse tempo todo. Só hoje, um operário o resgatou da cozinha, de debaixo de um monte de entulho. Ela não reconhece a letra borrada, mas a mensagem é clara: *Para você.* Ela diz a si mesma para não esperar grandes coisas, mas sente o sangue lhe subindo à cabeça. Há tanto tempo anda esperando um sinal.

Com as mãos trêmulas, abre o envelope, joga fora o plástico bolha, os cartões de proteção. Acaba com cinco fotografias na mão. Coloca-as sobre a mesa baixa. São fotografias de quadros – todos de pintores indianos, embora ela não tenha certeza de como sabe disso. Nem o tema nem o estilo são tradicionalmente indianos, embora uma das composições coloque palavras numa caligrafia indiana em meio a formas geométricas. Ela não sabe dizer se são fotos dos próprios quadros, feitas num estúdio ou numa galeria, ou imagens de imagens tiradas de livros. Não importa. São claras o bastante e – o entusiasmo deixa sua garganta seca – ela nunca viu nada igual.

A primeira é uma paisagem abstrata num amarelo esbranquiçado e num rosa cor de carne. Há um rio, verde-esmeralda, correndo ao lado de penhascos de onde pendem arbustos em flor. Há uma forma triangular que poderia ser um templo ou uma rocha. Mas o que mais a impressiona é a energia por trás das linhas, a sensação de uma presença oculta. Ela fica olhando algum tempo, fascinada, depois vira a fotografia, na esperança de mais alguma pista: um nome, um título. Mas não há nada no verso. Todas as fotos têm o verso em branco. No fim, ela só tem a imaginação como guia.

O segundo quadro é de um azul submarino. Há um torso de mulher envolvido nessa cor. Luz e sombra brincam em suas curvas, em sua imobilidade absoluta. Pétalas, o branco encerado das plumérias, atravessam o quadro flutuando numa corrente, e ficam agarradas na ilha do seio, no promontório arredondado da anca. Poderia o azul representar não o oceano mas sim a noite, a corrente do sonhar? Que tipo de expressão teria a cara da mulher, se Rakhi pudesse vê-la?

O terceiro quadro tem o fundo amarelo-néon. Um ser púrpura de muitos braços e cara de lua paira sobre um ninho de cobras. Será esse ser (masculino? feminino?) divino ou humano? Ou a representação de uma idéia? Seu hálito é captado pela justaposição gritante da cor e da forma, pelos olhos brilhantes, pela surpresa da composição, como uma reviravolta num enredo complexo.

O quarto quadro puxa-a para o círculo escuro em seu centro, um buraco negro, magnético, inexorável. Ela se salva da queda segurando na beirada: quadrados feitos de formas geométricas, tapetes de texturas ricas. Cruzes, setas, concentricidades em tons de terra. Ela nunca percebeu que um triângulo podia preencher um espaço de forma tão bela.

O último quadro é um díptico. A composição da esquerda lhe dá a sensação de estar debruçada sobre um poço espiando lá para dentro, esferas dentro de esferas, como ondulações concêntricas na água. Bem no centro, onde se esperaria ver escuridão, uma luz branca fulgurante. A composição da direita representa uma porta fechada encimada por um arco. (Ou será uma forma sagrada que ela não consegue sondar, um linga, uma estupa?) Mais pretos, azuis, verdes claros. No topo da porta, aquela mesma luz. Quando fecha os olhos, ela vê a claridade gravada em suas pálpebras.

Ela nunca saberá quem lhe enviou essas fotos, mas não tem nenhuma dúvida quanto ao motivo pelo qual foram enviadas. Os quadros detonaram os limites que ela criou em torno do que deve ser a arte e lhe abriram possibilidades. São indianos, mas de formas tão diferentes! Ela andava esse tempo todo criando limites em volta daquela palavra, também, o que ela pode significar. Ora, aquela palavra engloba-a do jeito que ela é, com todas as falhas em sua educação, todas as suas deficiências. Ela não precisa mudar para afirmar seu indianismo. Não precisa tentar ser sua mãe. As coisas estão desmoronando dentro dela. Ela espera para ver se, a partir dos escombros, pode construir formas novas e satisfatórias.

33

DOS DIÁRIOS
DOS SONHOS

No terceiro ano de nosso treinamento, fomos colocadas aos cuidados da Anciã Jahnavi, uma mulher corcunda que só andava com a ajuda de uma equipe. Não prestamos muita atenção nela quando a vimos pela primeira vez. Entre as anciãs mais exuberantes, ela parecia apagada como uma flor noturna durante o dia. Mas quando se dirigiu a nós, vimos logo que estávamos na presença de uma força.

A especialidade de Jahnavi residia no estudo dos sonhos a partir da história e do mito. Ela nos perguntava o que significavam, e o que revelavam sobre a natureza do ato de sonhar e sua relação com nossa vida desperta. Passamos muitas tardes na escura gruta de areia designada para ela, examinando sonhos que, bem-interpretados e seguidos à risca, transformaram vidas e nações. Outros, não levados em conta, trouxeram destruição. O sonho do sábio Narad que se transforma em macaco, o sonho de Markandeya e o dilúvio, o sonho do rei demônio Ravana, com destruição e morte, enviado a ele como um aviso – todos eles me voltam, embora os anos tenham apagado seus detalhes. Mas lembro-me, como se o tivesse visto ontem, do sonho de Tunga-dhwaja na floresta.

Sim, digo deliberadamente *vi,* pois, na presença de Jahnavi, tínhamos a capacidade de sonhar de novo esses sonhos antigos. Deitávamos no chão macio da gruta e fechávamos os olhos, e o sonho aparecia a cada uma de nós, embora o víssemos cada qual de uma forma, de acordo com o nível de nosso conhecimento, e colorido com nossos desejos e medos. Uma de minhas irmãs sonhadoras gostava de doces, e, para ela, em todas as celebrações nos sonhos havia uma bacia de ouro repleta de *kheer*. Outra tinha medo de escorpião. Em seus sonhos, a desgraça tomava a forma de uma picada de escorpião. E eu – mas escreverei sobre minha fraqueza outra hora.

Eis aqui a história do rei Tunga-dhwaja:

O rei é um guerreiro temível, um conquistador ciente de sua reputação. É também um amante de caçadas. E nesse dia, com seus nobres e seus caçadores, entra a cavalo na floresta em volta de seu palácio. É um bom lugar para se encontrarem javalis e tigres e veados – embora Tunga-dhwaja considere um veado um alvo fácil demais e só vá atrás de um se não houver mais nada disponível.

Mas, nesse dia, apesar dos esforços dos batedores, nenhum bicho aparece. O rei desapontado está quase voltando para o palácio quando avista ao longe um javali branco, a mais rara das criaturas. Vai atrás dele – não resiste – embrenhando-se mais na escuridão da floresta, deixando os companheiros para trás. Concentrado na perseguição, não vê como a natureza da floresta mudou, como as árvores ficaram estranhas, como as flores exalam uma fragrância pesada e fascinante. Até o javali sumir inexplicavelmente atrás de uma árvore, e um Tunga-dhwaja exausto perceber que está perdido. Ele apeia do cavalo. Não está com medo – já esteve em situações piores. Pela manhã, seus caçadores vão encontrá-lo. Se não, ele voltará sobre os próprios passos e encontrará o caminho.

Ao descansar embaixo de uma árvore, o rei ouve o barulho de muita gente gemendo. Quando olha para o lado, vê um grupo de selvagens nanicos vestidos com casca de árvore realizando um culto primitivo. Ele vai até lá perguntar se os selvagens podem guiá-lo de volta a seu palácio, mas eles não parecem compreendê-lo. Colocaram tigelas de mingau em tigelas de folhas na frente de uma pedra que decoraram com flores – e, de repente, ele percebe o quanto está faminto. Pede um mingau, mas os homens – embora certamente vejam que ele é um rei, o rei deles – não lhe dão atenção. Continuam a rezar. Quando, irritado, ele tenta pegar uma tigela, eles o detêm, e, por mímica, indicam que a comida deve ser primeiro oferecida ao deus pedra. Depois, irão partilhá-la com ele.

Mas o rei se recusa a esperar. Espada na mão, empurra-os e pega o que quer. Eles não protestam. Ficam só olhando, os olhos faiscando embaixo da cabeleira desgrenhada. Quando ele ergue os olhos depois de comer, os seres se fundiram com as árvorcs.

O rei não faz caso deles. São menores que ele e não têm armas. O rei dorme, e, quando acorda, é dia claro. Seu cavalo foi embora. Ele amaldiçoa os homens da floresta, que devem tê-lo roubado enquanto ele dormia, e parte a pé. Rastreador experiente, acompanha facilmente suas pegadas, chegando à fímbria da mata no fim da tarde. Lá está seu palácio, seu domo de cristal brilhando ao sol! Ele se dirige ao portão – e é detido pelos guardas.

– Mendigo! – grita um deles, brandindo a espada na cara do rei. – Aonde pensa que vai?

– Mendigo? – grita o furioso Tunga-dhwaja. – Vocês não conhecem seu rei? Em uma hora, verei vocês enterrados vivos, com espinhos na cabeça e nos pés, para pagar por esse insulto.

O guarda está quase golpeando-o, mas o outro guarda, um homem mais velho, segura-o.

– Irmão – diz. – A pessoa não deve se ofender com as palavras de um louco. Deus já não o castigou o suficiente?

Diante disso, o rei se olha e vê que suas roupas majestosas desapareceram e que ele está vestido de casca de árvore, que seu cabelo está desgrenhado. Olhando para cima, vê que o estandarte que tremula no domo do palácio não é o dos três elefantes verdes sobre um fundo vermelho que ele conhece, mas um novo, clarão prateado sobre um fundo azul.

– Como é o nome de seu rei? – sussurra ele para o guarda mais velho.

– Ora, é Aniruddha, o virtuoso – diz o guarda. – Todos o amam por sua clemência. Você está com sorte, pois hoje é o dia do aniversário do príncipe, e a família real aparecerá na escadaria do palácio para distribuir esmolas aos pobres. – Vendo a cara perturbada do rei, acrescenta, com bondade: – Levo-o lá, se quiser.

Tunga-dhwaja acompanha o guarda até a escadaria. Não reconhece o rei, mas a rainha – é a sua querida mulher, e carrega nos braços o filho dele, um menino de três anos. Seguramente, ela vai reconhecê-lo!

Ele corre para ela, gritando:

– Mulher! Mulher! – Mas ela fica olhando para ele com repugnância e sem reconhecê-lo. Ele é interceptado por guardas, e só por ordem do rei é poupado de um espancamento violento.

– Fora com o louco – ordena o rei – e não deixem que ele volte.

Caído no chão fora dos portões da cidade, num mundo que é e não é o seu, Tunga-dhwaja percebe que essa desgraça ocorreu por causa de seu comportamento com os homens da floresta e sua divindade. Ele volta à floresta, decidido a lhes pedir perdão. Mas, embora passe dias vagando, não os encontra. Finalmente, desesperado, resolve se afogar num lago da floresta. Quando já entrou no lago até ter água pelo pescoço, com o canto do olho, sente um movimento. É o javali branco.

O javali guia Tunga-dhwaja até a clareira onde os selvagens – ele acha que são sábios – estão realizando seu culto. Tudo parece igual ao que era na noite fatídica quando lá esteve pela última vez. Mas talvez *seja* a mesma noite, talvez o javali o tenha feito voltar no tempo? De qualquer forma, Tunga-dhwaja sabe o que precisa fazer. Chorando, prosterna-se diante da pedra e, quando a cerimônia termina, aceita humildemente a comida abençoada. Deita-se embaixo da mesma árvore onde amarrou seu cavalo há uma vida. A princípio, está agitado demais para adormecer – mas precisa dormir, pois sabe que só por meio de um sonho pode voltar a ser quem era. Afinal o esquecimento o envolve em seu manto misericordioso, e, pela manhã, ele se vê novamente vestido com aquele traje real de caça, o cavalo pastando por perto.

O rei deixa o bosque mágico, encontra os companheiros nervosos e volta ao palácio, onde tudo está como antes da caçada. O rei, porém, é um homem mudado. Sem a arrogância antiga, vive sua vida em oração, governando seu reino com justiça e clemência. É especialmente bondoso com os mendigos e os loucos, e, quando morre, seus súditos choram o passamento de Tunga-dhwaja, o virtuoso.

34

Rakhi

O telefone toca de manhã, enquanto estou tentando pintar. Tentando porque, embora as fotografias tenham me mostrado novos caminhos animadores, eu ainda não os internalizara. Continuava sem um tema que me apaixonasse. Havia iniciado uma paisagem e uma natureza morta e abandonado as duas. Agora tentava fazer um retrato de Jona num estilo abstrato, mas as cores se chocavam, a composição não tinha vida e a figura no centro não tinha o espírito de minha filha. Ao ouvir o telefone, fico tão feliz com a interrupção que atendo no segundo toque.

É Belle. Em vez de se desculpar por me falar na minha hora de pintar, ela me diz para ligar a tevê.

– Mas Belle, você sabe que não gosto de assistir...

– Basta ligar, Kikki!

– Em que canal?

– Não importa. Qualquer um dos principais serve. – Parece que ela está ficando resfriada. – Depressa! Eu espero na linha.

Vejo a explosão e penso que peguei um filme de ficção científica no meio, ou um daqueles deprimentes filmes-catástrofe de que as pessoas inexplicavelmente tanto gostam.

Estou quase mudando de canal quando aparece um movimento rápido em arco na tela, acompanhado de outra explosão muda. Levo um minuto para processar o que vi: um avião batendo num prédio alto que parece conhecido, exatamente igual ao que explodiu. A cena passa de novo. Tomo consciência da voz do locutor dizendo-me que o World Trade Center foi atingido por aviões terroristas. Como se seguindo a deixa, os arranha-céus começam a implodir. A cena muda para o Pentágono, que também foi atingido. Vejo fumaça, paredes destruídas, gente apavorada, correndo aos gritos. Uma pasta abre ao cair, espalhando documentos pela rua. A câmera dá um *zoom* num sapato de salto alto, virado de lado.

Sinto um enjôo no estômago. Minhas pernas tremem tanto que preciso me segurar na parede quando volto aos tropeções para o telefone.

– Isso é real? – sussurro.

Belle soluça do outro lado da linha.

– Como pode acontecer uma coisa dessas? – digo. – Quem haveria de querer fazer uma coisa tão terrível?

– Não sei. Não sei, Rikki. Estou com muito medo. Eu estava pronta para sair para abrir o bar, mas acho que não vou conseguir. Havia outro avião com seqüestradores que caiu na Pensilvânia. Quem sabe quantos mais planejaram... – Ela dá outro soluço, que mais parece de criança que de mulher.

E com isso, me lembro de minha filha.

– Tenho que pegar Jona na escola – grito.

– Rikki, estou com medo. Liguei para Jespal, no trabalho e em casa, mas não respondia. Onde ele pode estar? – Ela agora chora de verdade.

Penso rápido.

– Belle, quero que venha para cá. Vou lhe deixar a chave debaixo do capacho. Vai ser melhor para mim, também, não ter que ficar sozinha. Não se preocupe com Jespal por enquanto. Ele pode ter dado uma saída. Você pode ligar para ele do meu telefone. Ele também pode vir para cá.

– Tem razão – diz ela, com uma voz atipicamente mansa. – Vou para aí. Eu não devia me preocupar ainda.

É triste ver como é fácil convencer as pessoas daquilo em que elas querem acreditar.

É curioso como as ruas estão desertas quando vou para a escola. Talvez as pessoas estejam em casa, assistindo à tevê, fascinadas com as imagens daquelas torres se desintegrando em câmera lenta, repetidas a todo momento. Ligo o rádio. Até agora, quatro aviões foram seqüestrados. Todos quatro tinham como destino a Califórnia. Os vôos foram cancelados em toda a América. A Bolsa de Valores fechou. O presidente, sua mulher e o vice-presidente foram levados para um local não revelado. Olho para cima nervosamente enquanto ouço, embora não haja nada no céu a não ser algumas gaivotas da baía.

A umas duas quadras da escola, a confusão é total: filas de carros presos num engarrafamento, motoristas buzinando uns para os outros tentando estacionar. Uma mãe larga o carro no meio da rua e corre para dentro da escola. Os motoristas bloqueados atrás dela começam a gritar, e um homem agita o punho e grita um palavrão.

Afinal encontro uma vaga e chego ao portão, só para ser detida pela vice-diretora. Ela me pede encarecidamente para não perturbar as crianças tirando Jona da escola. As crianças estão perfeitamente a salvo ali, insiste. É mais traumático para elas verem os colegas serem retirados sem explicação.

– A maioria dos pais está muito angustiada para discutir com calma o que aconteceu – diz. – Vocês só vão apavorar mais as crianças. E o que vão fazer com elas? Levá-las para casa para passar o dia assistindo ao noticiário com vocês? Elas não precisam disso.

Ela deve ter razão. As crianças não precisam disso. Somos nós, os pais, que precisamos delas conosco para poder tocar em seus corpinhos robustos e sentir seu peso ao pegá-las no colo, para poder cheirar-lhes o pescoço e nos consolar com seu cheiro, aquela única coisa conhecida neste mundo agora irreconhecível.

– Sinto muito – digo passando por ela. – Preciso ter a minha filha.

No carro, obrigo-me a não ligar o rádio, embora esteja ansiosa para ouvir as últimas notícias. Primeiro, preciso contar a Jona o que aconteceu – como, literalmente, o céu desabou desde que me despedi dela com um beijo algumas horas atrás. Como se explica a uma criança que alguém bateu deliberadamente com um avião cheio de gente num prédio cheio de gente, três vezes, em três lugares diferentes? Que isso pode ser o início de um ataque terrorista planejado pela América afora? O que se diz quando ela pede para saber por que as pessoas se matariam só para poder ferir gente que elas nem conhecem?

Quando chego ao estacionamento de casa, ainda não encontrei as palavras para falar do ataque. Ainda bem que Jona não me perguntou por que a retirei da escola – mas também estou surpresa. Ela anda esse tempo todo olhando pela janela.

– Jona – digo. – Preciso lhe contar uma coisa horrível que aconteceu hoje. Você pode ficar nervosa e com medo, mas precisa saber.

– Eu já sei – diz ela com uma voz neutra, sem se virar para mim. – Os prédios explodiram e pegaram fogo. Morreu gente. Uns se atiraram pelas janelas. Estavam gritando. Não pudemos ajudá-las.

Meu coração palpita, agitado. Eu é que deveria ter dado essa notícia traumática à minha filha.

– Quem lhe contou isso? Uma das professoras? Uma mãe ou um pai? Ligaram a tevê na sua escola?

Dessa vez, ela me olha. Sua cara é inexpressiva, e isso me assusta mais do que se estivesse histérica.

– Vi no sonho. Não se lembra?

Aquilo tudo me volta: sua cabeça suada colada à minha naquela sua cama de doente, a mão de Sonny e a minha, entrelaçadas em cima de seu peito, subindo e descendo com sua respiração instável. Seu sonho agitado, e o meu, e como pensei, com uma complacência equivocada, que eram o mesmo.

E é assim que tomo conhecimento de dois fatos dolorosos numa manhã:

1. Existem pessoas dispostas a tudo para nos destruir – até se matar. Essa é a dimensão de seu ódio à América – e elas querem torná-la conhecida.

2. O dom que sempre desejei pulou-me e se manifestou em minha filha. Só que não é um dom, mas sim um peso terrível que ela terá que carregar sozinha de agora em diante. Por mais que eu queira, não posso ajudá-la nisso.

Estamos sentadas na frente da tevê, Belle, meu pai, Jona, Jespal, Sonny e eu. Sabemos que deveríamos desligar o aparelho, que não deveríamos ficar assistindo a um *replay* atrás do outro, vendo as torres em chamas e desmoronando, desmoronando e em chamas. Mas nenhum de nós consegue arranjar forças para apertar o botão. Vemos clipes de bombeiros dirigindo-se para o incêndio; vemos os prédios desabando sob o peso dos próprios escombros. Ambulâncias gemem como se não fossem parar nunca. Milhares de pessoas morreram nas torres. Algumas delas ligaram para casa antes de pular. Vemos as paredes destruídas do Pentágono atrás da fumaça. Carros da polícia. Os seqüestradores estavam armados com estiletes, somos informados. O prefeito Giuliani aparece: *Mantenham a calma e permaneçam dentro de casa... a menos que estejam a sul da Canal Street.* Um homem de uniforme declara ter apresentado relatórios afirmando que a segurança dos aeroportos era muito frouxa. O presidente Bush aparece, prometendo vingança. Olhamos para todos eles, depois nos entreolhamos descrentes. Como isso pode ter acontecido aqui, na nossa terra, numa época de paz? Na América?

Uma nova matéria é enxertada nos *replays*: uma rua em algum lugar do Oriente Médio onde as pessoas dançam e distribuem doces porque os demônios americanos finalmente tiveram o que mereciam. Homens de turbante e barba negra batem palmas e entoam palavras de ordem. Crianças acenam bandeirinhas de papel. Também há mulheres na multidão, vestidas com *burkhas* pretas, a cabeça coberta com xales, a cara radiante e suada de satisfação. Uma delas grita: *Que eles saibam com o que a gente convive todo dia.* As palavras são traduzidas numa legenda na tela para nós.

As cenas de devastação em Nova York foram terríveis, mas essa matéria me perturba de outra maneira. Fico com vontade de jogar uma bomba nessa gente e acabar com essa sua celebração infernal. Mas aí, quando as imagens passam pela segunda vez e depois pela terceira, começo a sentir um outro tipo de medo.

– Idiotas – diz meu pai. – Eles não deviam ficar mostrando isso numa hora dessas. – Levanta-se sem muita firmeza, desliga a tevê e leva Jona para jogar xadrez chinês.

Como se o seu movimento nos tivesse libertado de uma espécie de encanto, levantamos todos. Admiro-me ao descobrir que estou faminta. Todos estamos. Belle diz que é de alívio por estarmos em segurança. Decidimos que vamos ligar a tevê de hora em hora para ouvir as últimas notícias. Belle diz que vai fazer um bolo e trazer um suéter de Jona no qual ando trabalhando intermitentemente há vários meses. Jespal diz que quer voltar para o trabalho para poder se sentir mais ou menos normal.

– Venho ver vocês daqui a algumas horas – ele diz a Belle. – Vocês vão estar na Kurma House?

– Acho que sim – diz Belle.

– Não é uma boa idéia! – diz Sonny secamente. – Vocês não devem abrir o bar hoje.

Pensei a mesma coisa, mas não gosto do tom dele. Sonny-o-sabe-tudo. Talvez porque eu já esteja tensa, a raiva se acenda em mim.

– Por quê? – pergunto.

– Você não vê? – O tom dele deixa implícito que seria melhor eu não entrar em nenhum concurso de QI. – Não é seguro.

– Talvez Sonny tenha razão – diz Belle. – Não quero ir a *lugar nenhum* hoje. Nem para casa. Rikki, posso dormir aqui?

Faço que sim com a cabeça. Mas não terminei com Sonny.

– E por que não é seguro?

Ele suspira com impaciência.

– Será que você é mesmo tão tapada? As pessoas achariam que vocês não ligaram para aquela gente que morreu, para o fato de a América estar sendo atacada. Achariam que só queriam saber de ganhar dinheiro.

Ele sabe exatamente como me irritar.

– Está querendo dizer que todos os estabelecimentos comerciais neste país estão fechados hoje? – falo, elevando a voz. – Que não abrir é a única maneira que temos de demonstrar nossa solidariedade? E quanto ao fato de que pode ser bom para o país continuar funcionando de forma tão normal quanto possível, e não permitir que tudo pare, o que acho que é exatamente o que os terroristas querem...

Sonny balança a cabeça com cansaço.

– Não vamos transformar isso em luta de boxe logo hoje. Só estou lhe dizendo qual seria a reação do homem comum na rua. Só estou lhe dizendo qual seria o procedimento mais seguro.

Há alguma verdade no que ele diz, mas isso só me deixa mais irritada. Olho para Belle, depois para Jespal. Eles desviam a vista. Vê-se que concordam com Sonny. Cerro os dentes. Estou mais determinada ainda a não ceder. Mas, enquanto tento imaginar um plano de ação, o apoio vem de onde menos se esperava.

– Não podemos fechar o bar – diz meu pai. – Especialmente hoje. Para muitos de nossos clientes, esse é o único ponto de encontro. Se estamos nervosos e preocupados, eles devem estar também. Por eles, temos obrigação de permanecer abertos para que eles possam vir conversar sobre o que aconteceu, encontrar apoio uns nos outros. Talvez possamos ajudá-los a lidar com o choque.

É a minha chance.

– Você está absolutamente certo, pai – digo. Dou um sorriso angelical para Sonny. – Estaríamos prestando um serviço valioso à comunidade – viro-me para Belle. – E não acha que nos sentiremos muito melhor se estivermos ocupadas fazendo alguma coisa útil, em vez de ficar na frente da tevê ouvindo um bando de especialistas conjeturando sobre qual a próxima coisa terrível que vai acontecer?

Ela parece em dúvida, mas acaba fazendo que sim com a cabeça.

– Acho que está cometendo um erro – diz Sonny a meu pai antes de sair. Ele não fala comigo. Pela cara fechada dele, posso dizer que, desta vez, consegui irritá-lo. Conto isso como uma pequena vitória nesse dia de derrotas.

35

DOS DIÁRIOS
DOS SONHOS

A história de Tunga-dhwaja nos desorientava, porque, diferentemente das outras histórias que estudamos com a anciã Jahnavi, não descrevia nenhum sonho. Discutindo, queríamos saber se o rei sonhara a história inteira da hora em que adormeceu na floresta até acordar ali da segunda vez. Seria um sonho de alerta, que, sendo seguido, o levou a escapar de um destino funesto? No entanto, essa era uma solução muito fácil. Negava o sofrimento do rei e diminuía a magnitude de sua transformação.

– Têm razão – disse Jahnavi. – A resposta não é essa. Reflitam mais.

Depois de uma reflexão maior, decidimos que a floresta era um espaço mágico de sonho. A atitude do rei ali fez com que se abatesse uma maldição sobre sua vida desperta de modo que as pessoas já não eram capazes de reconhecê-lo. A maldição só poderia ser negada por uma reparação realizada no mesmo espaço de sonho.

– Estão chegando mais perto – disse Jahnavi. – Mas se fixando nas coisas erradas. Estão se esforçando demais. Esqueçam tudo o que aprenderam sobre interpretação. Olhem sem ter um foco determinado. Então talvez o quadro real apareça diante de vocês.

Mas não sabíamos olhar sem foco.

Ao cabo de uma semana de espera, Jahnavi ficou com pena e nos reuniu em volta dela. Traçou um diagrama no chão de areia, duas elipses ligadas por um tubo. Acrescentou quadradinhos no perímetro das duas elipses. Alguns quadrados tinham o contorno mais grosso que os outros. Ela olhou para nós esperançosa, mas não tínhamos idéia do que significava.

– A história de Tunga-dhwaja – explicou – é importante porque ilustra uma ocorrência rara porém crucial no sonhar. – Apontou para uma das elipses. – Pense nessa como o tempo da vigília e na outra como o tempo do sonho. O tubo de ligação é chamado passagem, e nos permite transitar de um tempo para o outro. Em circunstâncias normais, a elipse do tempo do sonho está sempre em movimento, de modo que, quando se atravessa a passagem, entra-se por uma porta diferente – aqui ela apontou para os quadrados – e assim sonhamos um sonho diferente. A elipse do estado desperto se move, mas com uma lentidão sem fim. Assim, durante a vida, a pessoa tornará a entrar pela mesma porta e vivenciará a mesma história, a que demos o nome de realidade. Agora entendem o que aconteceu no caso de Tunga-dhwaja?

– De alguma forma, ele perturbou o equilíbrio entre as elipses – arriscou uma de nós.

– Sim – disse Jahnavi. – Em geral, quando o equilíbrio é perturbado, a elipse do tempo do sonho pára, e as pessoas sonham com a mesma história repetidas vezes. Mas o problema do rei era único. Irritando os sábios na floresta, ele acelerou seu tempo da vigília, e, quando voltou para ele, entrou por uma porta diferente para uma vida diferente. Aqui, ele pagou pela arrogância sendo reduzido ao mais baixo da ralé.

– Mas por que aconteceu isso? – perguntei. – Todos nós, às vezes fazemos no sonho o que não devemos fazer. Mas não somos empurrados para outras vidas como castigo...

– É porque, na floresta mágica, o rei entrou num sonho transformador. – Aqui Jahnavi apontou para um dos quadrados de contorno grosso. – Os sonhos transformadores são raros. Eles ocorrem aos humanos uma ou duas vezes na vida, ou às vezes não ocorrem. O que fazemos nesses sonhos transforma nossa natureza e afeta violentamente nossa vida desperta. Na maioria dos casos, o sonho se apaga de nossa consciência uma vez que o sonhamos, e não podemos fazer nada para mudar seus efeitos. Tunga-dhwaja teve a sorte de se lembrar, e mais sorte ainda de poder tornar a entrar no mesmo sonho transformador, onde foi perdoado. Do contrário, teria ficado preso na nova vida e fadado a passar o resto de seus dias como mendigo.

Naquela noite, deitei em minha esteira no dormitório e contemplei o que Jahnavi dissera. A lenda de Tunga-dhwaja supostamente devia nos deixar prevenidas, mas me animava. Pensar que, para lá de nossas percepções, havia diferentes realidades! Pensar que elas poderiam se tornar disponíveis para nós – até mesmo para mim! Que eu podia passar, graças a alguma coisa que fiz num sonho, para outra vida, e virar outra pessoa, dotada de talentos e alegrias que eu nem imaginava naquele momento! A lei da inversão transformara Tunga-dhwaja de rei em mendigo. Essa mesma lei não poderia transformar a mim – noviça órfã, uma espécie de pedinte – numa rainha?

Essas idéias me deram uma angústia estranha. Até agora, eu adorava as grutas. Bendizia o dia em que fora aceita ali para me tornar uma intérprete de sonhos. Isso me permitira escapar da minha vida sem futuro na favela. Abrira para mim um mundo que eu desconhecia, despertara em mim poderes que eu mal adivinhava. Dera-me uma razão de viver. Mas, hoje, a escuridão do dormitório me oprimia com um peso que eu nunca sentira antes. O teto abaulado da gruta parecia uma mão me tapando a boca, me sufocando. Poderia levar anos até as anciãs decidirem que eu sabia o suficiente para sair no mundo e praticar meu ofício. A essa altura, minha juventude já teria acabado, assim como alguma beleza que eu pudesse possuir, e com elas, minhas esperanças de felicidade e aventura. Senti um grande desespero quando pensei isso. Com todas as minhas forças, desejei ter um sonho. Eu sabia que as anciãs ficariam furiosas se descobrissem, e não só por causa dos perigos que a arte de desejar envolvia. O sonho escolhe a intérprete, elas nos diziam sempre. A intérprete não escolhe o sonho.

Senti o desejo me deixar da forma como uma ave poderosa alça vôo, batendo as longas asas, confiante em seu destino. Eu estava eufórica. Até aquele momento, eu não julgava poder realizar uma tarefa tão complexa. Mas... eu ficaria sabendo disso mais tarde... não era um desejo pássaro que eu enviara. Era um bumerangue, que voltaria para cima de mim da forma mais inesperada.

O que eu queria de meu sonho transformador? Eu queria que ele me levasse a um mundo novo, um mundo sem os entraves das regras que guiavam cada momento de nossas vidas na gruta. Eu queria uma paixão temerária. Queria aventura. Queria um homem que estivesse disposto a se matar pelo meu amor.

Será que tive um sonho transformador naquela noite? Eu não era Tunga-dhwaja; de manhã, não me lembrei de nada. Estava tudo como antes, mas a angústia que era um cisco em meu olho virara uma bola de ferro na boca do meu estômago. Continuou crescendo nas semanas que antecederam nossa viagem a Calcutá.

A transformação é um fenômeno incerto. Atinge as pessoas de formas diferentes. A transformação de Tunga-dhwaja foi como uma torre rachada por um raio. A minha seria mais lenta, mais sutil, mais insidiosa – um rato roendo as raízes de uma figueira-de-bengala. Mas já começara.

36

Rakhi

Já abrimos há um bom tempo, e ninguém entra no bar. O comércio está quase todo fechado na vizinhança, e as ruas parecem desertas. Até os sem-teto sumiram, e, assim, o foco trêmulo da luz dos postes cai em calçadas vazias.

– Talvez devêssemos ir para casa – torna a dizer Belle.

– Vamos esperar mais um pouco – retruca meu pai –, até a hora em que nossos músicos costumam chegar. – Ele vai para a cozinha, e, quando vejo, ele está sentado na frente do cubículo vazio onde ficava a fotografia de minha mãe.

O sino da porta tilinta, mas não são os músicos. É o Sr. Soto, o proprietário do restaurante mexicano do lado. Custo um pouco a reconhecê-lo – nunca o vi sem o chapéu e o avental de *chef.* Não tinha percebido que ele era careca.

– Pretendem ficar abertos? – pergunta.

Faço que sim com a cabeça.

– Se fosse eu, não faria isso – diz. – Só vim para me certificar de que estava tudo bem trancado, com o alarme ligado. Já vou para casa. Tem muita gente com raiva por aí...

– Mas por que fariam alguma coisa conosco?

O Sr. Soto encolhe os ombros.

– Estão com raiva e com medo... essa mistura é perigosa. As pessoas não pensam muito quando estão assim.

Olho pela janela para a rua deserta. Aí noto que as luzes do Java estão acesas. Aponto. – Ela abriu.

– *Si*. Viu o que ela pendurou?

Olho. Uma grande faixa pendurada na fachada proclama: É UMA HONRA SER AMERICANO.

– Essa aí é rápida – diz o Sr. Soto com um sorriso que é mais uma careta. – Mas, dessa vez, não posso censurá-la. Eu mesmo... – Ele aponta com o queixo para o restaurante dele, e vejo que há uma grande bandeira americana colada por dentro da janela dele. Embaixo dela, um cartaz vermelho, branco e azul diz DEUS ABENÇOE A AMÉRICA.

– Estão vendendo isso na esquina da University com a Shattuck – informa-nos ao sair. – Vocês deviam comprar um antes que acabe.

Belle e eu nos entreolhamos. A cara dela espelha minha descrença.

– Isto aqui é a Califórnia de 2001 – pergunto – ou a Alemanha nazista?

– Talvez o Sr. Soto tenha razão – diz Belle. – Talvez devêssemos hastear uma bandeira, também. Para mostrar solidariedade, sabe.

– Belle, eu não preciso hastear bandeira nenhuma para provar que sou americana! Já sou americana. Amo este país... droga, é o único país que conheço. Mas não vou ser pressionada a pendurar um cartaz para anunciar esse amor para cada passante.

Belle não diz mais nada, mas posso ver a inquietude em seus olhos quando ela coloca um tabuleiro de biscoitos – é só isso que estamos servindo hoje, junto com o chá – no balcão.

Os músicos chegam sozinhos e em duplas, perplexos. Hoje não trazem ninguém da família. Em vez de *kurtas* e calças soltas, *dashikis* e barretes de fez, hoje eles vestem *jeans*. Camisetas. Um boné dos 49ers.* Eles inclinam a cabeça à guisa de cumprimento, depois sentam-se calados, segurando as xícaras de chá intocadas. Ligo a tevê portátil e assistimos ao presidente Bush, que passou o dia inteiro a bordo de um avião militar voando pelo país para garantir sua segurança. Ele promete acabar com todos os terroristas – não só os responsáveis pela tragédia de hoje – do mundo. Parece uma tarefa tão impossível quanto as descritas no livro de contos de fadas de Jona. Quero saber como planeja executá-la. Um locutor sério anuncia que um tal Osama Bin Laden é o mentor dessa trama. Um retrato dele de túnica branca, turbante e barba, com olhos negros de fanático, aparece na tela. O retrato me deixa desconfortável, embora eu não saiba expressar esse sentimento.

– O que vai acontecer agora? – pergunta afinal um dos clientes. Há um momento de silêncio; depois todo mundo começa a falar ao mesmo tempo. Puxo a manga de meu pai, e ele traduz como pode para Belle e para mim. Todo mundo quer saber por que os terroristas lançaram esse terrível ataque, como o governo vai reagir, como isso afetará nossos países de origem e o que vai nos acontecer a todos. Fala-se de pessoas que agora estão mortas, algumas das quais eram conhecidas daquele pessoal. Pessoas que começaram esse dia escovando os dentes e tomando o seu café, despedindo-se dos familiares, tomando o metrô para ir trabalhar. O que sentiram quando perceberam que iam morrer? Jespal – quando ele chegou? – comenta que isso não pode deixar de mu-

* Time de futebol americano. (N. da T.)

dar a vida de todos os que vivem neste país. E Sonny – é uma surpresa para mim vê-lo sentado ao lado da porta – diz num tom áspero, em inglês: A vida de uns vai mudar mais que a de outros.

Quando as vozes se calam, um dos velhos começa a entoar um canto baixo, uma canção arrastada, ou talvez uma oração. O resto inclina a cabeça. Talvez estejam se lembrando de outras tragédias. O canto fica mais alto. Mais gente faz coro, balançando o corpo para a frente e para trás, batendo palmas para marcar o ritmo. Embora eu não entenda as palavras, essa forma de compartilhar a dor tem algo que me reconforta. Quando o canto termina, os homens saem calados. Ninguém agradece a ninguém.

Depois do incêndio, quando tentei agradecer a nossos clientes pela bondade que manifestaram, eles ficaram sem jeito, constrangidos. Meu pai teve que explicar que agradecer não é um hábito comum na Índia.

– Então, como se sabe que as pessoas apreciaram o que se fez? – perguntei.

– Será mesmo necessário saber? – retrucou meu pai.

As duas coisas acontecem quase simultaneamente.

1. Ouve-se um estrondo, e aparece uma rachadura como num passe de mágica na janela do bar, dividindo o *M* com sua curvatura luminosa.

2. Quatro rapazes irrompem bar adentro.

Belle e Jespal estão endireitando as cadeiras, estou quase entornando o chá que sobrou (ninguém quis) na pia. Meu pai está guardando os biscoitos. Sonny está sentado num canto com Jona, fazendo brincadeiras de mão que a fazem rir. Todos interrompemos o que estamos fazendo e olhamos para os homens.

São bastante normais – altos, cabelo cortado rente, um é louro, três têm cabelo castanho. Usam *jeans*, como nossos clientes que saíram. Um está de jaqueta de couro. Dois trazem tacos de beisebol, um tem uma corrente enrolada na mão. O quarto – não sei o que traz. Está com a mão no bolso.

Estão gritando alguma coisa. Não consigo entendê-los porque falam todos ao mesmo tempo. Ou talvez seja o meu cérebro que se recusa a funcionar direito, como minhas mãos trêmulas. O chão está todo alagado de chá. Sonny empurra Jona para trás do balcão. Belle agarra-a e cola a cara dela em sua barriga para a menina não ver o que está se passando.

Sonny levanta os braços, num gesto apaziguador. Está tentando falar com eles. Será que querem dinheiro? Ele aponta para a caixa registradora.

Um dos homens o empurra para o lado.

– Não somos ladrões – diz, com cara de nojo. – Somos patriotas.

– Andamos vendo vocês e seus amigos terroristas – diz outro. – Comemorando, hã?

Meu medo é vergonhoso. Tenho um nó na garganta que parece que nunca vai se desfazer. Mas tenho que tentar explicar que eles estão equivocados. É nossa única esperança.

– Não estávamos comemorando – digo. Meu coração bate tão alto que não ouço a minha voz.

– Cala a boca, vagabunda – diz o homem com a mão no bolso. Ele balança positivamente a cabeça, e um deles desce o taco de beisebol, quebrando o balcão de vidro. O chão fica cheio de biscoitos. Meu pai consegue recuar na hora H, do contrário o taco teria lhe quebrado a mão. Jona está chorando, e Belle também.

– Parem! – diz Jespal. – Não fizemos nada de errado. Aqueles homens aqui... eles manifestavam o seu luto. Somos americanos, assim como vocês. Estamos horrorizados com o que aconteceu.

Dois dos homens o agarram.

– Já se olharam no espelho ultimamente? – cospe um deles. – Vocês não são americanos! Foram escrotos como vocês que planejaram esse ataque ao povo inocente deste país. Está na hora de alguém dar uma lição em vocês, suas bichas.

– Está maluco – grita Jespal. Desvencilha-se e consegue atingir a cara de um deles. Seu turbante cai. Belle está gritando.

– Você não devia ter feito isso – diz o homem com a mão no bolso. Só que agora a mão está à vista, e segura uma navalha. Dois dos homens começam a arrastar Jespal para a rua. Sonny faz menção de se adiantar, mas um dos homens ergue o taco de beisebol sorrindo. O homem com a navalha corta o fio do telefone com um gesto rápido. – Fiquem aí dentro e ninguém se machuca – diz ao sair, fechando a porta com um cuidado exagerado.

Estou vasculhando freneticamente as gavetas, à procura de algum instrumento para me servir de arma. A única coisa que encontro é uma faca de pão. Não sei bem se tenho o que é necessário para usá-la, mas pego-a mesmo assim. Sonny vem da cozinha com um cano de ferro, e meu pai traz um pedaço de pau. Belle, segurando firme com uma das mãos uma Jona que se debate, esvazia a bolsa em cima do balcão. Antigamente, ela andava sempre com *spray* de pimenta na bolsa. Torço para que continue andando.

Jespal está dobrado em dois na calçada, protegendo a cabeça com as mãos.

– Vamos deixar nossa marca nele, garotos – grita alguém. – Para os amiguinhos dele se lembrarem de nós cada vez que olharem para ele. – Um dos homens balança a corrente, e ouço o baque macio do ferro na carne. Sonny vem correndo e dá um grito, e o homem se vira. A corrente é arremessada em Sonny mas acerta no cano de ferro. Por um momento, temo que o cano lhe seja arrancado da mão, mas ele consegue não largá-lo. Enfia a ponta do cano no peito do homem, que cai com um grunhido de surpresa. Mas agora há outro homem atrás de Sonny, brandindo o taco. Grito avisando e corro para ele. Entrevejo meu pai ajudando Jespal a se levantar, depois ouço-o gritar. Um deles mira o taco na mão com que seguro a faca. Recolho-a, mas não sou ágil o suficiente. Uma dor me sobe pelo braço. A faca voa. O homem vem para cima de mim, com um olhar assassino. Recuo. Ouço Sonny gritar – Cuidado Riks! – Mas é tarde demais. Levo uma gravata. Riem em meu ouvido. Sonny vem correndo, decidido, a cara ensangüentada. Ele investe com o cano. Meu agressor pragueja, seu braço afrouxa, consigo respirar. Agora dois homens partem juntos para cima de Sonny. Agarro um deles, levo um soco na cabeça, e vejo que é verdade o que se diz sobre ver estrelas.

Devo ter ficado um instante desacordada. Quando volto a mim, atordoada, estou estirada na calçada. O homem com a navalha está ajoelhado em cima de Jespal. Alguém imobilizou Sonny com uma chave de braço. Sonny grita por socorro, mas, obviamente, ninguém acode. O homem ergue a faca e Jespal grita.

Aí, ouço sirenes, e pouco depois vejo luzes piscando e um carro da polícia dobra a esquina. Os homens estão gritando. Eles soltam Jespal e Sonny, levantam um dos companheiros que está sentado no chão, com as mãos na cabeça, e entram correndo no carro – um carro normal, só que tem uma bandeira americana amarrada na antena. Será que algum dia conseguirei olhar para uma bandeira sem me lembrar desse momento que não dá para acreditar que esteja acontecendo, desse gosto de cobre na minha boca, um gosto que depois vejo que é sangue? Aí eles já desapareceram.

O carro da polícia pára com uma freada ruidosa, e o guarda se debruça na janela. *Entrem e tranquem a porta,* grita. Ele tem um ar conhecido. Mas, antes que eu consiga descobrir de onde, ele já se foi, também, a sirene gritando. Ficamos na rua deserta tendo que cuidar de nós mesmos como for possível.

Belle vem correndo para a rua. Tem na mão um telefone celular. Graças a Deus, conseguiu chamar a polícia! Jona vem atrás dela.

– Papai, papai – grita ela, atirando-se em Sonny. Minha cabeça continua latejando, e vejo pontinhos amarelos dançando na frente dos olhos, mas consigo me arrastar até eles. A cara de Sonny está sangrando muito. Pego um lenço de papel para estancar o sangue.

– É um ferimento leve – diz. – Poderia ter sido pior.

Quando penso em quão pior poderia ter sido, jogo os braços em volta dele.

– Você sabe que adoro quando você faz isso – diz ele, com uma risada que é uma meia tosse. – Mas minhas costelas não são nada românticas, e estão reclamando!

– Estão quebradas? – pergunta Jona nervosa.

– Esperemos que não – diz ele.

Belle está atendendo Jespal, que tem um talho embaixo do olho direito. O esquerdo está fechado de tão inchado. Um de seus braços pende num ângulo não natural – mas, no geral, também ele teve sorte. Meu pai está sentado na beira da calçada, massageando o braço. Parece em estado de choque. Não articula direito as palavras quando diz que alguém deve tê-lo acertado na cabeça, ele não se lembra bem.

Sirenes novamente – agora é uma radiopatrulha diferente, com dois policiais a bordo. Um deles pergunta o que aconteceu, toma notas, diz a Belle para levar Sonny e Jespal ao pronto-socorro.

– Se não estiver se sentindo muito mal – me diz –, recomendo que vá para casa com sua filhinha e o cavalheiro. Está uma confusão hoje nos hospitais, todo tipo de loucura acontecendo.

Quando ele me pede para descrever nossos agressores, acho que não posso dar muitos detalhes. Eles eram tão comuns – homens por quem eu passaria na rua sem olhar duas vezes. É a mesma coisa com o carro – nem lembro da cor. A não ser pela bandeira, que está absolutamente clara na minha cabeça, tudo o mais ficou indistinto.

– Mas seu colega que chegou aqui primeiro os viu – digo. – Ele sabe como eles eram. Talvez até os tenha prendido a essa altura... saiu atrás deles na mesma hora.

O policial fica me olhando.

– Essa é a única radiopatrulha que foi enviada para cá.

– Não pode ser! Foi por causa dele que aqueles homens foram embora. Do contrário, poderiam ter nos matado.

Seu companheiro faz que não com a cabeça.

– A central nos teria dito se já tivesse pedido a outra pessoa para vir para cá. Além do mais, hoje, não mandariam dois carros para o mesmo lugar. Muitos pedidos de socorro.

Observo as luzes traseiras do veículo afastarem-se em meio à leve cerração que baixa sobre a rua deserta. A noite de setembro ficou gelada. Belle foi para o hospital. Ajudo meu pai a ir para o estacionamento, onde meu carro espera sozinho. Jona segura firme minha outra mão. Que tipo de marca uma noite como essa deixará nela? Uma ave silvestre guincha em algum lugar. Todos estremecemos. Mas não é a noite que assusta, nem seus pássaros, por mais silvestres que possam ser. Não há nada lá pior que os seres humanos.

Abro o sofá-cama para meu pai e levo Jona para seu quarto, onde dormirei hoje com ela. Quando Belle traz Sonny, digo a ele que pode usar a minha cama.

– Uau! Nunca pensei que fosse ouvir você dizer isso, Riks! – exclama ele.

– Já vi que está se sentindo melhor.

Ele me dá um sorriso torto. Tem um lado da cara enfaixado. Quando anda, vejo que sente dor. Mas pelo menos não tem nenhum osso quebrado, como Jespal, que vai ficar vários dias no hospital. Os médicos estão preocupados com o olho dele, também.

Ofereço-me para fazer um chá de camomila para Sonny.

– Essa coisa fraquinha não me faz efeito nenhum. Vou tomar uns dois dos seus comprimidos para dormir em vez de chá. Você ainda toma esses comprimidos, certo?

Levo-lhe um. Aquele homem sabe muito a meu respeito para o seu bem.

Depois, fico parada na janela de Jona, muito ligada para dormir. Olho para a escuridão, o céu calmo com suas estrelas intocadas. Em meu quarto, Sonny se remexe e se vira, tentando se ajeitar numa cama estranha. Olho para meu reflexo no vidro – a pele morena, as feições indianas, os olhos escuros com olheiras mais escuras embaixo, as ondas pretas do meu cabelo. A imagem é conhecida, mas, de repente, estranha.

Vocês não são americanos, dissera um dos homens.

É um idiota racista, digo a mim mesma.

É mesmo?, caçoa minha voz. *E quantos outros neste país concordariam com ele hoje?*

Mas se eu não era americana, o que seria?

Sonny me chama, quebrando a cadeia de meu pensamento.

– O que há? – pergunto da porta. – Está doendo?

– Está, mas não é isso. Será... – Ele hesita. No escuro, não vejo a expressão dele. – Será que você ficaria aqui comigo um pouquinho?

Estou quase alegando cansaço, mas mudo de idéia. Algumas coisas são mais importantes que velhos ressentimentos. Sento na beira da cama, e ele pega minha mão. Depois, diz:

– É estranho estar frente a frente com um homem que quer matar a gente. Isso nunca me aconteceu antes.

Lembro-me da cara dele, violenta e concentrada, quando ele desceu o cano no homem que estava me sufocando. Eu não sabia que Sonny podia ficar daquele jeito. Isso me chocou, mas depois fiquei feliz, e isso também me chocou.

Ele deixa escapar um suspiro que é em parte um arrepio.

– Eu estava pronto para matá-lo também, sabe.

– Sei – digo. Penso em agradecer-lhe por me salvar a vida. Em vez disso, dou-lhe um empurrãozinho. – É desconfortável sentar na beira da cama – digo.

Ele chega para o lado para me dar lugar, e, quando deito, passa o braço em volta de mim com um suspiro de outro tipo. Também passo o braço em volta dele com cuidado, tentando evitar seus machucados. Surpreendo-me com a facilidade com que nossos corpos se encaixam, como se se lembrassem. Ele cheira meu cabelo de leve. Vejo que está pensando.

Depois de algum tempo, ele diz:

– Muitos perderam muito hoje.

Balanço a cabeça positivamente. Penso nas pessoas nas torres e nos aviões, que perderam a vida. Nas pessoas agora enlutadas, tendo perdido seus entes queridos. Nos líderes e naqueles que tomam as decisões, que deixaram de acreditar em sua invencibilidade. E na gente como a gente, vendo-se sinistramente pelos olhos de estranhos, perdendo a noção de pertencimento.

Tanto ódio solto no mundo hoje. Onde isso vai parar?

Talvez seja para contradizer esse ódio que eu beije Sonny. Talvez seja porque a morte tenha passado tão perto de nós e porque eu esteja feliz por estar viva. Talvez seja o simples conforto de ter alguém para me abraçar num dia em que a certeza nos escorreu por entre os dedos e se espatifou no chão.

Deixo seus dedos desabotoarem meu sutiã e envolverem meus seios. Deixo-os passearem pelo meu corpo, e chego mais perto dele. Tenho que ajudá-lo a se despir. Quando toco nele e o sinto endurecer, digo seu nome baixinho em seu ouvido, como se ele pudesse ter esquecido quem é. Quando ele goza, arqueando o corpo contra o meu, gritando não *Riks,* mas sim *Rakhi,* sinto que recuperei um pedacinho de mim.

37

Os dias passam, parecendo semanas. As semanas passam, parecendo meses. Passa-se um mês, e parece ontem de novo. Ela acorda no meio da noite com o menor barulho, verifica a corrente da porta, os trincos das janelas. Torce por um sonho transformador, mas tudo o que consegue é escuridão, como se estivesse embaixo de escombros. Um dia vai para o trabalho e vê que picharam a palavra TERRORISTA em letras vermelhas por cima do nome da casa. A tinta escorreu da última perna do *A* e secou no parapeito da janela. Só sai depois de horas de esfregação. O vidro da vitrine não é substituído, mas só remendado com fita adesiva. Belle diz que o dinheiro não dá, mas eles todos conhecem o motivo verdadeiro. Pode acontecer de novo.

Sonny traz cópias de mensagens eletrônicas que estão sendo difundidas por organizações indianas. As notas recomendam que não se saia sozinho para nenhum lugar. (Não há perigo de acontecer isso, pensa ela com ironia. Está com muito medo para tentar sair.) Que não se usem roupas nativas. (Que roupas nativas?, pergunta-se ela, olhando para suas calças.) Que sejam colocadas bandeiras americanas em evidência nos estabelecimentos comerciais. (Mas, isso, ela não consegue fazer.) Que se reze. (Quando ouve os planos militares do presidente, sente necessidade de rezar, mas não sabe a que divindade, americana ou indiana, deve dirigir suas súplicas. Quem deve ser perdoado e quem deve ser salvo.) Ela já quase se acostumou com os olhares desconfiados na rua. Umas duas vezes, as pessoas mudaram de calçada para evitar caminhar perto dela. Como será, pergunta-se, que, da noite para o dia, alguém pode se tornar tão temível e tão vulnerável?

O ataque à Kurma House International foi noticiado nos jornais locais. Eles receberam um grande número de cartas depois disso. A maioria era de estrangeiros manifestando solidariedade e indignação. Alguns bilhetes anônimos traziam um chorrilho de insultos, e uma pessoa enviou um envelope tamanho ofício contendo uma bolsa Ziploc cheia de cocôs.

Eles reabrem o bar na noite depois que Jespal recebe alta do hospital. Colocam-no sentado num canto, o braço numa tipóia branquíssima. Rakhi faz coro com as brincadeiras de Belle sobre como aqueles óculos escuros o deixam parecendo uma celebridade disfarçada, um Elvis de turbante, mas tem a boca seca de tanto medo. Estremece cada vez que um desconhecido se aproxima do balcão. Pessoas que ela nunca viu antes manifestam o quanto sentem por ela ter tido uma experiência tão terrível. Querem cumprimentá-la. Declaram que a presença dela é bem-vinda na comunidade delas. Ela tenta ficar agradecida, mas só termina ressentida. Essas pessoas fazem-na sentir-se como uma convidada.

Eu nasci aqui, quer lhes dizer. Como vocês podem me dar boas-vindas?

Os músicos não discutem o que aconteceu, embora ela repare no escudo que eles formam colados em volta de Jespal. Ele ainda não enxerga direito do olho esquerdo. Os médicos estão esperando para ver se a vista vai melhorar por si só, ou se terão que tentar um procedimento invasivo. (Invasivo, agora essa é uma palavra interessante. Ela fica analisando as muitas formas como essa palavra pode ser empregada.) Ele continua usando turbante. (Será que o turbante seria classificado como traje nativo ou sua opção pessoal?) Para a reabertura, ele escolheu um turbante em tom de folha de bananeira. Vê-lo com esse turbante enrolado na cabeça deixa-a a um só tempo orgulhosa e ansiosa. Um dos músicos dá um murro na mesa, praguejando. Mas Jespal balança a cabeça com seu jeito doce de sempre, e logo depois eles começam a cantar.

Quando chega a hora de fechar, os homens ficam remancheando, fingindo estar ocupados, guardando e tornando a guardar os instrumentos. Ficam esperando na rua até as portas estarem trancadas, e acompanham Rakhi e Belle até o estacionamento, conversando descontraidamente com o pai dela. Vêem as duas entrarem nos respectivos carros e darem a partida. A solicitude deles diverte-a e comove-a. Eles fazem isso todas as noites, até ela se habituar ao ritual, até achá-lo reconfortante e agradável. Às vezes, se esquece de como aquilo começou.

Ela convida Sonny para ir à sua casa e cozinha para ele – algo que jurara nunca mais fazer. Mas é aconchegante estar em sua pequena cozinha, Jona, ele e ela espremidos em volta da bancada, picando cebolas verdes, salteando um frango com gengibre. Eles não tentaram fazer amor depois daquela noite traumática. (Quando pensa em como eles ficavam abraçados na cama, cada um tentando ajudar o outro a se lembrar quem era, ela não sabe bem se se sente alegre ou mortificada.) Mas às vezes eles ficam conversando depois que Jona adormece. Tentam se limitar a falar sobre sua rotina, mas será que sua rotina agora pode ser separada da busca por células terroristas, ou a bravata do presidente sobre o Eixo do Mal? Sonny lhe diz que se sente culpado por fazer música enquanto tantos continuam morrendo. Ela lhe diz como seu bairro mudou. As paquistanesas quase não saem mais de casa. Os homens afegãos se revezam para fazer a condução das crianças da comunidade até a escola, embora esta seja a apenas duas quadras. Às vezes, ficam mudos na frente do último noticiário da noite e assistem a bombas serem jogadas num país do outro lado do mundo, aos elegantes rolos de fumaça dos incêndios subindo no céu.

– Nem sequer sabemos o que está acontecendo ali – diz ele. – Sinto-me como um cachorrinho ganhando um biscoito para ficar quieto.

Os repórteres entrevistam soldados americanos, muitos deles adolescentes. Alguns parecem nervosos, mas todos os que a câmera mostra declaram estar prontos a morrer pela América. Rakhi sente as entranhas se revirarem. Eles têm uma cara tão limpa, tão inocente. Ela quer saber que cara terão quando voltarem.

Uma noite, ela se pega agradecendo a Sonny por ter salvado sua vida. As palavras saem com mais facilidade do que ela imaginara, talvez porque ultimamente os mortos e os moribundos estejam tão presentes em seus pensamentos, em sua sala. Ou talvez seja porque ela não é indiana o bastante. Espera que ele fique sem jeito, dê de ombros dizendo *não foi nada*. Mas ele também não deve ser indiano o bastante, porque pega sua mão e diz que está feliz pelo que conseguiu fazer, por pouco que seja – pelo menos dessa vez. Ela reconhece as palavras como seu pedido de desculpas por aquela noite há tanto tempo na festa, por ele não a ter socorrido. Ela toca os calos de seus dedos, querendo saber como ele os arranjou. Os dedos dele são quadrados e tratados, com as unhas curtas para não arranhar os discos. Ela fica admirada de ver como a festa parece distante, como foi eclipsada por calamidades maiores e mais novas. Mas quando essas calamidades ficarem para trás, será que aquela noite voltará a ter o poder sinistro sobre ela? Os dedos de Sonny têm um leve cheiro de tomilho silvestre. Mas quando ele pergunta se pode dormir lá, ela faz que não com a cabeça. Não quer dar um perdão fácil só para tomá-lo de volta depois. Ele torna a convidá-la a ir à boate com ele. Ela não diz nem sim nem não. Inclina à frente um pouquinho para deixá-lo lhe dar um beijo no rosto antes de sair.

Uma manhã, Marco aparece no bar. Quando o vê, ela se dá conta de que ele andava sumido. Parece encolhido, como uma cenoura deixada muito tempo na geladeira. Ela lhe dá um saco de *pakoras* de cebola. Ele o pega com as mãos ásperas e rachadas, de unhas curtas, e fica trocando de pé.

– O que há, Marco?

– Eu estava ali na noite que aqueles homens invadiram o bar e machucaram vocês – disse. – Estava dormindo atrás do quiosque das flores, mas acordei com o barulho. Vi tudo. – Ele raspa o chão com a ponta de um tênis rasgado. – Fiquei com muito medo para vir acudir vocês.

Uma onda de piedade cresce dentro dela.

– Não esquente a cabeça com isso – diz. – Eu ficaria com tanto medo quanto você.

– Ela estava ali naquela noite também – diz. – Eu vi. O café já estava fechado, mas vi que ela estava lá dentro.

Ela fica olhando para a cara dele, sabendo de imediato a quem ele se refere. Não sabe se ele diz a verdade, nem se meramente acha que diz.

Os olhos dele estão lacrimosos e vermelhos e não param quietos.

– Ela estava parada na janela, olhando para vocês. Ficou um tempão ali, até o guarda chegar.

Mais tarde, Rakhi imaginará aquela cena, embora não tenha vontade de fazê-lo. À noite, quando já está quase dormindo, acorda sobressaltada com a imagem. Visualiza a gerente parada no escuro dentro do Java com a cara colada ao vidro frio da janela, as mãos brancas de tanto comprimir o vidro. Seus olhos têm um brilho verde químico, e a força de seu ódio pula a rua deserta e aciona a corrente arremessada em Sonny.

– Ela não está mais lá – diz Marco. – Sabia disso?

Rakhi não sabia. O esforço que tem feito para manter a cabeça fora d'água não a deixa pensar no Java. Mas hoje, ela faz questão de passar pelo café. De fato, a casa tem um novo gerente, um homem de meia-idade dentuço, rechonchudo e jovial. Quando interrogado, ele confessará não saber o que aconteceu com sua antecessora, por onde anda.

Será que uma pessoa pode evaporar com a força desviada do próprio ódio? Rakhi fica querendo saber.

Ela pega o cavalete, a primeira vez desde setembro. Fecha os olhos e não luta quando as imagens a inundam. Estrondo de um vidro quebrando, um medo viscoso lhe sobe pelo braço, como custou a conseguir limpá-lo depois, por mais quente que estivesse a água da banheira. Ela começa a pintar essas imagens: um sique alvejado num posto de gasolina porque alguém pensou que ele fosse médio-oriental; mulheres apavoradas espiando de trás de cortinas que parecem *burkhas;* o turbante de Jespal desenrolado como um rio de sangue; seu olho roxo como um céu de monção. O fundo é uma colagem de caras riscadas de vermelho, branco e azul. Um punho agita uma bandeira tão colossal que, se cair, sufocará todos eles. Os pássaros desapareceram, substituídos por aviões. Alguns batem em prédios. Outros jogam bombas com a naturalidade com que insetos desovam. Ela pinta um cartaz de DEUS ABENÇOE, pinta tablas, flautas de bambu, violinos. Pontapés, correntes batendo, biscoitos varridos de cima de um balcão e triturados no chão por tacões de botas. Facas voam no espaço pintado como acessórios de malabarista – mas são mortalmente reais. Um carro da polícia desliza na noite interrompida sob uma lua furada. Quando ela recua para olhar, as cores e as formas escorrem e se confundem tão depressa que seus braços ficam arrepiados. Ela dá ao quadro o único nome possível: *Vocês não são americanos.*

Quando termina de pintar o guarda, olhando para trás enquanto desaparece a toda num turbilhão de pinceladas escuras, percebe que lhe deu a cara do homem de branco. Será que sua lembrança é precisa? Ela se lembra de um estremecimento ao ver a cara dele – terá sido reconhecimento, ou meramente alívio? Ou meramente um desejo de encontrar um salvador que ela conhecesse?

Amanhã, decide. Amanhã irá ao eucaliptal. Talvez entre raízes e cascas de árvore encontre algumas respostas.

38

DOS DIÁRIOS
DOS SONHOS

Nas grutas, contam-nos que, ao trabalharem dormindo, as intérpretes de sonhos soltam pelo umbigo um fio fino e invisível, como fazem as aranhas. Esse fio vai até Swapna Lok, o mundo onde nascem os sonhos. Por ele, os sonhos que a intérprete precisa conhecer voltam a ela. Quando uma intérprete sonha sozinha, o fio é fino e fraco, e quebra à toa. Mas quando as intérpretes moram juntas, seus fios se combinam para formar uma corda forte capaz de suportar o peso até do sonho mais difícil. Por isso as intérpretes de sonhos não se afastam muito de sua comunidade.

Fiquei quieta, mas, no íntimo, eu duvidava. Isso tudo é lenda, pensei, criada para nos manter perto de casa, sob o controle das anciãs.

Por que eu duvidava do que todas as minhas colegas noviças aceitavam? Talvez, sem saber, eu já estivesse me preparando para partir.

Muito depois, quando expus minhas dúvidas para minha tia, ela suspirou. Interpretei aquele suspiro como querendo dizer que ela estava cansada de minha rebeldia. Talvez lamentasse ter me tirado da favela. Afinal de contas, eu só criara problemas.

Mas era um suspiro de amor exasperado. (Desde que fui mãe, eu também aprendi esse suspiro.) A prova existe, disse ela. Mas pedi-la é como pedir para saber se um prato de vidro quebra. Você se convencerá, mas não vai dar para juntar os cacos novamente.

Escutei só com metade de minha mente impaciente. Enigmas, enigmas, pensei. Por que não pode se limitar a explicitar o que quer dizer?

Anos depois, minha filha me diria essas mesmas palavras.

Mas algumas coisas não podem ser contadas dessa maneira, agora sei disso. Só se pode abordá-las sub-repticiamente, por trás, como pássaros silvestres. E, mesmo então, elas sentem o nosso cheiro e voam antes que joguemos nossa rede de palavras sobre elas.

Minha habilidade de sonhar talvez tenha enfraquecido ainda em Calcutá, quando me casei, mas naquela primeira época de festa, eu não prestava atenção. Estava cheia de outro tipo de sonho, que dispensa o sono. Foi só na América, suas noites paradas como o Mar dos Sargaços, que fui obrigada a encarar a magnitude de meu problema. Às vezes, eu sentia uma gavinha fina e doentia saindo do meu corpo. Mas, não encontrando nenhum ponto com que se conectar fora de mim, ela murchava e tornava a se recolher. Por algum tempo, o saco de terra que minha tia me dera afastou meu desespero. Mas cada vez que eu sonhava, o conteúdo do saco diminuía. E, uma noite, acabou. Com isso, meus sonhos também acabaram.

Como posso expressar com palavras o vazio de estar sem meus sonhos depois de ter sentido novamente o gosto deles, depois de os ter usado para ajudar as pessoas? Eu não conseguia comer, não conseguia dormir. Passava o dia andando de um lado para o outro no tapete rapado do apartamento, tentando pensar num remédio. Eu não conhecia nenhum intérprete de sonhos na América. Talvez não existisse nenhum nesta terra que acreditava que a tecnologia era a cura para todos os males.

Mesmo que eu pudesse verbalizar meu problema, eu não poderia falar com meu marido sobre ele. Ele não sabia que eu era intérprete de sonhos. Eu havia pretendido lhe contar antes de nos casarmos, mas, na hora, não tive coragem. Muitas pessoas temiam as intérpretes de sonhos, muitas não nos achavam normais. E se ele fosse dessa opinião? Eu não podia arriscar perder o amor dele, eu que abrira mão de tanta coisa por esse amor. Contei-lhe que minha família era contra o nosso casamento e que eu saíra de casa por essa razão. Contei-lhe que eu não queria tornar a falar nela, era muito doloroso. Ele respeitou meus desejos e me cobriu de ternura para compensar o amor que ele achava que eu tinha perdido. Como eu podia lhe contar agora que ele abrira seu coração para uma mentira?

Além do mais, ele não podia me ajudar. Já tinha os problemas dele. Não tínhamos muito dinheiro, então ele foi obrigado a trabalhar, além de estudar na universidade. Chegava em casa todas as noites exausto, sem estar convencido de que podia vencer na vida neste país novo que tinha um esplendor tão convidativo no início. Mesmo assim, ele era um bom homem, e via que eu estava infeliz. Tentava distrair-me levando-me a restaurantes, ou ao cinema, ou à praia nos fins de semana – divertimentos que quase não podíamos nos permitir. Não adiantou.

No semanário, li sobre uma vidente que, por uma taxa, respondia a perguntas sobre o futuro do consulente, apresentava soluções para seus problemas e o colocava novamente em contato com seus entes queridos perdidos. Meu coração pulou como um peixe encalhado na areia ao sentir a proximidade da água. Peguei 20 dólares na carteira de meu marido sem ele saber e liguei para marcar uma consulta com ela. Mas quando ouvi a voz dela ao telefone, rouca de tanto fumar, de tantas noites sem dormir, vi que não poderia me ajudar.

Meus dias ficaram insuportáveis. Eu não conseguia me concentrar em nada a não ser em minha capacidade de sonhar perdida. Eu nunca havia prestado muita atenção em meu dom, mas agora parecia que eu não conseguia viver sem ele. Em minha infelicidade, eu culpava meu marido por minha perda. Brigava com ele por qualquer motivo. Sua cara de perplexidade só me irritava mais. Idéias de suicídio me enchiam a cabeça como nuvens de chuva até eu só ver escuridão para onde quer que me virasse.

Foi nessa época que a serpente veio a mim.

Não vou descrever nosso encontro; algumas coisas não devem ser colocadas em livro, nem mesmo em um como este que talvez ninguém veja, escrito numa língua que ninguém neste país sabe ler. Mas foi isso que aprendi com ela: cada vez que eu fazia sexo com meu marido, ou mesmo dormia na mesma cama que ele, meus poderes – já enfraquecidos pelo fato de eu estar tão longe das grutas – diminuíam mais ainda. Logo acabariam completamente. Se eu quisesse continuar sendo uma intérprete de sonhos, eu precisava fazer duas coisas – e logo.

A opção é sua, disse a serpente. Ela brilhava na periferia de minha visão, uma gota de chuva numa espiga de milho. Era a única coisa bela em minha existência sombria e sufocante. Eu não conseguia imaginá-la desaparecendo.

A opção é sua, disse ela. Mas eu sabia que não tinha opção. Eu tinha que romper todos os vínculos com meu marido. E tinha que encontrar uma forma de voltar para as grutas.

39

Rakhi

Passei a noite toda sem dormir. Sinto o cérebro quente e vazado, uma comichão nos olhos como se eu estivesse ficando doente. Os pensamentos passam na minha cabeça com o peso de uma manada de elefantes. Coisas aleatórias que minha mãe me dizia. *Usar secador de cabelo mata os seus neurônios. Não leve ressentimentos para a cama.* Trechos da música antiga de Sonny, e, saindo de trás das notas, sua música nova, inédita para mim. Uma receita de *chutney* de coco que meu pai fez semana passada, nos mínimos detalhes, embora eu não goste de coco. Listas de roupas que Jona estava perdendo, coisas que seriam necessárias para a casa de Belle se ela se casasse, medidas de segurança que os aeroportos americanos deveriam ter adotado. Mas esses não são meus pensamentos de verdade. Meus pensamentos de verdade são os que ando evitando enchendo a cabeça, o mais depressa possível, com conversa fiada. Quando a claridade atrás das persianas está cor de manteiga derretida, desisto de dormir.

Jona está com Sonny, de modo que estou livre para ir ao eucaliptal a hora que quiser, mas fico adiando. Preparo o café, tomo um banho, jogo na máquina de lavar um monte de roupas que eu já devia ter lavado há muito tempo. Reluto em ir, temendo que o homem de branco não esteja lá. Se não estiver, não tenho outra maneira de chegar a ele.

Ou será que tenho medo que ele esteja lá?

Torço para que o bosque esteja vazio, mas há uma quantidade de gente anormal para um dia de semana. As pessoas estão aproveitando o sol, a temperatura amena desse meio-dia de novembro. Há estudantes passeando pela trilha, crianças aos gritos correndo atrás de esquilos, cachorros arrastando seus donos enquanto exploram cheiros, namorados sentados em troncos de árvores caídas, aos beijos como os namorados sempre estão. Uma família estendeu uma toalha sobre uma cama de agulhas de pinheiro para fazer um piquenique. Espio por cima de suas cabeças louras e vejo *falafel** e salada, pão pita, pasta de berinjela. Como todo o mundo consegue estar com uma cara tão feliz? Será que há um escudo mágico em volta do bosque que filtra a memória da cabeça de quem entra aqui? Ou é assim que os humanos sobrevivem, deixando a história de lado, mergulhando no momento? Se for, esta é uma habilidade que não possuo.

Vou para a clareira no coração do bosque, onde vi pela última vez o homem de branco fazendo *tai chi*. Não há sinal dele, mas aqui está mais sossegado. Sento no chão, encostada numa árvore caída. Há uma rodela rasgada de céu no alto onde as copas dos eucaliptos não se encontraram totalmente. Olho para aquilo. No meu íntimo, as idéias contra as quais andei lutando aguardam como pedras no fundo de um rio. Até mesmo uma delas pode me fazer afundar se eu bater nela. Mergulhe no momento, digo a mim mesma. Na

* Massa à base de legumes frita em forma de bolinhas. (N. da T.)

textura dos gravetos secos embaixo de você, na aspereza da casca da árvore em suas costas. O céu está muito pálido, mais branco que azul. Puxa meu peito até algo saltar, como uma rolha. E como se só estivessem esperando esse momento, os pensamentos saem ao borbotões. Na tevê há uma semana, um pregador declarou que os defensores do direito ao aborto e dos direitos dos homossexuais devem ser responsabilizados pelos ataques terroristas: eles provocaram Deus e fizeram com que sua ira se abatesse sobre a América. Jona acordou chorando. Tive medo de lhe perguntar por quê. Ela me disse, assim mesmo. Sonhara com uma gruta congelada cheia de corpos. Eu não podia dizer, como as outras mães talvez digam, *não se preocupe, é só um sonho.* O peso de seu dom comprimia meu peito como uma pedra de gelo. Recebi mensagens eletrônicas dizendo que ninguém deveria ir a *shoppings* no Dia das Bruxas, que havia outro ataque importante planejado para esse dia. Muitos dos garçons no World Trade Center não tinham carteira de trabalho. Nunca saberemos quem eram eles ou suas famílias. Outras mensagens eletrônicas me aconselharam a fazer estoque de alho e óleo de orégano – eram antídotos do antraz. Uma semana depois da queda das torres, a polícia encontrou um par de mãos no alto de um prédio vizinho, presas com algemas de plástico. No USS *Enterprise*, um marinheiro mostrou uma bomba onde havia a inscrição SEQÜESTREM ESSAS BICHAS. Algumas noites, tenho medo de dormir. O que mais terá acontecido de repente no mundo quando eu tornar a abrir os olhos? Outras vezes, só quero dormir, me enfiar no chão como um texugo, sentindo na pele a umidade fresca e confortável da terra, que nunca muda.

Muitas vezes me vejo contemplando a morte. Até pouco tempo, eu só fazia isso teoricamente. Mas agora, a morte mergulhou na minha vida como uma coruja grande cinzenta, dotada de esporões, olhos brilhando na noite. Apavorava-me, mas era bela, também. Seria por isso que alguns se precipitavam para ela com uma alegria fanática inexplicável, chamando-a de Salvadora dos Crentes?

E ela, a mulher mais perto e mais longe de mim, que vivia sua vida tentando salvar os outros e terminou jogando o carro (com o marido dentro) ribanceira abaixo? Não foi acidente, hoje tenho certeza disso. Em que sonho transformador ela entrou naquela última noite de sua vida? Que coisa procurava, para a qual o único acesso, aparentemente, era a morte?

Uma libélula pousou na minha mão, grande e de um azul metálico, com asas transparentes. Equilibra-se um instante nos nós dos meus dedos, as asas brilhando, as contas negras dos olhos. Não vejo muitas libélulas aqui. Sinto-me curiosamente honrada por ter sido eleita para lhe servir de escala. Fico completamente imóvel, mal respirando, até ela decolar subindo em espiral para o céu. Observo-a até ela desaparecer, e, quando meus olhos voltam à terra, vejo o homem de branco.

Ele está na clareira, no lugar de praxe, mas hoje seu exercício é diferente. Ele se equilibra na perna direita, puxando a esquerda para trás com a mão. Tem o braço direito apontado para o céu e os olhos focados num ponto no horizonte. Lentamente, puxa a perna para trás, ainda segurando, até ela estar toda alongada. É uma posição bela e poderosa, totalmente equilibrada. Não consigo parar de olhar.

Após algum tempo, ele relaxa a perna trazendo-a para o chão, repete a posição do outro lado. Reconheço o que ele está fazendo como uma posição de ioga, embora não saiba o nome dessa específica. Fico maravilhada, como ficara antes, com a naturalidade com que seu corpo se movimenta a cada passo. Eu não conseguiria fazer isso.

Ele já terminou a ássana. Antes que inicie outra, levanto-me. O sangue lateja tanto em minha cabeça que fico tonta. Mas, no íntimo, estou convencida, com uma convicção que há muito tempo não sentia, de que, se não aproveitar essa oportunidade para falar com ele, não terei outra.

– Olá – digo.

Ele se vira, e vejo que é muito mais velho do que eu pensara. Os movimentos de seu corpo pareciam os de um jovem, mas sua cara é carcomida e enrugada. É difícil dizer qual a sua raça – ele tem a pele morena, mas os olhos são de um verde espantoso. Será a mesma pessoa que vi da última vez, naquela manhã chuvosa? Talvez muitos homens venham se exercitar no bosque. Muitos devem usar branco, pelo menos durante algum tempo. Talvez a pessoa que intitulei de *o homem de branco* só exista na minha imaginação, para ser sobreposta a outras pessoas quando meu subconsciente sentir uma necessidade especial. E, com essa última dúvida, fico tão sem jeito que estou quase pedindo desculpas e indo embora.

– Olá – ele diz, os olhos franzidos num sorriso. Gosto de seus olhos. São atraentes, mas não de uma forma sexual. Embora não haja sinal de reconhecimento neles, eles me envolvem como uma onda envolve um nadador. Me dão vontade de ficar um pouco, mesmo se ele não for o *meu* homem de branco, mesmo se não souber nada da morte de minha mãe.

Respiro fundo. Tenho a sensação de que estamos jogando um jogo elaborado, como uma dança. O desfecho de nosso encontro dependerá do nosso desempenho no jogo. Mas quais são as regras?

Ele espera, à vontade, que eu fale.

Mil perguntas me vêm à cabeça. Você tem um carro preto? É policial? Sua placa tem a inscrição Ohnos od Opmet?

Este é o seu nome? Conheceu minha mãe? Ela seguiu você até a beira de uma rodovia?

Digo:

– É ioga o que você está fazendo?

Dessa vez o sorriso acende uma chispa em seu rosto. De alguma forma, fiz a pergunta certa.

– É – diz ele.

– Quer me mostrar uma ássana?

– Quero – diz ele. Ele me olha, sério, como se tomando uma decisão.

Sigo-o até uma clareira diferente, maior. Estamos cercados de gente, mas não importa. Caminhando ao lado dele, tenho a sensação de que nós dois estamos dentro de uma bolha onde ninguém mais pode entrar.

– Faça o que estou fazendo – diz. Ele fica parado com as pernas juntas e levanta as mãos acima da cabeça, alongando-as ao máximo. Encosta palma com palma. O movimento é a própria simplicidade, mas é novo para mim. Sinto um leve choque na ponta dos dedos quando me alongo.

Ele afasta as pernas, depois vira para a direita, colocando o pé direito à frente. Dobra a perna direita e abaixa o corpo. A perna esquerda está esticada para trás. Ele olha para as mãos juntas no alto.

Tento fazer o mesmo, mas minha perna esquerda, sem o hábito de esticar e dobrar assim, começa a tremer. Perco o equilíbrio e preciso abaixar os braços para não cair.

– Não fique com vergonha – diz. – Tente de novo. – Ele põe as mãos nos meus ombros e os vira. Puxa um tornozelo para colocar minhas pernas na posição correta. Levanta meus braços e junta minhas mãos.

– Olhe para cima – diz.

Olho para a abertura branca no céu, mas dessa vez não estou tonta. Sinto o calor de suas mãos passando para as minhas. Entre o céu e mim há uma teia de aranha. Esticada entre dois galhos de eucalipto, carregada de orvalho prateado, é a coisa mais intrincada que já vi. *Pensar que isso estava ali o tempo todo,* sussurra minha voz, *só que você nunca notou.*

Ele me solta. Equilibro-me sozinha, e, por uma fração de segundo, tenho uma sensação estranhíssima, como se eu fosse uma gota de orvalho numa teia que não posso ver, uma teia tão grande que nem dá para imaginar. O homem de branco é outra gota de orvalho. Agora, uma força – vento, gravidade, influência planetária – nos aproximou. Outra hora, pode empurrar um de nós, fazendo-nos deslizar por uma rede de fios e acabar em outra cidade, outro país – até mesmo em outra dimensão. É assim que é o tempo todo – as pessoas saem da nossa vida, e nunca mais as vemos. Mas todas elas continuam em algum lugar da teia.

Então minhas pernas tremem, e tenho que segurar sua mão para não cair.

Quando paramos de rir, ele diz:

– Essa é uma das minhas preferidas, uma variação do Guerreiro. Quem a pratica regularmente adquire equilíbrio, boa postura, visão e coragem... sem falar em pernas fortes e costas retas.

Faço uma careta.

– Naturalmente preciso de tudo isso.

– Todos precisamos – diz ele, e me olha com muita bondade. Balança a cabeça à guisa de despedida, depois sai do bosque arrastando a bicicleta velha de dez marchas azul que esteve encostada numa árvore o tempo todo e some de vista.

Guardo segredo do meu encontro com o homem de branco, embora às vezes fique tentadíssima a conversar sobre ele com Belle. Mas ela me acharia boba. (– Não acredito! Você gastou seu tempo com ele fazendo uma *posição de ioga* quando tinha todas essas coisas importantes para perguntar? Pelo amor de Deus, Rikki, você nem se interessa por ioga!) Eu não conseguiria explicar a ela o que senti quando ele juntou as mãos em cima das minhas, como se fossem pétalas da mesma flor. Nem minha idéia sobre a teia.

As palavras são delicadas. Às vezes precisamos delas para desabafar a mágoa supurando no peito. Se não desabafamos, ela gangrena e nos mata. Assim foi entre mim e Sonny, a razão pela qual não conseguimos tocar nossas vidas para a frente – juntos ou separados – até termos conversado. Mas, às vezes, as palavras podem despedaçar um sentimento.

Minha mãe tentou me ensinar isso. Uma vez, quando eu a atazanava com perguntas insistentes, ela disse:

– Todo mundo inspira ar, mas a pessoa sábia sabe quando usar esse ar para falar e quando soltá-lo calada.

Eu não diria que tenho essa sabedoria – mas talvez esteja aprendendo.

Tento a posição do Guerreiro de vez em quando. Eu esperara que ela me transformasse, diminuísse minhas fraquezas, mas não é assim. Porém, às vezes, quando estou praticando, na frente de um quadro quase terminado em minha sala atravancada, ou ao ar livre no deque de Sonny, à sombra azul dos jacarandás, sinto algo se soltando dentro de mim, um novelo de desconfiança, uma necessidade de estar no controle. A energia cintila na ponta dos meus dedos, e aquela minha voz se encolhe como um gato e fecha os olhos.

Nunca mais tornei a ver o homem de branco – talvez porque não precisasse. Alguma coisa dentro de mim fora saciada com nosso encontro. Eu nunca saberia que misteriosa ligação, se é que alguma ligação havia, ligava-o à minha mãe, se ele era de fato o mensageiro tão aguardado de seus diários. Mas de alguma forma, pela primeira vez, pude aceitar esse não-saber. Sempre haveria mistérios a respeito das pessoas de quem eu gostava, enigmas essenciais a suas vidas, que eu seria incapaz de decifrar. Tudo bem. O amor agia à sua maneira oblíqua por outros caminhos. Talvez o homem de branco, que guardarei no coração ao lado de Jona e meus pais, Sonny e Belle, tivesse vindo me dizer isso.

40

DOS DIÁRIOS
DOS SONHOS

Uma vez tomada a decisão de partir, não fiquei mais deprimida. Havia muitas coisas para planejar. A primeira foi juntar dinheiro suficiente para a passagem sem meu marido saber. Para aquilo, eu precisava arranjar um emprego.

Abordei meu marido com um certo nervosismo. A primeira mentira que lhe pregara fora para o nosso bem; essa era só para o meu. Será que eu podia olhar na cara que eu amava (sim, ainda) mais do de qualquer outra pessoa e mentir? Mais foi facílimo. Minha voz estava calma quando disse que me sentia sozinha, que trabalhar me manteria ocupada, que o dinheiro extra nos ajudaria com as nossas despesas. Ele concordou logo – andava preocupado com minha tristeza – e indagou entre seus colegas indianos. (Não os posso chamar de amigos. Andávamos muito ocupados tentando sobreviver à nossa mudança para fazer amigos.) Em algumas semanas – um milagre, considerando que eu não tinha licença para trabalhar nem habilidades – arranjei um emprego.

Trabalhei num armazém indiano – nos fundos, onde ninguém me via. Eu enchia sacos plásticos com uma medida de *dals* e especiarias retiradas de sacos maiores, selava-os e etiquetava-os. Alguns consideravam isso um trabalho enfadonho, mas eu me reconfortava com a natureza simples e repetitiva da minha tarefa. Eu gostava de aplicar o selo reto, de colar a etiqueta bem no centro do saco. Enquanto isso, imaginava o dia em que compraria minha passagem com o dinheiro que se acumulava numa caixa de sapato embaixo de nossa cama. (Eu teria o suficiente em três meses.) O dia que tomaria a *van* para o aeroporto e embarcaria num avião da Air India com destino a Calcutá. As coisas ficavam confusas depois disso. Eu presumia que pegaria um trem para a aldeia mais perto das grutas. Depois, seguiria a pé. Essa parte me afligia um pouco. Eu me lembrava de boatos de como as grutas eram escondidas de modo que, embora todo mundo pudesse sair à vontade, só as anciãs sabiam entrar. Mas decidi não me preocupar. A serpente me convidara a voltar, não? Sem dúvida, iria esclarecer as coisas quando chegasse a hora.

Os proprietários do armazém me pagavam um salário baixo por hora. Era muito mais baixo do que o mínimo legal, mas eu não lhes queria mal por isso. Eles assumiram um certo risco me contratando, e eram bons à moda deles. Davam-me um bom número de horas por semana, e, à tarde, no intervalo que fazia para o almoço, a esposa do proprietário sempre me convidava para comer com ela nos fundos.

Talvez fosse culpa, ou talvez eu soubesse que partiria em breve, mas, nessa época, eu tentava fazer tudo que meu marido gostava. Preparava seus pratos prediletos. (Eu não cozinhava bem, não tendo tido nenhuma experiência nas grutas, mas tentava.) Acompanhava-o todas as noites a um lago próximo para alimentar os patos, uma atividade que me entediava mas que parecia lhe dar prazer. E quando ele queria, o que era quase toda noite, eu o deixava fazer amor comigo.

Não posso fingir que fazia isso só por ele. Ele era um homem atraente, e eu o amava, sim – apenas não o suficiente para abrir mão dos meus sonhos. Eu sempre gostara de sexo. Nem mesmo o meu medo de que o sexo estivesse me fazendo perder o meu dom tirara totalmente o prazer intenso e ofegante do ato. Agora, o fato de só eu saber que ia partir dava ao nosso ato amoroso aquela dor gostosa das coisas efêmeras. Se sentia desconforto, se tinha alguma noção de que não deveria estar fazendo isso, eu me recusava a levá-la em conta. Estou abrindo mão de tudo, eu pensava. Com certeza, mereço algumas lembranças para levar de volta para minha vida casta, enclausurada numa gruta. Nessa época, eu dormia sem sonhar. Eu não ligava. Em breve, quase não haveria outra coisa em minha vida além de sonhos.

Duas semanas antes do dia marcado para a minha partida – eu já ligara para uma agência de viagem e reservara a passagem –, desmaiei no trabalho ao puxar um saco grande de lentilhas para a área da medição. A mulher do proprietário ouviu o barulho – caí em cima de uma pilha de caixas de especiarias de alumínio – e veio correndo. Enxugou-me a cara com uma toalha molhada e esfregou-me as têmporas com água de rosas para me reanimar, depois tocou em minhas olheiras escuras e declarou que eu estava grávida.

– Não pode ser – gritei horrorizada.

– Você andou tomando alguma precaução? – perguntou.

Pela minha cara, ela deve ter visto que eu não sabia de nenhuma precaução. Balançou a cabeça positivamente.

– Pois bem, é isso que acontece. Eu deveria saber... tive cinco antes de insistir para ter as trompas ligadas.

Ela ficou esperando que eu dissesse alguma coisa, mas eu não conseguia falar. Ela me fez sentar e me deu uma garrafa de suco de manga para beber. (Mesmo em estado de choque, registrei a generosidade dela. O suco de manga era importado da Índia e era vendido a um dólar a garrafa.)

– Não tenha medo – disse com bondade. – Tudo vai acabar bem. – Você não imagina quanta felicidade um filho pode lhe trazer, como muda a sua vida.

Não, eu queria chorar. Você é que não pode imaginar como um filho vai mudar minha vida. Mas fiquei calada. O que adiantava? Fiquei ali sentada e tomei o suco de manga muito doce e usei toda a minha força de vontade para não vomitar.

Passei sete dias aflita pensando o que fazer com a gravidez. Reclamei que não me sentia bem e passei sete dias dormindo separada de meu marido – e ele, confiando nas pessoas como confiava, não me questionou. Todas as noites, eu pedia à serpente que viesse a mim, para me ajudar a decidir. Todas as noites, eu chorava, abafando os soluços com o travesseiro, quando ela não me ajudava. Mesmo agora, me pergunto por que ela não veio. Seria castigo pelo que eu havia feito, ou seria por ser tarde demais?

Passados os sete dias, tomei minha decisão. Primeiro, descartei a possibilidade de aborto. (Sim, confesso que cogitei nisso. Se a serpente me dissesse para fazer, eu teria obedecido. Mas a serpente me abandonou, e agora eu não tinha mais nada em que confiar senão em meus poderes de navegação.)

Em seguida, abandonei a possibilidade de voltar.

Durante algum tempo depois disso, fingi que a minha era uma decisão altruísta, algo que fiz por meu filho não nascido, mas eu sabia que vinha do medo. Eu temia não ser aceita de volta pelas anciãs nas grutas, mesmo se conseguisse achá-las. Nossa separação foi amarga. Elas me avisaram que, uma vez que eu fora embora, elas nada me deviam. E agora, com o lembrete visível de minha transgressão crescendo dentro de mim, certamente elas iriam fugir de mim. Será que a serpente já não fizera isso?

O que aconteceria, então? Eu não suportaria voltar a viver na favela. Não podia punir meu filho com o fardo da maldição dupla de ser pobre e não ter pai, que minha mãe me dera para carregar.

Passados sete dias, contei a meu marido que estava grávida. Ele exultou. Não se preocupou muito com meu mutismo. Sem dúvida, seus colegas lhe disseram que, nessas épocas, as mulheres ficam temperamentais. Quando eu não queria dormir com ele, ele aceitava, achando que isso era um problema temporário. Quando falei que não queria mais trabalhar na loja, ele achou melhor eu ficar em casa e cuidar da minha saúde.

Enquanto o bebê crescia dentro de mim, eu passava o dia inteiro andando pela casa porque não conseguia ficar parada. Mas eu já não estava agitada. Só se agita quem tem esperança, e eu não tinha nenhuma. Minha vida na Índia tinha acabado. Eu não queria saber como o resto dos meus dias aqui se desenrolaria, quão emaranhado ficaria.

Mas quando a criança dentro de mim chutou pela primeira vez, senti um tipo diferente de movimento, também. Custei um pouco a reconhecer: meu antigo dom, tornando a despertar. Talvez diminuído, mas ainda vivo. Quem sabe como essas coisas funcionam? A princípio, eu não queria acreditar, tinha muito medo da decepção. Aí, tive a sensação de que minha pena fora comutada. E também um medo novo. Acontecesse o que acontecesse, eu não podia tornar a perder meu dom.

Vi que nos dias em que eu ficava mais calada, o dom era mais forte. Naquelas noites, os sonhos dos estranhos vinham a mim, com instruções de como encontrá-los. Comecei a dar telefonemas de novo, para obter respostas. Ajudei uma pessoa, depois outra, e mais outras.

Decidi que só falaria quando necessário, e nunca do meu passado. Falar de alguma coisa é dissipá-la – e eu já desperdiçara muito. O que as pessoas normais chamam de felicidade não era para mim. Mas talvez eu pudesse me satisfazer um pouco com a prática do que restava do meu dom.

Eu desejava ser uma boa esposa, mas isso era impossível. Eu não me atrevia a tornar a dormir com meu marido. Eu estava convencida de que, se ele me tocasse com desejo, eu perderia o tênue poder que recobrara. Eu não podia lhe explicar isso. As palavras haviam se tornado uma mercadoria rara, para ser entesourada. Além do mais, ele não teria acreditado em mim. Eu cuidava dele em todos os outros aspectos. Cozinhava, limpava a casa, passava roupa, sentava com ele à noite no sofá de veludo surrado, pronta para ouvir o que quer que ele pudesse dizer. Mas ele foi ficando deprimido e não falava. Só queria o que eu não podia lhe dar: meu corpo, ao qual minha alma estava atrelada. Rezei para que ele parasse de me amar e se interessasse por outra pessoa – isso teria facilitado a vida para nós dois –, mas ele não conseguia. Estava enredado em mim, e a única escapatória que lhe restava era a inconsciência periódica da bebida.

Eu não era boa mãe para Rakhi. Amava-a, mas não completamente. Amar alguém completamente é abrir mão da própria identidade, e eu não podia correr esse risco. Ela sabia. Talvez por isso vivia ansiosa para entender quem sou, tornar-se quem sou. Eu não tinha o poder de satisfazer esta parte, mesmo se desejasse esse destino para ela. Se eu satisfizesse aquela outra, seria a minha destruição.

Então, tento esses diários, pois a palavra escrita é diferente da falada. A palavra falada se desfaz, geada no sol. A palavra escrita dura, seu friso negro como grades de ferro em janelas de palácios. Mas minha falta de jeito me atrapalha. As idéias se precipitam em minha cabeça e desaparecem, lembranças. Só consigo expressar uma fração do que sinto. O resto se perde, como esporos espalhados pelo vento. Não leio os fragmentos do que escrevo. Tenho medo de rasgá-los.

Escrevo isso para vocês, marido, filha, lerem quando eu não estiver mais aqui. Talvez fiquem desconcertados com minhas divagações. Talvez me odeiem por minhas confissões. Talvez entendam um pouco do que eu nunca poderia explicar: quem eu era e por que, que deuses assombravam meus sonhos, e que serpentes.

41

Ela está parada na longa fila esperando as portas abrirem, brincando com a bolsa, com o pedaço de papel onde Sonny anotou instruções. É uma noite ventosa de São Francisco, e aqui, a sul do Mercado, as rajadas de vento varrem tiras de jornal de portais apagados para as pernas dos clientes da boate. Mas *cliente* é uma palavra muito formal, ela pensa, para o grupo variado, de origem predominantemente indiana, embora as pessoas tenham trazido amigos de outras confissões. Seus penteados vão do pintado *punk* ao cortado à escovinha até cascatas de cachos caídos nas costas de bustiês de grife. Alguns usam calças folgadas acima do seu tamanho e bonés virados para trás; outros vêm no estilo gótico, de capas pretas e lábios vermelho-sangue. Por baixo de casacos, ela entrevê blusinhas de sári bordadas a ouro, usadas com calças Capri, ou *dupattas* transparentes por cima de bustiês. Ostentando *piercings*, tatuagens, pinturas, hena, amarras, essa gente parece pertencer a uma nação diferente, com uma fala displicentemente apimentada com termos que ela não conhece. Ela não se lembra de ter encontrado indianos-americanos desse tipo em Fremont nem em Berkeley. Quem sabe são uma nova espécie noturna? Ou serão mestres do disfarce a quem ela via todos os dias, em lojas de comestíveis e bancos, hospitais e *campi* de faculdade?

Ela teria se sentido vexaminosamente deslocada no meio desse pessoal, só que Sonny lhe dissera como se vestir. Com aquela jaqueta Gujarati, saia preta pela canela e velhas botas até o tornozelo, ela se integra o bastante no conjunto para não dar na vista. Não que aquelas pessoas prestem muita atenção umas nas outras, também, embora ela imagine que muitas delas sejam freqüentadoras assíduas. Talvez ser jovem seja isso, ela pensa. A pessoa é tão consumida pela energia que fervilha dentro dela, por todas as coisas que precisa ter *agora mesmo* na vida, que não tem tempo de olhar para nada – nem ninguém – que não seja um meio imediato de alcançar o que deseja.

Ela se admira ao ver que está gostando dessa gente. Existe uma camaradagem em sua não-atenção. Uma certeza de que quem está em pé nessa fila, com seus 10 dólares amassados na mão, é culturalmente superior às hordas de bárbaros que estão passando a noite de sexta-feira em outro lugar, em alguma discoteca *yuppie*, talvez, ou assistindo a um filme híndi, numa tevê excessivamente grande, numa sala íntima pequeno-burguesa excessivamente decorada.

Ela precisara de toda a sua coragem para dizer a Sonny que gostaria de vir ouvi-lo atuar como DJ. Quando ele lhe disse que fazia seu trabalho mais criativo na Must-Must, a festa dos sul-asiáticos da cidade, ela quase tirou o time de campo. Imaginara uma gente turbulenta, suas expectativas alimentadas pelas sobras do terror daquela outra festa que acabara mal. Sabia que tinha que vir, porém, senão não havia possibilidade de enterrar essas lembranças. Agora fica encantada com a paciência que essas pessoas demonstram na fila, conversando com o segurança, trocando gracinhas com alguns sem-teto que tentam conseguir delas o dinheiro da cerveja. Mesmo assim, ela presta atenção para seu olhar não cruzar com outro, para não sorrir.

Sonny se oferecera para trazê-la com ele, mas ela recusou. Dissera-lhe que queria descobrir a noite de forma autêntica, como qualquer outro freqüentador de boate conheceria. Mas a verdade é que ela estava se testando. Desde o ataque à Kurma House, tinha muito medo de sair sozinha à noite. Coisas que ela quase não notava antes – um grupo de gente esperando num cruzamento, passos atrás dela quando ela ia para o carro, alguém lhe perguntando as horas – pareciam-lhe ameaçadoras, criando fantasmas monstruosos. Só de pensar neles ela ficava ofegante.

Hoje à noite, atravessando a baía no trem expresso, ela teve claustrofobia quando o trem mergulhou embaixo da terra e as janelas ficaram pretas. A cara dos homens no vagão – eram três, um cochilando, dois usando fones de ouvido – assumiu um aspecto predatório. Na luz trêmula, suas bocas eram fendas. Rugas severas cortavam suas testas contraídas, sombras irritadas preenchiam as cavidades embaixo de seus olhos. Estariam olhando disfarçadamente para ela, tentando adivinhar qual era sua origem? Ela só queria saber qual deles tinha mais probabilidade de atacá-la. O medo lhe subia pela sola dos pés, adormecendo-os. Ela respirou fundo e obrigou-se a abrir o diário que trouxera com ela.

No meio da última entrada, ela lera sobre o aborto que poderia ter sido realizado, as palavras diretas que a mãe escolhera. *Se a serpente me pedisse para fazer, eu teria obedecido.* Ela as leu até o fim, uma vez, duas, mais outra, até as palavras se apagarem e se fundirem numa seqüência de sílabas sem sentido. Ali estava a confirmação do que ela, com a devastadora intuição de família, sempre desconfiara: ela era menos importante, era um obstáculo, um fardo. Com toda a força de suas mãos trêmulas, ela atirou o caderno longe.

Mas aí pensou no pai, como devia ter sido mais difícil para ele ler aquilo. Tomar conhecimento das razões que levaram sua mulher a ficar com ele a vida toda e se dar conta de que essas razões não o incluíam. Deixar a filha tomar conhecimento delas, também. *Eu o amei,* dizia sua mãe, *só que não o bastante.* De alguma forma, isso era pior do que não ter sido amado de todo. Teria sido bastante fácil para ele saltar aquelas linhas, fingir que não estavam ali. Em vez disso, ele deixara a vergonha de lado e escolhera a verdade e continuara traduzindo porque a filha lhe pedira para fazer isso.

E sua mãe. Quando a raiva e a autopiedade diminuíram, ela viu que para sua mãe tinha sido mais difícil. Despir-se do silêncio, aquela armadura de uma vida inteira. Teria ela hesitado, debruçando-se sobre o caderno, mordendo a ponta da caneta? Teria ela imaginado como eles a odiariam, o marido e a filha que ela abandonava ao mesmo tempo em que decidia ficar com eles? Cada palavra que ela escrevera nos diários era um dom e uma ferida. A ferida só podia ser tratada com a leitura. Pensar nisso fizera-a pegar o caderno e alisar suas páginas amassadas, a lombada que se desfazia. Com uma gratidão obscura, ela continuou até o fim.

No trem, pegou uma das primeiras traduções que seu pai fizera. Ficou lendo e relendo a mesma página.

O sonho chega anunciando alegria.
Acolho o sonho.
O sonho chega anunciando sofrimento.
Acolho o sonho.
O sonho é um espelho refletindo minha beleza.
Abençôo o sonho.
O sonho é um espelho refletindo minha feiúra.
Abençôo o sonho.
Minha vida não passa de um sonho

Do qual acordarei na morte,
Que não passa de um sonho da vida.

No pânico, ela foi incapaz de decifrar o significado por trás das palavras, mas, por meio delas, ouviu a voz da mãe, calma, pragmática, meio exasperada com a propensão da filha ao drama. Isso a segurou até o trem parar com um tranco e uma máquina informá-la de que ela chegara no Embarcadero. Saltou do trem de pernas bambas, mas, considerando tudo, foi uma vitória.

Ela se identifica para a mulher que está carimbando as mãos na entrada, como Sonny lhe pediu que fizesse.

– Uau! – exclama, levantando-se de um pulo do banco, a mulher, na verdade, uma garota, muito magra, toda de preto, de cabelo crespo e olhos enormes maquiados em estilo Cleópatra. – Você é a mulher do DJ Sundance! Ele nos disse que você vinha. – Apesar dos protestos de Rakhi, a moça lhe devolve os 10 dólares. – Não podemos aceitar dinheiro seu! – Ela se oferece para acompanhá-la até Sonny. – Ele é simplesmente o mais genial. A gente acha que ele tem um talento incrível. – Olha com reverência para Rakhi, como se um pouco desse talento tivesse passado para ela. Quando uma Rakhi sem jeito lhe assegura que conseguirá encontrar o caminho sozinha, a mulher grita, com uma voz desapontada: – Divirta-se. – Essas palavras provocam um arrepio de inquietação em Rakhi.

A boate é cavernosa e escura, e ela pára, encostada numa parede, para se orientar. Imagens de vídeo piscam na parede em frente, escorrendo umas sobre as outras num vermelho monocromático – ruínas de algum prédio colonial, um lago, uma mulher bebendo um coco verde, uma cobra, uma nuvem em forma de cogumelo. O vermelho lhe dá a sensação de ter entrado num outro espaço. *Espaço do sonho,* ela pensa, abrindo caminho entre a multidão. Não tinha idéia de que já havia tanta gente na boate. Pensa na longa fila ainda esperando lá fora. Como caberá todo mundo ali? *E em caso de incêndio, ou algo pior, como sairemos todos?* Mas ela não veio aqui para se preocupar. A boate se manteve esse tempo todo sem sua ajuda para solucionar os problemas dela, ela lembra à sua voz interior.

Agora ela ouve música, embora essa música devesse estar tocando o tempo todo. Ela sempre foi uma pessoa mais visual. Não entende muito de música e, curiosamente, sempre relutou em aprender a respeito. Uma vez, disse a Sonny: Ouvir uma coisa que não se entende completamente tem uma graça especial ... como ouvir uma língua estrangeira. A gente não se distrai pelo que os sons supostamente significam. Pode deixar que entrem fundo na gente. É isso que ela faz agora, e aí percebe que está ouvindo instrumentos indianos, cujo som, no entanto, não tem nada a ver com os CDs de música clássica que ela às vezes escuta. Nem tem aquela característica folclórica rústica da música produzida pelos homens na Kurma House. Ela vai empurrando as pessoas até o palco baixo na frente do salão, e vê um homem e uma mulher nas tablas. Ao lado deles, há um saxofonista – ah, foi isso que ela andou ouvindo, o melado escorrido das notas se entrelaçando com a percussão insistente, transformando-a em algo estrangeiro e fascinante. Algumas pessoas dançam, em geral sozinhas, de olhos fechados, quase todas são ouvintes. Estão sentadas de pernas cruzadas num chão de cimento que parece desconfortabilíssimo, embevecidas e balançando. Ela gostaria de ficar mais tempo, observando a expressão de cada uma – um quadro toma forma em sua cabeça, outra colagem –, mas ela vê as escadas descendo para o subsolo e as segue. Atrás dela, uma mulher começa a cantar canções clássicas, uma única vogal, *aaaa,* subindo e descendo, cortada em sílabas, puxada numa nota só trêmula. Suave, depois forte, e novamente suave, o som se acomoda nela, estranhamente familiar, um *déjà vu* de memória cultural que ela não esperava encontrar aqui.

O subsolo está inundado de uma luz cambiante pontuada pelo piscar dos estroboscópios. Isso a faz pensar num poema que leu há muito tempo, sobre as gencianas da Bavária, sobre o além. A princípio, parece que há mil pessoas espremidas ali, todas dançando. Ela vê Sonny imediatamente, atraída para ele por algum radar interno. Ele está num canto atrás de um conjunto de mesas, os fones no pescoço. Em volta dele há um mundo de equipamentos de aspecto complicado. Discos giram em dois toca-discos à sua frente. De vez em quando, ele coloca os fones no ouvido e ajusta algo num aparelho de CD. Ainda não a viu. Ela acha isso bom. Faz com que se sinta invisível e poderosa para observá-lo sem ele perceber. Há uma mulher de cabelo rastafári sentada num banco ao lado dele, tocando um conjunto de tambores africanos. Há um homem debruçado sobre outro toca-discos. De onde Rakhi está, parece que ele está arranhando o aparelho, fazendo-o parar e tocar. Ela teria achado que isso criaria uma cacofonia perturbadora, mas não é o caso.

Percebe que está encolhendo a barriga, esperando ser arrebatada para a espiral escura da memória. Tem certeza absoluta de que lhe acontecerá isso quando ouvir Sonny tocar. Mas os sons do ambiente se fundiram para criar uma música diferente de tudo que ela já ouvira antes. É nervosa, ligeiramente dissonante, entrelaçando elementos disparatados – ela ouve um momento de guitarra, depois um baixo latejando, depois um som que deve vir de um sintetizador. Uma voz de mulher entra, cantando *chhaiya, chhaiya,* depois sai voando, e o que ficou para trás, um rufar de tambores magnético e palavras que ela não entende, um ritmo folclórico que ela reconhece da Kurma House, agarra-a e puxa-a para a pista de dança – ela, que não dança há séculos! *Pista* é uma palavra imprópria, porém, pois as pessoas estão dançando em todos os lugares – na escada, na frente de uma tela de vídeo mostrando *flashes* de outras pessoas dançando, num tablado baixo na outra ponta do salão. As pessoas se sacodem nos bancos do bar. Estão dançando sozinhas, ou com um parceiro, mas, em geral, dançam em grupos. A canção de um barqueiro de um disco antigo que seu pai gosta começa a tocar, mas nessa versão atual está mixada com sintetizadores e vozes em outra língua. A voz do cantor, mel com uma aspereza subjacente – *o majhi re* – sumindo na melodia de fundo e emergindo, é sempre uma surpresa.

Ela se vê no meio de um grupo que está dançando *bhangra.* O movimento fluido dos ombros das pessoas lembra a ela os homens no bar. Embora essas aqui dancem dez vezes mais rápido, misturando movimentos de *break* e dança do ventre e de outros tipos de dança cujo nome ela não sabe. Elas têm um talento que intimida e, ao vê-las dançando, ela tem vontade de se retirar para a segurança do bar. Mas o ritmo é tão contagiante, tão descontraído, que não resiste a sacudir a cabeça e balançar o corpo. De qualquer maneira, ninguém está olhando para ela. Então talvez não tenha importância ela não dançar bem, não fazer nenhum dos movimentos complicados e mal conseguir acompanhar o ritmo. Uns minutinhos, pensa. Depois, vai para o bar.

Agora o grupo forma uma roda. Estão fazendo um tipo de jogo dançante. Enquanto os outros batem palmas e assobiam, uma mulher de calças bordadas a ouro e *body* vem rodopiando para o meio da roda, dançando de olhos fechados, braços levantados, o cabelo batendo na cara. Rodopia tão depressa que se desequilibra e cai em cima das pessoas que formam a roda. Rakhi estremece, mas os espectadores já pegaram a mulher. Devolvem-na rodopiando para o meio da roda, rindo e dando vivas. Ela faz isso mais algumas vezes, depois sai, e um jovem de cabelo trançado toma o lugar dela. Rakhi observa-o rodopiar também de olhos fechados, tropeçar, ser amparado e levado de volta para o meio da roda. Depois dele, vêm outros. Ela não consegue parar de olhar para eles. Há muita camaradagem ali. Talvez induzida pelo álcool e pela adrenalina, mas, mesmo assim! Sair às cegas no meio de estranhos, acreditar que eles não vão nos deixar cair, que não vão nos machucar, que, na verdade, vão evitar que nos machuquemos – será que ela se atreveria a fazer uma coisa dessas depois de tudo o que aconteceu?

Ela não sabe como vai parar no meio da roda. Terá dado o primeiro passo, ou alguém lhe deu um empurrãozinho? Seja como for, ela está ali agora, rodopiando sem parar. Quase imediatamente, sente-se tonta, enjoada. Que bobagem! Não tem mais idade para esse tipo de coisa, provavelmente vai torcer o pé a qualquer momento. E, ao pensar nisso, tropeça, abrindo os braços, dura de medo, os olhos arregalados. Mas alguém já a segurou. É uma mulher com um vestido solto, flores entrelaçadas na comprida trança castanha. Está usando uma tiara de plumas. *Eliana?,* Rakhi sussurra, *É você?*, mas a música apaga sua pergunta. A mulher pisca para Rakhi (assentindo, ou só por benevolência?) e se afasta com uma pirueta. Outras mãos amparam Rakhi, depois a soltam dentro da roda. Alguém grita: *Vai, garota!* Ela se vê girando, de olhos fechados, só que, dessa vez, não tem medo. Vai rodopiando até as pessoas, é apanhada e devolvida para o meio da roda rodopiando, uma, duas, três vezes. Fica espantada ao sentir que está sorrindo. A cada rodopio, integra-se cada vez mais na música, no cenário, e, ao dançar na escuridão dentro das pálpebras, sentindo o suor lhe brotar na pele e o ritmo percorrê-la, de repente, sente-se profundamente agradecida.

Vai dançando em direção à área do DJ, parando no bar para pegar uma bebida, algo doce e forte que não reconhece, mas isso não a preocupa. Está começando a entender, um pouco, o que o cenário da boate significa para Sonny. Não é só a eletricidade e o *glamour*, o dinheiro e a fama fácil, como ela recriminava. Mas fazer uma sala cheia de gente entrar no clima e se integrar com o som! Jogar os braços para o alto sem querer que pare – a música que você fez com trechos escolhidos ao acaso e peças jogadas fora e transformou num som incrível. Fazer as pessoas largarem a desconfiança e a lembrança da dor. Ora, era um pouco como ser Deus!

Ela gosta de como a música a surpreende à medida que passa do étnico ao *techno* e à percussão. É legal não saber o que vem depois; ela acredita que será bom, ou pelo menos interessante. Pequenas lascas de medo vão se desprendendo dela e indo embora. Há muito mais no íntimo, mas é um começo. Ela fica mais leve a cada meneio de ombros, a cada requebro. É como andar na lua. Tudo bem, ela admite, alguma coisa é da bebida, que está oferecendo a Sonny, e isso também é legal. Ele sorri para ela, os dentes um clarão de néon na luz negra, pega o copo e ergue-o num brinde sem palavras. Um raio de luz bate no líquido, brilha como cetim morango. Dançando, ela sabe que isso não pode durar. Amanhã, terá voltado ao seu eu normal e rezingueiro. (Deve estar alta, para pensar numa palavra dessas!) Mas está satisfeita de gozar esse momento. Esse grão efêmero de brilho na teia do mundo onde sua órbita e a de Sonny se encontram mais uma vez. Ela volta dançando para o meio do salão, o foco da energia, sentindo o olhar dele como uma *dupatta* de seda em seus ombros.

Este livro foi impresso na
LIS GRÁFICA E EDITORA LTDA.
Rua Felício Antonio Alves, 370 – Bonsucesso
CEP 07175-450 – Guarulhos – SP – Fax.: (11) 6436-1538
Fone. (11) 6436-1000 – e-mail: lisgrafica@lisgrafica.com.br

46,90